茵梦湖

原始版

[德] 台奥多尔·施托姆◎著

梁民基◎译

知识产权出版社
全国百佳图书出版单位

图书在版编目（CIP）数据

茵梦湖：原始版/（德）台奥多尔·施托姆著；梁民基译. —北京：知识产权出版社，2014.10

ISBN 978 - 7 - 5130 - 2956 - 8

Ⅰ.①茵… Ⅱ.①施… ②梁… Ⅲ.①中篇小说—小说集—德国—近代 Ⅳ.①I516.44

中国版本图书馆 CIP 数据核字（2014）第 205471 号

内容提要

本书据 1849 年德文原版《茵梦湖》（原始版）译出。现行《茵梦湖》出版 30 年后的 1880 年，德国文学史学者斯密特首次见到它的原始版文字时惊叹地写道："莱因哈德结了婚！我几乎不敢相信自己的眼睛！"原始版更多地触及作者施托姆的个人生活和内心情感，很值得一读。

小说译文直译，着重资料性，几可达到与原文逐一对应，以期翔实复现该原始版小说原貌，有别于其他译本"再创作"的做法。本书附录部分内容丰富，包括了《茵梦湖》（原始版）及文言译本《隐媚湖》的完整扫描件，更新了姐妹篇《茵梦湖背景及施托姆的情感经历》一书里两版本对比表格和异同讨论，分析了《茵梦湖》的四个主要人物及写作手法，详细介绍了施托姆同代及近代人的正负面评论及影响《茵梦湖》创作和受《茵梦湖》影响的文学作品，呈现了由《茵梦湖》改编的影视和芭蕾舞剧及中译本，最后是 1857 年带插图的单行本的全部 11 幅插图以及相关影视剧照。

责任编辑：石红华　　　　　　　　　　　责任出版：刘译文

茵梦湖（原始版）

YINMENGHU（YUANSHIBAN）

［德］台奥多尔·施托姆　著

梁民基　译

出版发行：知识产权出版社 有限责任公司　　网　　址：http：//www.ipph.cn

社　　址：北京市海淀区马甸南村 1 号　　　邮　　编：100088

责编电话：010 - 82000860 转 8130　　　　责编邮箱：shihonghua@ sina.com

发行电话：010 - 82000860 转 8101/8102　　发行传真：010 - 82000893/82005070/82000270

印　　刷：三河市国英印务有限公司　　　　经　　销：各大网上书店、新华书店及相关专业书店

开　　本：787mm×1092mm　1/16　　　　印　　张：14.25

版　　次：2014 年 10 月第 1 版　　　　　　印　　次：2014 年 10 月第 1 次印刷

字　　数：236 千字　　　　　　　　　　　定　　价：38.00 元

ISBN 978-7-5130-2956-8

谨以本书纪念

程其英老师（1904—1968）

译者前言

本书是从 1849 年 12 月出版的德文《石勒苏益格－荷尔斯泰因及劳恩堡 1850 年民间话本》中的台奥多尔·施托姆小说《茵梦湖》翻译的。德国本土重印以及我国国内翻译出版的《茵梦湖》，历来全都依据经作者修改发表在 1851 年德文《夏日故事和诗歌》一书里的版本。

为了叙述方便起见，本书把 1849 年出版的原著称为原始版，把 1851 年及之后出版的原著称为标准版。

译者选择翻译原始版的《茵梦湖》目的在于：原始版更多地触及作者施托姆的个人生活和内心情感，很值得一读。而标准版恰恰删去或淡化了原有的这些内容，以至德国的文学史学者斯密特（Erich Schmidt），在《茵梦湖》出版 30 年后的 1880 年首次见到此书的原始版时，惊叹地写道："莱因哈德结了婚！我几乎不敢相信自己的眼睛！"

为了让我国读者了解原始版的内容，译者依据上述的德文原始版资料全文译出，希望能给读者带来更丰富的信息，以便对小说人物的解读，对作者施托姆的研究，以及对作者个人生活与小说的密切关系研究都有意义。

施托姆因其小说《茵梦湖》而名声大噪。他在世时，小说《茵梦湖》一再重印发行，总数超过 30 版，在其所有作品中排行第一，成为他生平最成功的一本小说，并为欧洲乃至世界瞩目。《茵梦湖》也因此被翻译成多种文字介绍到世界各地。据译者所知，仅我国大陆以及港台地区的单行译本就有 40 种之多。

为方便读者更好地了解《茵梦湖》，在译文后的附录部分，以列表形式展现了原始版和标准版的异同。此外，还有译者对《茵梦湖》中四个主要人物的分析，介绍施托姆的同代及近代人对其评论，影响《茵梦湖》创作和受《茵梦湖》影响的文学作品，由《茵梦湖》改编的影视音乐，历来中译本以及德语带插图的单行本。

在本书后面的图片部分，包括了《茵梦湖》（原始版）以及文言译本《隐媚湖》的完整扫描件，1857 年插图本全部插画，其他 11 种插图单行本（各刊 2 幅），施托姆及其家庭有关人物照片和影视剧照等。

《茵梦湖》用字古雅隽永，译者功力不逮，唯论据表述和资料引用则惶恐不敢疏忽。小说译文直译，着重资料性，几可达到与原文逐一对应，以期翔实复现该原始版小说原貌，有别于其他译本"再创作"的做法。书中的诗和引文均系译者完成。除人名地名外，少许词句附上原文旨在排除含混。

承蒙高等教育出版社资深编审黎勇奇先生再次为本书详尽校阅并提出许多建设性修改意见，知识产权出版社石红华编审为本书和已出版姐妹篇《茵梦湖背景及施托姆的情感经历》一书做了大量细致的编辑工作，在此一并表示深切的感谢。

译　者
2014 年 1 月

目 录

《茵梦湖》（原始版）

　　本书是从 1849 年 12 月出版的德文《石勒苏益格－荷尔斯泰因及劳恩堡 1850 年民间话本》（后文简称《民间话本》）[1]中的第 56～86 页——台奥多尔·施托姆所著小说《茵梦湖》翻译过来的。该《民间话本》由德国阿尔托那（Altona）的 Biernatzki 编辑出版，译者有幸收集到这一原版书。即使在德国，此版本文字也仅以片断形式存在于研究《茵梦湖》小说的少数论文里，几近湮没。国内从未有过 1849 年版本的译本。

　　1924 年施托姆的小女儿盖尔特鲁在她所写的"《茵梦湖》导言"中，声称"可能再没其他人清楚地知道小说《茵梦湖》初印本的结尾部分是怎样陈述的了。它就在我手头，在我面前书桌上放着的紫色本子里面。"[2,p.25] 她在文中收入了原始版的结尾"老人"那段。这是自 1849 年以来原始版一部分内容首次公布。

　　以下译文中，凡被标准版删除或修改的原始版文字均以黑体字显示。原始版原文各场景没有标题，它们之间用单横线分隔，唯一例外是"茵梦湖"场景前用了双横线。本书出版编辑按照本书译者的特别请求，在以下小说译文中，其分段、标点符号包括破折号、双破折号，均按施托姆的原文样式，不加任何改动。原始版里极个别印刷错误按标准版更正。

　　小说译文中圆括号内的文字系译者加入。

茵 梦 湖

❈❈❈❈❈❈❈❈❈❈❈❈❈❈❈❈❈❈❈❈❈❈

一个深秋的下午，沿街慢慢地走下一位穿着得体的老人。看来他是散步完了回家；属于式样过时带扣的鞋上布满了灰尘。他手臂下夹着金色端头的手杖；黝黑的眼睛似乎仍旧映照出整个已消逝的青春，与他的雪白头发形成奇异对照，他默然环顾四周，还朝下看了看面前沉没在夕阳余晖中的城市。——他看来仿佛是个外地人；只有很少的过路人与他打招呼，虽然大多数人不由自主地要去看那双严肃的眼睛。最后，他停在有着高高的三角形屋顶的房子前，又一次看看落在背后的城市才登上房前门廊。随着门铃声响，屋内朝门廊开的小窗的绿色窗帷拉开，出现了一个老妇人的身影。老人对她挥动手杖。"还没有点灯！"他用略带南方口音道；管家妇人把窗帷重新放下。现在老人走经门廊的后半部，穿过有几个靠墙安放、陈列着瓷瓶的橡木大柜子的起居室；越过正面对开的门踏入一小过道，从这里有一狭窄楼梯直通后屋上面的房间。他徐徐登楼打开上面的门，随即进入一个相当大的房间。这里隐蔽寂静，一面墙几乎全被画像和书橱挡住，另一面是些人物画和风土画；铺有红色天鹅绒座垫的笨重靠背椅前是一张绿色台布覆盖的桌子，上面散乱地放着些翻开的书。老人把帽子和手杖放在屋角，然后坐在靠背椅上，双手交叠，看来是作散步后的休息。——当他这样坐着时，天色逐渐变黑；最后，月光透过窗玻璃照在墙壁的画上，一道明亮的光缓缓地移动，老人的眼睛不由自主地跟随着它。现在它移向一张朴实的黑色镜框内的小肖像上。"伊利沙白"，老人轻轻地说道，随着说出的这个字，时间宛如倒流；他处在他的青年时代了。

❈❈❈❈❈❈❈❈❈❈❈❈❈❈❈❈❈❈❈❈❈❈

这儿不是他一个人；因为不多一会儿，一个小女孩的秀丽身影出现在他的眼前。她叫伊利沙白，可以算是五岁；他比她年长一倍。她脖子上围了条红色丝巾；与她的棕色眼睛很相配。

"莱因哈德！"她喊道，"我们自由了，自由了！整天都不上学，明天也不上。"

莱因哈德敏捷地把已夹在手臂下的算盘^[注1]放在屋门后，然后两个孩子穿过屋子跑到花园，再走出花园门口直到树林。意外假期的到来对他们极其受用。莱因哈德在伊利沙白的帮助下，用一方方草皮在这儿造了所房子；他们打算夏天晚上住进去；但还缺条长凳。现在他着手干活；钉子、锤子和所需薄板已是准备好了的。伊利沙白这时沿着土堤走，采集野锦葵的环形种子放在她的围裙里；她想用它给自己做花串和项链；莱因哈德虽然砸弯了很多钉子，终究还是做成了他的长凳。现在他（出来）又处在阳光底下，而她已经走远了，到了草地的另一端。

"伊利沙白！"他喊道，"伊利沙白！"于是她来了，她的卷发都飞了起来。"过来，"他道，"现在我们的房子造好了。你真的是浑身都热，到这儿来，让我们坐在这张新凳子上。我给你讲点什么。"

他们俩便走进去坐在新的长凳上。伊利沙白从围裙里掏出她那些环形宝贝，把它们穿在一条细的长线上；莱因哈德开始讲了："从前有三个纺纱女"——

"啊，"伊利沙白道，"它我都记熟了；你不要老讲一样的。"

莱因哈德只好放弃"三个纺纱女"的故事，代之他讲述一个被扔进狮子洞的不幸人的故事。^[注2]一个夜晚，狮子睡了；但它在睡觉时不时地打呵欠并伸出红红的舌头。那个人吓得发抖，以为早晨要到了！突然，一块亮晶晶的石头扔在他旁边，他往上看，一个天使站在他面前。**天使对他招手径直向山崖走去。那个人站起来跟着天使，他们向前每走一步，面前的山崖便轰隆地裂开，他们未受阻拦地继续在岩石中穿行。**

**莱因哈德这样讲着；伊利沙白全神贯注听着。"天使？"她道，"他有翅膀吗？"

"这只是一个故事，"莱因哈德回答道；"真的，根本没有天使。"

"嘿，莱因哈德！"她说着，眼睛盯住他的脸。他忧郁地看着她，她怀疑地问他："为什么你总说这些？母亲和姑姑，学校里也是（讲这些的）吗？"

"这个我不知道，"他回答道；**"但就是没有。"**

"只有你（这样说），"伊利沙白道，"也没有狮子？"

"狮子？当然有狮子！在印度；在那里异教巫师把它们套在车的前面，用它们穿越荒野。我长大了，我自己要去一次。那边比我们这儿好上千万倍，那儿根本没有冬天。你也要和我一起，你愿意吗？"

"愿意，"伊利沙白道；"但母亲那时也要一起（去），你的母亲也是。"

"不，"莱因哈德道；"她们那时就太老了，没法一起去。"

"不会让我单独去的。"

"应该会让你去的；那时你实际上已经是我的妻子了，那时其他人都不能命令你做任何事情。"

"我母亲会哭的。"

"我们一定会回来，"莱因哈德急切地道；"你就直截了当说吧，你愿意和我一起旅行吗？不然我就单独走；以后再也不回来了。"

小女孩快要哭出来。"你不要瞪着那么凶的眼睛嘛，"她道；"我真的愿意一起去印度。"

莱因哈德满心欢喜，双手抓住她，拉着她去林子。"去印度，去印度了！"他唱着，与她转起圈来，红色围巾把她半身托飘起来。后来，他突然让她停下来，严肃地道："不会有什么结果的；你没有勇气。"

——"伊利沙白！莱因哈德！"现在有人从花园门口喊道。"这儿呢！这儿呢！"孩子们回答道，手牵手蹦蹦跳跳地回家去了。

❋❋❋❋❋❋❋❋❋❋❋❋❋❋❋❋

两个孩子一起生活；她在他面前通常太文静了，而他对她经常过于暴躁，但他们彼此却没有因此分开；他们分配好几乎所有的自由时间，冬天在她母亲几个不太宽敞的房间里，夏天就在丛林和田野。——有一次伊利沙白被学校老师呵斥，莱因哈德在场，为把那个人的怒火引向自己，他把算盘愤怒地扔在桌子上，可是没被注意到。于是莱因哈德全然不再关注（自己的）地理课报告了；代之他创作了一首长诗；诗中他把自己比作一只年轻的鹰，把学校校长比作灰鸦，把伊利沙白则比作白鸽。**年轻小鹰**发誓，一旦他的翅膀长成就向灰鸦复仇。年轻诗人眼里饱含泪水；他自以为非常高尚。回到家里，他设法给自己做了本带有好多页白纸的羊皮书；在扉页上细心执笔写下他第一首诗。——其后不久他进入另一所学校；在那儿他结识了不少与他同龄的新伙伴；但没有因此阻碍他和伊利沙白的交往。现在他从给她讲过和一再讲过的童话里开始写下她最喜欢的那些。这中间他经常萌发冲动，要把他自身某些想法加进去创作；**然而一种感觉对他侵袭而来，像是不允许他触动这些古老故事。**于是对这些童话，他准确地记下自己所听到的。然后他把这一页页纸交给伊利沙白，她小心地把它们保存在自己的首饰盒抽屉里；在一些晚上，他听着她当着他的面，给她的母亲朗读他写在本子上的故事，这让他感到极大满足。

七年过去了。莱因哈德要离开这个城市去深造。伊利沙白不能想象真的全然没有了莱因哈德怎么打发时间。让她很高兴的是有一天他对她说，他将像往常一样为她写下童话；他会把它们连同给他母亲的信寄给她；然后她要回信给他，（说说）这些童话怎样地令她喜欢。出发的日程到了；但是以前还有好多的诗在羊皮书里。它们对伊利沙白可是个秘密，虽然是她成就了这整本册子和大多数的诗，诗逐行填满了几乎半数的白纸页。

已是六月了；翌日莱因哈德就要启程。**现时大家想再次一起愉快地感受自我和大自然。**因此举办了一次去附近山里树林的较大群体的野餐会。去林边的一个小时路程交由马车完成；下车后大家拿下食物篮子再大步往前走。**先要穿过松林；松林的黑色树冠构成了一个午前炎热阳光难以穿越的华盖；**又阴又凉，地上到处撒满细细的松针。经过半小时行走和登高，他们走出黑暗松林来到了一个清凉的山毛榉林子；这里的一切，明亮又碧绿，不时有一束阳光透过长满茂密叶子的树权射进来；一只小松鼠在他们头顶的树枝上跳来跳去。**在一块地方，**古老的山毛榉树梢向上拔高成为**一个透光的树叶编织物，**大家停了下来。伊利沙白的母亲打开其中一个篮子，一个老先生以当家人自居。"大家都来围着我，你们这些年轻的小鸟们！"他喊道，"注意听清楚我要和你们说的话。现在，你们每人拿两块白面包做早餐，黄油（遗）留在家里了；配料要各人自己找。林子里有足够多的草莓，就是说，草莓是给能够找到它的人准备的。谁笨拙不聪明，就啃他的干面包；生活里到处都是这样过的。你们弄清楚我的话了吗？"

"是啦！"年轻人喊道。

"是啊，看看，"老人说，"话还没有完呢。我们老年人一生已经够到处奔波了；因此我们现在留在家里，就是说，这儿，在这大树底下，削土豆皮、生火和摆席，到十二点还该煮鸡蛋。所以你们有责任把一半草莓给

5

我们，让我们用它能招待出甜点。现在你们就朝东西方向去，要老老实实！"

年轻人做出各种调皮表情。"停下！"老先生再次喊道。"这点大概不需要我对你们说了，谁没有找到，也就不必交货；但是，他从我们老人家这儿什么也得不到，这或许要写在你们小耳朵后面。好啦，你们今天上够课了；如果你们除此之外当下还有草莓（找到），那么你们这一天过得已经是顺利的了。"

年轻人都赞成，于是成双结对地去漫游了。

"来吧，伊利沙白，"莱因哈德道，"我知道满是草莓的地方；你不会啃干面包的。"

于是他们走进了树林；走了一段路，一只兔子蹦出穿过路。"不好的兆头！"莱因哈德道。漫游变得更艰难了；时而他们必须跨过阳光灿烂的宽坡，时而攀越大块岩石。

"你的草莓留在哪儿呢？"她停下脚步，深深地喘了一口气问道。

在说这些话时他们正绕过一陡峭石棱。莱因哈德做了个惊异的脸部表情，"它们在这里有过，"他说，"但是癫蛤蟆抢在我们前面了，或许是貂，又或许会是小精灵。"

"真的，"伊利沙白道，"（草莓）叶子还长在那儿呢；但这儿你别说精灵了。来吧，我还根本不累；我们要远些去找。"

他们前面是一小溪，那边再是树林。莱因哈德用手臂举起伊利沙白，带着她跨过去。不一会儿他们钻出背阴的林地重新处在大片亮光下。"那儿会有草莓的，"小姑娘道，"散发出那么甜的气味。"

他们寻找着走过这有阳光的地方；但没找到。"不，"莱因哈德道，"那只是欧石楠散发的香味。"

到处是交错长着的覆盆子灌木丛和荚豆荆棘，空气中全弥漫着与短草重叠盖满了林间空地的欧石楠的强烈气味。"这里太偏僻了，"伊利沙白道；"其他人会在哪儿呢？"

莱因哈德没有想过回程的路。"等一下，风从哪个方向来？"他道，把他的手举高。然而并没有风来。

"静静，"伊利沙白道，"我觉得我听到他们说话。从这儿向下喊一下。"

莱因哈德窝着手喊："来这儿！"——"这儿！"回来的喊声。

"他们回答了，"伊利沙白道，拍起巴掌。

"不是的，什么都没有，只是回声。"

伊利沙白抓住莱因哈德的手。"我害怕!"她道。

"不，"莱因哈德道，"不要怕。这儿很美，你坐在那里草丛间阴凉地方。让我们休息一会儿；我们一定会找到其他人的。"

伊利沙白坐在枝叶漫垂的山毛榉下，注意地细听四周；莱因哈德坐在离她几步远的树墩上，默默地望向她那边。太阳正在他们头顶，午间的炎热炙人；闪着金光的钢青色小蝇子抖动翅膀停留在空中；他们周围响起轻微嗡嗡声和营营声，多次听到森林深处啄木鸟的捶击声以及其他林鸟的吱嘎吱嘎声。

"听，"伊利沙白道，"敲钟了。"

"哪儿?"莱因哈德问。

"我们后面。你听见了吗? 中午了。"

"城在我们后面；如果我们往这个方向直接穿过去，我们就会遇见其他人了。"

于是他们踏上回程路；因为伊利沙白觉得很累了，他们放弃了找草莓。最终从树林间透出那群人的欢笑声；接着他们就看到地面上的一块白色餐巾闪闪发亮，它被充作餐桌，上面堆满了草莓。那位老先生的钮孔里别了条白色餐巾，起劲地切着熏肉的同时，继续向年轻人作他的道德训话。

"那儿，迟到的人!"这群年轻人看见莱因哈德和伊利沙白穿出树林子时，大喊起来。

"来这儿!"老先生喊，"掏空口袋，翻转帽子，现在让（大家）看看，你们找到什么啦?"

"又饥又渴!"莱因哈德道。

"即使全是这些，"老先生回答，向他们举起装得满满的一个碗，"你们也必须留下这个。你们清楚知道约定；这儿不养懒人。"

最终还是让他自我求情了，现在宴会举行，此外，杜松子林里传来画眉鸟的鸣啭。

这天过去了。——莱因哈德还是找到了一些东西；它们不是草莓，却也在林子里生长着。回到家里，他在老羊皮书里写下了一首诗：

我们林中迷路时

山坡这里

风全静了；

枝叶低垂，

孩子坐在树下。

她坐在麝香芳草中，

她坐在纯净芬香里；

一群闪光青蝇

空中营营飞舞。

林子是这般寂静，

她显得这般聪慧；

棕色卷发周围

阳光四散

远方杜鹃欢笑，

渗透我的灵魂；

她有着金色双眼

宛如林中女王。

所以，她不单是他的被保护人，对他说来，也是他生活伊始所有爱和奇迹的表征。

❋❋❋❋❋❋❋❋❋❋❋❋❋❋❋❋❋

莱因哈德进入远方城市的一所大学。学生生活的奇妙穿着打扮和自由环境助长了他天性中整个不安分因素。他越来越放弃了以往所属的宁静生活和人际圈子；给母亲信的内容越加缩水，信里也没有包含给伊利沙白的童话。这样她也就不写信给他，而这点他却几乎没有觉察到。从他的青春年代起，（他的）错误和激情就开始要求她那一方（付出）。月复一月地就这样过去了。

圣诞节终于来了。——那时下午才刚刚开始，一群大学生在市政厅地下室酒馆里围着一张旧橡木桌子一起坐着，后面是满满的一瓶瓶莱茵葡萄酒。墙壁上的灯点了起来，因为下面这里已经变暗了。学生们唱着拉丁文饮酒歌，与席者坐在桌子两边，每当合唱结束，他们就用一直拿在手上的亮闪闪的剑相互碰击。这群人大多数都戴着红色或蓝色镶银便帽，莱因哈德也算其中一员，除他之外，他们都用长长的挂有笨重流苏的烟斗吸烟，也知道唱歌和喝酒时要不断地保持烟斗点燃。——离这儿不远，圆屋顶下角落里坐着一个小提琴师和两个弹八弦琴的姑娘；她们把乐器放在膝上，冷漠地望着酒宴。

学生桌子那边喜欢轮唱；莱因哈德的邻座刚唱完。"Vivat sequent（拉丁文：下一个）！"邻座喊道并把酒杯向下翻。莱因哈德立刻接着唱：

"拿酒来！酒让我脑子着了火；
拿酒来！酒就要整整的一桶！
黑黑的小妮子，实在是太漂亮了，
她真是个女妖精！"

然后他举起杯，并像前面那个人一样做（把酒杯向下翻）。

"老兄！"另一个在座者喊道，将酒倒满莱因哈德的空酒杯，"比起你的喉咙，你的歌更令人觉得渴。"

"Vivat sequent（拉丁文：下一个）！"莱因哈德喊道。

"乌拉！来音乐！"第三个人喊道。"我们唱的时候来音乐！那该死的耍小提琴的家伙。"

"仁慈的先生们，"小提琴师道，"老爷先生们喜欢一个接着一个唱，唱得太畅快。我们根本不能跟得上！"

"废话，该死的肮脏谎话！那个黑妞罗拉太古怪；而你，对她是百依百顺的奴仆！"

小提琴师对那姑娘耳语了些什么；但是她拧过头，下巴支在八弦琴上[注3]。"我不为那些人弹。"她道。

"仁慈的先生们，"小提琴师喊道，"那张八弦琴不能弹了，玛姆瑟尔·罗拉把拧弦螺丝弄丢了；凯蒂和我会尽力给你们善人们伴奏。"

"老兄，"刚才说话的那个人道，把手砸在莱因哈德的肩上，"你把那个小妞都给我们带坏了！去，给她带回那个螺丝重新调好琴，我会唱你最新的歌来偿还你。"

"好啊！"其他人喊道，"凯蒂太老了，一定要罗拉弹。"

莱因哈德手里拿着酒杯跳起来，站到她面前去。"你要做什么？"她傲慢地问道。

"看你的眼睛。"

"我的眼睛和你有什么关系？"

莱因哈德两眼发亮朝下望着她。"我可知道，它是虚伪的；但是它点燃了我的血。"莱因哈德把杯子举到嘴边。"祝你这一双漂亮、害死人的眼睛！"他道，并把酒喝了。

她笑了，头来回地动。"给我！"她道；她渴望的眼睛盯住他的双眼，一面慢慢地喝完（他杯中的）残酒。然后拨起三和弦，小提琴师和另一个姑娘同时加入演奏，她用她的深沉女低音伴唱起莱因哈德的歌。

"Ad loca（拉丁文：各就各位）！"在座的人喊着，剑声叮当作响。现在轮唱按顺序进行，在结尾的重唱，碰杯声和剑声响成一片，夹杂着小提琴和八弦琴的澎湃响声。轮唱结束，在座的人都把剑扔向桌子喊道："Colloquium（拉丁文：开会）！"一个胖胖的老家伙把拳头砸在桌子："现在让我给兄弟们上几课！"他喊道，"它对你们是非常非常有益的。就注意啦！谁不能回答，pro poena（拉丁文：受罚）喝三杯。"低班和高班弟兄们齐齐站起，各人握住自己的酒杯。于是这个老家伙问道："今夜是怎样的一个夜晚？"

所有弟兄如同出自一个喉咙那样喊道："圣诞夜！"

老家伙慢慢地点点头。"嗨，嗨！"他道，"兄弟们变得越发聪明了。而现在问题来了："有多少个圣徒国王出现在伯利恒的马槽旁边？"

"三个！"大家回答。

"对了，"老家伙道，"我没想到这上面；你们像是刚刚教义问答[注4]后溜回来的吧。现在，最主要的问题来了！如果去伯利恒的圣徒国王只是三个，从哪儿来的？今夜这里他们仍有四个出现，又从哪儿来的？"

"从你的口袋里来的！"莱因哈德道，"从那副有四个国王的纸牌来的，你这个顽固魔鬼！"

10

"你砸破了所有硬壳（解决了难题——译注），我的年轻人！"老家伙的手从桌子上方伸向莱因哈德。"来吧，我要为你（身上的）那银色丝带报仇，它一定是你昨天从（教堂里）女式周日外套上割下来的。但是，今天（玩牌）关系到现钱！"他从背心上衣袋掏出一副脱销纸牌并在桌上摊开。——莱因哈德伸向自己口袋；里面分文没有。他的面骤然红了起来；他知道，家里斜面书桌抽屉里还有三个荷兰盾；他把钱放回抽屉是为给伊利沙白买圣诞节礼物用，后来又忘记了这件事。"现钱？"他道，"我身边什么都没有；你等一下，我马上就回来。"随后他急忙登上地下室楼梯。

外面街道上是深深的暮色；他发热的额头感觉到一股清新的冬天气息。到处都洒下窗户透出的燃烛圣诞树的明亮光影，不时听到室内短笛和铜喇叭响声，夹杂着欢乐的童声。一群乞童挨家挨户走，或是爬上楼梯的栏杆，想透过窗户看到将他们拒之门外的富丽豪华。有时门突然敞开，责骂声把整群这样的小客人从明亮的房屋赶到漆黑的小巷去；别的什么地方，在房屋前廊唱起古老的圣诞歌曲，这中间有清亮的女童声。莱因哈德没听这些，他快步走着，从一条街到另一条街，超过所有的人。当他到达住处时，天几乎完全黑了；他跌跌撞撞地跑上楼，进入他的小房间。**（他）想在黑暗中立刻打开书桌从里面取出钱**；但一股甜甜的气味迎面扑来，这让他觉到像在家乡，像是圣诞节家里母亲房间散发的气味。他用颤抖的手点亮灯；一个硕大包裹放在桌上，他打开包裹，从里面掉出了熟悉的棕色节日糕点；有一些上面用糖粉撒出了他名字的首字母；这些除了伊利沙白是没有别人会做的。随后还露出一个小包，带有他的刺绣内衣、帕巾和衬衫硬袖口，最后是母亲的和伊利沙白的来信。莱因哈德先打开后面那封；伊利沙白写道：

"这些漂亮糖粉字母会对你说出糕点是谁一起帮忙了的吧；也是那同一个人为你衬衫硬袖口刺绣。圣诞夜我们这里非常安静；我母亲九点半钟就已经把她的纺纱轮放到角落去；你不在这儿的今个冬天真是太寂寞了。你送给我的那只红雀上星期天死了；我大哭了一场，我可是一直很好地照料它的。它总是在下午，当太阳照着它的鸟笼时就开始唱；你知道，如果它这样声嘶力竭唱时，母亲常常在它上面挂块布让它安静下来。房间这儿更寂静了，只有你的老朋友埃利希现在有时来拜访我们。你有次说过，他看起来像他那件棕色外衣。每逢他进门时我总想起这个，那是太可笑了，但是请你不要对母亲说，她会有些不高兴。——猜猜，圣诞节我给你母亲送了什么！你猜不着它吧？（送）我自己！埃利希用炭笔给我画像；我已经给他坐了三次，每次整整一个小时。我相当反感让一个陌生人这样地熟悉我的面孔。我本不情愿，但母亲劝我；她说，这会使友善的维尔纳夫人（莱因哈德的母亲——译注）大大惊喜一番。

但是你没有一个字，莱因哈德。你没寄过一个童话。我常常在你母亲那儿抱怨；她那时总是说，你现在有好多事情要做，不再这般孩子气了。但是我不相信它，或许是另外一回事。"

现在莱因哈德方读母亲的信，当他两封信读完，慢慢地重新叠起放回去时，无尽的乡愁击倒了他。他在房间里长时间来回走动；半是自言自语地对自己轻轻道：

几近入歧途，
不知出去路；
孩子站路边
招手让回家！

随后他突然走到书桌前，拿出钱又走到街上。街上那时变得安静多了，不再有孩子往来，风吹过荒凉的街道，老人和年轻人都坐在自己屋里家庭团聚。圣诞树也熄灭了；只有蜡烛的明亮光辉还从窗户透到外面的黑暗里。莱因哈德静静地站在街上，踮起脚尖想看一眼房间里面；但窗前的护窗板太高，他只能看到带有金色褶皱旗的圣诞树树尖和最高处的蜡烛。他感到懊悔，还有点痛苦，对他来说第一次不再属于这个节日。里面的孩子们对他一无所知，他们也想象不到外面有个人，就像莱因哈德之前看到的饥饿乞童那样，爬上楼梯的扶手，像看被遗失的天堂那样渴望看着他们的快乐。虽然他母亲在最后岁月里再也没有给他装饰过树，但他们那时总到伊利沙白的母亲那儿去。伊利沙白每年还有圣诞树，莱因哈德一直在那里尽力。圣诞节前夕始终可以发现很多人非常勤奋地忙碌着，剪纸网和金箔，点蜡烛，把杏仁和鸡蛋染成金色，还有其他的属于圣诞树下的美好秘密。然后是下一晚，点燃起圣诞树，莱因哈德总是把一件小礼物放在树下，通常是一本装订成册的彩色图书，也就是他最近誊清自己童话的练习册。然后，两个家庭习惯聚在一起，莱因哈德向他们朗读从伊利沙白处拿到的圣诞节新书。在异乡这个地方，奇迹般地再现了一幅自身生活图像，它就呈现在他眼前。只是当房间里修剪蜡烛时，两个图像才消失。每逢里面房间砰然开门和关门时，桌椅也一起动；圣诞节的第二幕开始了。——莱因哈德离开他冰冷的站立位置继续走路。当他走近市政厅地下室酒馆时，听见底下大兵叫牌时那些胖子们的沙哑声，外加小提琴声和弹八弦琴姑娘们的歌声；现在，下面地下室酒馆门叮当响了，一个摇晃黑影蹒跚地登上灯光暗淡的宽楼梯。莱因哈德急匆匆地走了过去；然后，他走入一家灯火辉煌的珠宝店；在店里买了一个红珊瑚小十字架后，便又顺着他来的原路回去。——离他住所不远，他注意到一个小家伙，裹着褴褛单薄衣衫站在房子的高大门前的女孩子，她徒劳地费力要打开门。"我要帮你吗?"莱因哈德道。小孩什么都没回答，她要让那笨重的门的把手能够活动。莱因哈德将门打开了。"不，"他道，"他们会赶你出来的；跟我来吧！我会给你圣诞节糕点。"于是他把门重新关上，手牵着这个默不作声的小女孩随他朝住所走去。出门之前他让（住所的）灯一直点着。"这儿有你的糕点，"他道，把不带糖粉字母的整整一半宝贝放入她围裙兜里。"现在回家吧！把这些也带给你母亲。"那孩子用胆怯害羞的眼光向上望着他；看得出是非常友善的，于是什么话都回答不出来了。莱因哈德开门为她照明，小家伙带着糕点像小鸟一样飞下梯子，飞向家里。

莱因哈德给炉火添了料，把蒙有灰尘的墨水瓶放在桌上；然后坐下来整个晚上写信，写给他的母亲，写给伊利沙白。余下的圣诞节糕点在他旁边放着没动；伊利沙白做的衬衣硬袖口他已经接好，配他的白绒毛上衣显得极其奇特。他仍坐着，冬日阳光落在结了冰的窗玻璃上，与他对着的镜子里映照出一张苍白严肃的面庞。

❋ ❋ ❋ ❋ ❋ ❋ ❋ ❋ ❋ ❋ ❋ ❋ ❋ ❋

到复活节了，莱因哈德启程回家。到家后的上午他去伊利沙白那儿。当这个瘦削娟秀的小姑娘笑着迎接他时，他道，"你长得这么大了！"她脸红了，什么都没有回答；她试着轻柔地从他那儿抽出迎接时被他握着的手。他有点迷惑地看着她，她以前没这样过；现在他们之间好像出现一点陌生似的。——尽管他待在这儿的时间已经很长，而且尽管他天天都来，情况也依然如故。当他们单独坐在一起时（谈话）会出现停顿，这让他感到难堪，他谨慎地试着预防它（发生）。**为了有一定的消遣，他提议在这个假期教伊利沙白植物学**，在他的大学生活最初几个月他详细地研究过它。伊利沙白乐意接受，她习惯所有方面都跟随他，加之她也受教。这周就有好几次去园田或荒野考察，中午他们把装满叶子和花卉的绿色植物标本箱带回家，莱因哈德几个小时后再来，和伊利沙白把共同采集的植物整理和分类。

一个下午，他走进房间看到这个景象：伊利沙白在窗旁站着，向一个他以前没见过的镀金鸟笼放入新鲜的繁缕草。鸟笼里站着一只金丝雀，转着圈扑打翅膀啄向伊利沙白手指。往常莱因哈德的鸟挂在这个地方。"我可怜的红雀死后变成金丝雀了？"他乐呵呵地问道。

"红雀没有这个本事，"她的母亲坐在靠椅上纺着纱道，"它是您的朋友埃利希今天中午从他的庄园给伊利沙白送来的。"

"什么庄园？"

"您不知道这个？"

"是什么？"

"就是埃利希继承了他父亲在茵梦湖的第二个庄园，有一个月了。"

"而关于这件事您都没和我说过一个字。"

"哎，"母亲道，"您还一句话都没有问过您的朋友呢；他真是一个可爱、明理的年轻人。"

母亲出去准备咖啡；伊利沙白已转身背向莱因哈德，仍忙着建造她的鸟儿亭子。"只是一会儿，"她道，"我马上完事。"莱因哈德一反他的习惯没有回答，于是她转过身来。他眼中出现一种突如其来的忧伤，她从来没有记起（他眼里）有过的。"你觉得不舒服，莱因哈德？"她问道，同时走近他。

"我？"他茫然地道，双眼若有所思地停留在她的眼睛上。

"你看起来这么伤心。"

"伊利沙白，"他哆嗦地道，"我受不了这只黄色鸟儿。"

她惊讶地看着他，她弄不懂他。"你太特别了，"她道。

他握起她的双手，她静静地让它们在他的手里。很快她母亲又进来了。

喝完咖啡，母亲就坐在纺纱轮旁；莱因哈德和伊利沙白到隔壁房间整理他们的植物。现在数雄蕊的数目，仔细摊开叶子和花芯，每类两个样品夹在大文件夹的页之间干燥。这是一个阳光充沛下午的寂静时刻，只有隔壁母亲的纺纱轮嗡嗡作响，不时听到莱因哈德压低的嗓音，那是他在称呼植物的目和类，或更正伊利沙白不当的拉丁文名字发音。

"最近我还缺铃兰。"确认和整理好所有采集物品后，现在她道。

莱因哈德从口袋掏出一白色小羊皮本。"这是给你的铃兰茎。"他道，取出那半干的植物。

伊利沙白看到写过的页面，她问："你又编写童话了？"

"它们不是童话。"他回答并把书递给她。

它们是纯正的诗，密密麻麻填满了每一页。伊利沙白一页又一页翻着；看来她只读标题。"她被校长苛斥时"；"她在林间迷了路"；"复活节的童话"；"她第一次给我写信"；几乎所有的内容都是这样。莱因哈德探究地望着她，而她仍是一再翻页，他看见，最终在她明净的脸庞上怎样地出现淡淡红晕并逐渐地布满。他想看见她的眼睛；但是伊利沙白没朝上看，最后一声不响地把书放在他面前。

"不要这样还给我！"他道。

她从铁皮盒里取了一棕色幼枝。"我要把你心爱的枝叶放进去，"她道，把书放到他手里。——

假期最后一天，启程的早晨终于到了。在伊利沙白的请求下，她得到母亲的允许陪她的朋友上驿车，驿站离她的住处有几条街。他们在屋门前见面，莱因哈德把手臂给她挽起；他沉默地在那苗条姑娘的身旁走着。他们越接近目的地，他就越想在这长久分离之前告知她一些要紧的事，一些他未来生活全部价值和全部珍爱所归依的事，但他没能使自己悟出那些可解脱困境的话。这让他焦虑不安，他走得愈发慢了。

"你走得太慢，"她道，"圣玛丽教堂已经敲过十点了。"

但是他没有因而走快些，最终他吞吞吐吐地道："伊利沙白，从现在起你会整整两年见不到我，——如果我再回到这儿，你还会像现在一样喜爱我吗？"

她点点头，亲切地正视他的脸。——"我还替你辩解过，"过了一会儿她道。

"替我？对谁你有必要这样？"

"对我母亲。昨天晚上你离开后，我们长时间谈到你，她的意思是，你不再像以前那么好了。"

莱因哈德震惊地沉默片刻；然后拉她的手到自己手里，严肃地看着她童稚的眼睛，他道："我还是像我以前一样的好，你确信这一点。你相信它吗，伊利沙白？"

"是的。"她道。他松开她的手，和她迅速地穿过最后一条街。离别对他来得愈近，他的神情愈是高兴；他走得对她来讲是太快了。

"你怎么啦，莱因哈德？"她问道。

"我有个秘密，一个美好的秘密！"他道，发亮的眼睛凝视着她。"两年后我回到这儿，那时你就应该知道了。"

他们抵达驿车正当时；时间恰好还够。莱因哈德再次拉着她的手。"再见！"他道，"再见，伊利沙白。别忘了！"

她摇动着头。"再见！"她道。莱因哈德登入车，马开始拉了。

当车厢在街角拐弯时，他再一次见到她可爱的身影怎样地慢慢沿原路回去。

❈❈❈❈❈❈❈❈❈❈❈❈❈❈❈❈❈❈

将近两年过去了。莱因哈德坐在书和文件堆之间的灯前，等候与他从事同一研究的朋友。有人登梯上来。"进来！"——来人是女店主。"你的信，维尔纳先生！"随后她又走了。

莱因哈德从家回来后没有给伊利沙白写过信，也没再收到过她的信。这封信不是她发的；是他母亲的手迹。莱因哈德撕开信读，很快他读到下面的话：

"在你这个年龄，我亲爱的孩子，几乎每年都有它的特有面貌；因为青年人不会把自己搞得可怜不幸。这里也有很多变成另个样。**只要我对你的了解正确，那么开始时会使你很痛苦。**昨天埃利希终于得到伊利沙白的允诺，在这之前三个月他徒劳地求过两次婚。对这事她总不能做决定；现在她最终还是做了；她还是太过于年轻，婚礼应该很快举行，以后她的母亲继续和他们一起过。"

※※※※※※※※※※※※※※※※※※

又是一些年过去了。——一个温暖的春日下午，通向下方的林荫道上走着一个健硕、面庞晒成棕色的年轻人。他严肃的灰色眼睛急切地看着远处，像是期盼着这条单调的路最终会发生变化，而这变化却是总不愿到来。终于从下面慢慢地上来一辆货车。"哎，好朋友，"旅者向旁边走的农人喊道，"这里是直去茵梦湖吗？"

"一直走下去。"那人回答，挪动了一下他的软阔边帽。

"那么离那儿去还远吗？"

"先生（您）就在跟前了。不到半个烟斗的工夫就到湖边；主人的房屋贴近着湖。"

农人从一旁过去了；另一位更急促地沿着树木走。一刻钟后，他左面的树荫突然结束；路通向一斜坡，旁边的百年橡树树梢几乎露不出来。越过这些橡树，展现出一幅宽阔的阳光普照的风景。下面尽头是一深蓝色平静湖泊，几乎被阳光下的绿色树林团团地围住，只在一处，树林相互分离，呈现出一道深邃远景，一直延伸到深处止于蓝色山峦。正对面方向，树林的绿叶中间宛如被白雪覆盖，它们是花卉盛开的果树，从这里冒出的主人的红瓦白色房屋在高堤耸立而起。一只鹳鸟从烟囱飞起，缓缓在湖面上盘旋。——"茵梦湖！"旅者喊了起来。现在他几乎已经到达他旅途的目的地了；于是他一动不动地站着，越过他脚边的树梢看另一边湖堤，那儿主人房屋的倒影浮现在波光粼粼的湖面。然后他猛然又继续上路了。

现在他几近陡直地走下山，下面生长的树木又有了树荫，但同时挡住了眺望湖面，湖面只是在树杈空隙间不时露出。很快（路面）又渐渐向上，左右方的树丛消失了；代替它们是沿路延伸出去（长满）茂密枝叶的葡萄的山丘；山丘两侧布满花朵盛开的果树，营营作响的蜜蜂在采蜜。一个穿棕色上衣的魁梧男子迎面向旅者走来。当男子几乎够着他时，便摇着便帽响亮地喊道："欢迎，欢迎，莱因哈德兄弟！欢迎来到茵梦湖庄园！"

"你好[注5]，埃利希，谢谢你的欢迎！"另一位对着他喊道。

然后他们互相走近并伸出了手。"果真是你吗？"埃利希道，靠得这般近地看着他老同学的严肃面孔。

"我当然是啦，埃利希，而你也是；只是你看起来像你过去一向的那个样子，总是这么快活。"

听到这些话，愉快的微笑使埃利希朴实的面容更加容光焕发。"是的，莱因哈德兄弟，"他道，再次伸出手，"从那时起我真是确实一直交好运；你可是知道的。"他搓着手，快乐地喊；"这会是一个惊喜！她没有料到它，绝对不会料到的！"

"惊喜？"莱因哈德问道，"究竟对谁？"

"对伊利沙白。"

"伊利沙白！你没有对她说过我来访的事？"

"一个字也没有，莱因哈德兄弟；她没想到你身上，母亲也没有。我是完全秘密地传信给你，因而快乐也会更大。你知道，我总是有我暗自的小盘算。"

莱因哈德沉思起来；他们越走近庄园，气氛显然对他变得越沉重。现在路左边的葡萄园也到头了，从这里向下延伸到几近湖堤的地方做成一个宽阔的菜园子。那只鹳鸟不时飞下，在蔬菜苗圃之间四下里庄重地踱步。"好啊！"埃利希拍着手喊道，"这只长脚埃及人一再偷我的短豌豆梗！"鸟儿慢慢地升起，飞到一座新建筑物的屋顶，建筑物位于菜园子另一端，它的墙被纠缠在一起的桃树和杏树的枝权复盖住了。

"这是一爿酒厂，"埃利希道；"我两年前刚建起它。那座庄园建筑物是我已故父亲新建的；居屋是我的祖父已经造好的。人啊，总是这样一点点向前走。"

谈话间他们来到了一个宽敞场地，场地由侧面的乡村风格庄园建筑物以及背景般的主人房围着，主人房的两翼连接着花园的高墙；墙后可以看见排成树墙的深色紫杉，紫丁香随处让它的开花枝蔓悬落到场院里去。人们的脸由于太阳和劳作变得热气腾腾，他们穿过场院向这两个朋友问好，这时埃利希当面向这人和那人委派任务，或者查问他们一天的工作。——然后他们来到那个主人房屋。迎接他们的是一个高挑和阴凉的房屋前廊，他们在前廊尽头向左转入一条有点暗的侧道。埃利希在这里打开门，于是他们踏入一个宽敞的花厅，两扇对向窗户盖满浓密树叶，因而使花厅两侧充盈一片朦胧绿色；窗户之间的两扇高大的门敞开，迎来了春天太阳光华，还提供了花园景色，花园里有构成圆形的苗圃和又高又陡的树叶墙，由一条笔直的宽大路径分开，通过它人们可以由里面望到湖面和再远的对面树林。他们进屋时，穿堂风迎面给他们带来一股芳香的气流。

花园门前地毯上坐着一个少女般的白色女人身影。她站起来迎向进来的人们；但中途她停住了，宛如生根似的站着，一动不动地盯着外来人。他笑着迎面向她伸出手。"莱因哈德！"她喊道，"莱因哈德！我的上帝，是你！——我们好长时间没有见面了。"

"不算长，"他道，往下说不出一个字；因为听到她的声音，他觉得心头一阵微微的痛楚传遍躯体。他景仰地望着她，她在他面前站着，同样的轻盈温柔的身影，与多年前他与之在故乡话别时一样。

埃利希的兴奋溢于言表，回到门边站着。"怎样，伊利沙白，"他道，**"我是不是替你正确安排了适合住我们新客房的客人？对吧！这你没有预料到的，万万不会料到的！"**

伊利沙白用姐妹般的眼光看着他。"你真好，埃利希！"她道。

他爱抚地拿起她纤细的手到他手里。"现在我们把住他了，"他道，"我们不会让他那么快再走掉。他在外面逗留了那么久；我们要给他做到像在家里一样。瞧瞧，他看起来变得像个外地上等人了。"

伊利沙白的腼腆目光瞥了一下莱因哈德的脸。"这只不过是我们没有在一起的时间罢了。"他道。

眼下母亲进门来了，一个钥匙筐在手臂上。"维尔纳先生！"她看到莱因哈德时道，"哎，一个不期而遇的客人，确实是太妙了！"——现在他们的谈话在问与答中以平稳步调进行。女人们坐着做她们的活，莱因哈德享用着为他准备的饮食，埃利希点起他的海泡石烟斗，坐在一旁抽烟和议论。

第二天，莱因哈德要和他出去；去农田，去葡萄园，去酒花园圃，去酒厂。情况全很好；在田里和锅炉房干活的人都带有健康和满足的表情。中午全家一齐来到花厅，白天视主人的清闲，或多或少地一起度过。**只有在晚饭前的钟点和大清早，莱因哈德才留在自己房间里工作。**——伊利沙白所有时候都是温存和友善的；她带着几近谦恭的感谢接受埃利希一如既往的关心，莱因哈德有时想，昔日那个活泼的孩子可以指望成为一个少许沉静的妇人了。

从他到这儿的第二天起，他便习惯在**黄昏再稍后些**去湖堤散步。那条路贴近花园下方经过。在它的尽头，凸出的古棱堡上，高高的桦树下放着一条长凳；母亲给它起名为"晚凳"，因为临近黄昏放在这个地方，最大限度地利用了日落这段时间。——一个晚上，莱因哈德在这条路上散步，雨

19

不期而至，他便折了回来。他想在湖边长着的菩提树下找个遮挡；但硕大雨滴很快透过树叶落下。他浑身湿透，于是放弃走到那儿，慢慢地继续他的归途。天几乎黑了；雨还密密下着。当他走近"晚凳"时，他相信，在挺拔的桦树树干之间分辨出一个女子白色身影。她不动地站着，他走近去辨认，他认为她正朝向他，**好像在等待他似的**。他相信这会是伊利沙白。于是他迈开快步要赶上她，然后和她一起经由花园回屋，这时她却慢慢地转身消失在那黑暗的侧道里。他无法理顺这件事。几乎要对伊利沙白生气了，却又怀疑她是否真的曾在那儿；但是他害怕问她这件事。是啊，他回来时甚至没有入花厅，为的只是可以不要看到伊利沙白经由花园门口进来。

＊＊＊＊＊＊＊＊＊＊＊＊＊＊＊

几天后，已是傍晚，这个时候通常是全家人齐集坐在花厅里。莱因哈德讲他的旅行："他们仍然梦幻般地生活在旧时代的光环里，"他道，"当我们要穿过一群黑眼睛裸体小伙子摆渡去威尼斯时，白天将要结束。现在在落日余晖中，一个灯火通明的城市从水面升起，我必定被它的美景震慑住了，他们大声用土语问好：'O bella Venezia（意大利语：美丽的威尼斯）！'我也伸出手喊。一个小伙子执拗地看着我，突然中断划行。'E dominante（意大利语：她统治一切）！'他骄傲地说，再度入水划行。然后他唱起一首歌，所有喉咙都在唱，老重复唱它，直到更新的歌出现才替换掉。小伙子让每个乐段结束处的叠句，慢慢地像呼唤般从水面上向外发声。这些歌的内容大多是非常优雅的。"

"但是，"母亲道，"作为德国人，他们必须是另外一个样子。这里人们工作时唱的，恰恰不是对着爱挑剔的耳朵。"

"他们偶尔有首歌是属于最糟糕的。"莱因哈德道，"这不会使我们犯错。民歌正像是民众，它如同分享他们的缺陷一样，分享他们的美好，时而粗鄙，时而可爱，愉快和伤悲，滑稽和少有的深沉。还是在这最近一次漫游中，我记录下它们的好多首。"

现在大家请莱因哈德通告其手稿的内容；他回到他的屋子里去，过一会儿他拿了一卷纸回来，那是由仓促写就的一页页纸组成。大家靠桌子坐下来，伊利沙白在莱因哈德旁边，他起先读了几首蒂罗尔的逗乐小曲[注6]，他读着，有时还让人轻声听到那些愉快的曲子。这小群人都产生了一种共有的快感。"谁作了那些美丽的歌？"伊利沙白问道。

"嘿，"埃利希道，他一直吸海泡石烟斗愉快地倾听着，"已经听得出是这类人的，裁缝匠和理发匠！就是这一类的有趣无赖。"

莱因哈德然后读那首忧郁的"我站在高山上……"[注7]伊利沙白会它的曲调，它是这么神秘，让人们不能相信它是由人类想出来的。现在两人合唱这首歌，伊利沙白用她有点隐伏的女低音[注8]伴着男高音唱。"这是远古的声音，"莱因哈德道，"它们沉睡在山林深处；上帝知道是谁发现它们的。"接着他读那首思乡歌谣，"走向汕兹上的斯特拉斯堡"。[注9]

"不，"埃利希说，"裁缝匠像是不可能创作出这些来。"

莱因哈德道："它们完全不是创作出来的；它们是生长出来的，它们从空中落下，它们像蛛丝飞越大地[注10]，飞到这儿，飞到那儿，在成千个地方一起唱。我们在这些歌谣里，找到我们自己的痛苦和作为。就好像我们大家协力把它们搞出来的。"他取出另一页，"这首歌，"他道，"是我去年秋天在我们老家当地听到的。女孩子们剥亚麻时唱它；我记不下它的曲调，对我是完全陌生的。"

天色已经变得更暗了；红色晚霞像泡沫落在湖的各边树林。莱因哈德打开这页纸，伊利沙白把手压在纸边一起看去。莱因哈德读道：

"依我母亲心愿，
我要嫁给别人；
以前至爱的，
心里应该忘记；
这我不愿意。

我向母亲诉苦，
怨她事没办好；
以往荣耀时的一切，
现在成为罪孽，
我怎样从头来过！

　　所有骄傲和欢乐

　　我换来的却是悲伤。

　　啊，如果这从没有过，

　　啊，我可以去乞讨

　　遍走褐色荒郊！"

　　莱因哈德读的时候，他感觉到纸上有觉察不到的颤动；他读完了，伊利沙白轻轻地把她的椅子推后，默默地走下花园。**母亲的严厉目光跟随着她。**埃利希想跟着走；但母亲说："伊利沙白外面有事要做。"于是他留下了。

　　外面花园和湖面晚色越来越深，夜蝴蝶嗡嗡地经过敞开的门，越发浓重的花卉和灌木丛气味穿门涌入；水面上传来青蛙的喧闹声，窗下一只夜莺在鸣啭，还有另一只在花园深处；月亮照在树上。伊利沙白秀美的身影已经隐没在枝叶繁茂的小道中，莱因哈德仍向那个地方望了一会儿；然后他把稿纸一并卷起，**说明他想作晚间散步走了出去，**穿过屋子下到湖滨。

　　树林默立着，把它的黑影远远地投射到湖面，湖心处在沉闷的朦胧月色中。时而透过树林的轻微沙沙声令人不寒而栗；但它不是风，只是夏夜的气息。莱因哈德一直沿湖堤走。他能认出离岸抛一石子距离处有一朵白色睡莲。突然他来了兴致要靠近看看它。他扔下衣服踏入水中。湖底平坦，尖利的植物和石块割破他的脚，他总还是没有走到游泳所需的水深。接着，他（脚）下面突然什么都没了，水围着他齐齐打起漩涡，持续了好一段时间后他才浮上水面。现在他活动手和脚，转着圈四处游，直到搞清楚他是在什么地方入水为止。很快他又见到那朵睡莲；它孤独地处在宽大闪亮的荷叶之间。——他慢慢地游过去，不时从水中抬起手臂，淌下的水滴在月色下闪闪发亮；但情况是，他和睡莲之间的距离似乎停留原样；他环顾四周，只有湖堤处在他身后的始终迷离的薄雾中。他没有放弃他做的，而是继续精力充沛地向同一方向游去。最后他游到离花很近的地方了，近到月色下可以辨清那些银白色花瓣；可在同时，他觉得自己好像**陷在像网那样的一团水生植物里。**那些从湖底向上的滑溜溜茎梗已经够着并缠住他裸露的四肢。不熟悉的湖水是那么黝黑从四周包围着他，他听见后面一条鱼儿跃起；突然他觉得这陌生环境令人恐惧，于是他大力地扯碎纠缠在一起的植物，急得透不过气地游向陆地。当他从这儿回顾湖面，那朵睡莲和以前一样远，孤独地在那黝黑的深处。——他穿上衣服慢慢地回屋。**当他步入花厅时**，看见埃利希和母亲正准备一次短期工作旅行，应该是在第二天出行。

"这么夜深您去拜访谁了？"母亲向他叫唤道。

"我？"他回答，"我想拜访那朵睡莲；但是没有办成。"

"再没有人能理解这种事情了！"埃利希道，"你要用睡莲搞什么鬼东西？"

"早先我一度认识它，"莱因哈德道，"但已经过去很久了。"

❈＊❈＊❈＊❈＊❈＊❈＊❈＊❈

接下来一天下午，莱因哈德和伊利沙白在湖滨各处漫步，有时穿过小树林，有时来到凸出的湖堤边。伊利沙白受埃利希的委托，在他和母亲不在时让莱因哈德领略一下周边的美丽景色，也就是从堤的另一侧到庄园的环境。他们现在从一处到另一处。最后伊利沙白累了，坐在树枝悬落的树荫底下，莱因哈德与她面对面靠着树干站着；这时他听见了树林深处杜鹃的鸣叫，他突然觉得，所有这些一度同样有过。他难得微笑地看着她。"我们要找草莓吗？"他问道。

"这不是草莓季节，"她道。

"但它很快就来的。"

伊利沙白默默地摇头；然后她站起来，两人继续漫游；她在他旁边走着，他的目光一再转向她；因为她走得很美，似乎是她的衣服带着她走。他常常不由自主地退后一步，让他能够完完整整地将她收入眼帘。后来他们来到一块荒草丛生的空旷地，这里的景色远得及至田野。莱因哈德弯腰采集一些长出地面的花草。当他（抬）眼再向上望时，他的脸上带着悲哀的痛苦表情。"你认识这些花吗？"他问道。

她探询地看着他。"这是石楠花。我常在这里树林采摘它的。"

"我家里有本旧册子，"他道，"我过去习惯往里面写进各种民歌和诗，但是有好长时间没再做了。书页间也有石楠花，只是一朵枯萎了的。你知道是谁把它给了我的吗？"

她无声地点点头；她的眼睛下垂，只看着他手中拿的花草。他们长时间站立。当她抬起眼睛对着他时，他看见她满眶泪水。

"伊利沙白，"他道，——"在那些青山背后有着我们的青春。现在它们留在哪里呢？"

她不再说话；他们并排着默然地朝湖面走下去。空气闷热，西方呈现黑色云团。"风暴要来了。"伊利沙白道，同时她加快脚步。莱因哈德默默点头，两人沿湖堤快步走起，来到他们的小船。

小船划行时伊利沙白把手靠在小船的船舷上。他划船时对着她这边看，但她越过他看着远方。他的目光下移停在她手上。这苍白的手向他泄露了她的面容对他所隐瞒的。**他在那纤细痕迹上看到一种隐痛，它侵袭女人这样极其漂亮的手，那夜间放在创痛心上的手**——伊利沙白感觉到他的眼睛停留在她手上，她让手慢慢越过船舷滑入水里。

到达庄园时，他们在主人屋前遇到一辆磨刀匠手推车；一个黑色鬈发下垂的男人勤快地踩着磨刀轮，牙缝间哼着吉普赛调子，拴着的狗躺在旁边喘息。房屋前廊站着一个裹着破衣、漂亮面容显得精神恍惚的姑娘，**她带着乞讨者的神色向伊利沙白伸出手。**莱因哈德伸手入口袋；但伊利沙白抢先过他，把她钱包里所有钱急急倒在女乞丐摊开的手里。然后她匆匆转过身，莱因哈德听到她啜泣着上楼。

莱因哈德走到楼上他房间里去；他坐下来要工作但脑子空空。他徒劳地试了一个小时之久后，下楼来到了家庭聚会的房间。没有人在，只是一片清凉的绿色朦胧；在伊利沙白的缝纫桌上，放着她下午脖子上戴过的红色带子。他把它拿在手里，但令他心痛又把它放下。他平静不下来，走下去到湖边，解开小船的缆绳；他划船出去，再一次走遍刚才和伊利沙白一起走过的路。回屋时天已黑了；在庄园他遇到马车夫，车夫要把拉车的马带到草地上去；旅行完的人们刚刚回来。他走进房屋前廊时，听出埃利希在花厅来回踱步。他没有进去见他；静静站了一会儿，然后轻轻上楼到自己的房间。他坐在临窗的靠椅上；像以前所做的那样，他想听到在下面紫杉树墙鸣啭的夜莺；但听见的只是自己的心跳。他下面的屋子里一片寂静；夜晚时光在流逝；他没有感觉到。——他坐了好几个小时，最后站起来置身于敞开的窗户间。树叶间淌落着夜露，夜莺不再鸣啭。来自东方的浅黄色微光逐渐挤走夜幕的深蓝，一股清新的风扬起，直触莱因哈德发烫的前额；第一只云雀欢呼着升空。——莱因哈德突然折回走到桌旁；他摸索铅笔，找到后便坐下来，在一张白纸上写了几行。他就此写完后，拿起帽和手杖，留下那张纸，小心翼翼地打开门下楼到前廊。——朦胧曙色仍滞留在所有角落；草垫上的一只大家猫伸着懒腰，对着他不经意地冒犯了它的手，猫弓起了背。外面花园里，枝头上的麻雀像神甫般祷告[注11]，告诉所有人夜晚要过去了。他听到房子上面门在动，有人下楼来。他向上看，见伊利沙白站在他面前。她把手放在他的手臂上动了动嘴唇，但他听不见一个字。"你不会再来了，"她终于道，"我知道，别说谎；你绝不会再来了。"

"不了，"他道。

她垂下手不再说话了。他穿过前廊走向门口；随后他再次转过身。她一动不动地站在原地失神地望着他。他向前走了一步向她伸出手臂。过后他强迫自己转身向门走出去。——外面，世界置于清新的晨曦中，挂在蛛网上的露滴在初现阳光里闪闪发光。他没回头看，急急地走了出去；宁静的庄园越来越落在后面，广袤的世界在他面前升起。

* * * * * * * * * * * * * * * *

若干年后，我们又发现莱因哈德来到远离刚才描述过场景所在州的北部边远地区。不久他母亲就过世了，其后他寻找公职并得到一个位置，于是便进入按部就班的日常生活。他的官员职位是要他和男男女女各种人会面而不只是自然的交往需要，他经历过的和爱过的，在如今种种的激励之前越发减弱变成背景，纵然其强烈程度比不上前者。多少年就这样过去了。习惯渐成自然，他的感觉敏锐性被消磨殆尽，或者至少是沉寂了，他和大多数人一样，置身于琐碎生活事务中。最后他娶了亲。他的妻子善于持家并很和善，于是一切进入他安排好的轨道。但有些时候，不过很少，在他那儿表露出眼前和回忆间的矛盾。他会成个钟点地站在窗前凝视，显然不是看下面开阔地的风景。但是，当展望过去的最深处，一个景象浓于另一个景象交替出现时，他的眼睛炯炯发亮，这绝大多是埃利希来信的时候；信几年一封，以后越来越少，最后完全停止了。莱因哈德只是不时从旅游路过的朋友那里知道，埃利希和伊利沙白仍和以前一样，住在他们宁静庄园里过着与世无争的日子，他们没有孩子。莱因哈德自己婚后第二年有了个儿子，因而带给他极其激动的快乐。那个夜间，他跑出外面迎风喊道："我有了儿子了！"他把孩子抱在胸前，流着泪对着孩子小小耳朵，轻声低语着温柔的话，仿佛在他所爱的人的一生中他都没说过这些。但没到一年孩子死了，从那时起他们的婚姻成为没有孩子的婚姻。三十年后，他的妻子如同生前那样温柔而平静地离世，莱因哈德辞了职，向北搬迁到德国最北面的州的边区。他在小城里买了座最旧的房子，节俭地生活着。这以后他就再没听到过有关伊利沙白的任何消息；现在对他说来，眼前的生活占的分量越来越少，炯炯有神的黑眼睛里越来越明亮地显现那遥远的过去，他年轻时的爱人可能从来都没有像现在，在他如此的高龄时那样贴近他的心。他的棕色头发变成花白，步履变得迟缓，瘦长的形体也佝偻了，但在他的眼睛里，仍然有着未消失的青春的光芒。

✳✳✳✳✳✳✳✳✳✳✳✳✳✳✳✳✳

我们在故事的开头看到了他；我们在他脱下衣服的房间里伴随着他，并伴随他追忆他们已逝的年华。——月光不再照在窗户上，天黑了；老人双手交叠仍坐在靠背椅里，目光一动不动地向前望着房间的空间。在他眼前，黑色朦胧从他周围逐渐变形，成为一个黝黑宽阔的湖。黑色的水域一个接在另一个后面，越伸越远，到最后，老人的目光几乎达不到的那个水域上，一朵白色的睡莲孤独地浮现在宽阔的叶片间。

房门开了，一缕明亮的光束落入房间。"好啊，你来了，布拉吉特。"老人道，"请您把灯放在桌上。"

他把椅子又挪回桌边，拿起一本摊开的书，又埋头于他整个青春为之奋斗的学问里去。

台奥多尔·施托姆

附　　录

附录 1　原始版与现行标准版相异文字列表（修订）

根据《施托姆小说、散文的文学技巧》[3]中的"两版本相异文字列表"翻译的译文，已见于译者所撰《〈茵梦湖〉背景及施托姆情感经历》一书[2]。再度列出是因为查出这两本书都有错漏需要订正，此外也方便读者阅读本书原始版文字时，对比标准版作查证。

《茵梦湖》（原始版）原著只印了一次就再没有重印过。除了资料［3］的作者 1966 年用缩微胶片复制了原始版原文外，以后还出现过两本有关该原始版版本的书籍。

一本是 1984 年出版的《施托姆——茵梦湖、注释和资料》[4]，它完全利用资料［3］的结果，只不过原始版的相异文字是按行给出。另一本是 1998 年出版的《施托姆——茵梦湖（第 1、2 版）生成历史，反应和评论，剧本和插画》[5]，它更简单，只印了原始版 5 个主要相异段落。

此次译者由于有了这两份原始资料，即 1849 年 12 月刊载原始版文字的《民间话本》原版书[1]和首次刊载标准版文字的 1851 年《夏日故事和诗歌》原版书的影印本[6]，得以越过资料［3］直接将"两个版本相异文字列表"作出修订。以下表格里方括号中的页码行号分属《民间话本》和《夏日故事和诗歌》，黑体乃译者所加，用于提示或突出词句相异之处。

＊＊《施托姆小说、散文的文学技巧》[3]原有的遗漏，8 处。

＃＃《民间话本》[1]和《夏日故事和诗歌》[6]里都没有而在以后单行本出现的异文，2 处。

＠＠《〈茵梦湖〉背景及施托姆情感经历》[2]的错译，2 处。

原始版[1]	标准版[6]（巴金《蜂湖》译文）
[56，18] 无标题	[45，8] 老 人
[57，24] 无标题	[47，7] 孩子们
[57，25] 这儿不是他一个人；因为不多一会儿，一个小女孩的秀丽身影出现在他的眼前。	[47，8] 不久一个小女孩的秀美的身子到他面前来了。
＊＊[58，18] 一个夜晚，狮子睡了；	[48，23]"现在是夜里了，"他说，"你知道吗？非常黑暗，狮子也睡觉了。"
@@ [58，22] 天使对他招手径直向山崖走去。那个人站起来跟着天使，他们向前每走一步，面前的山崖便轰隆地裂开，他们未受阻拦地继续在岩石中穿行。 莱因哈德这样讲着；伊利沙白全神贯注听着。	[49，4]"天使对他招手，随后一直走进山岩里去了。"伊利沙白注意地听着。
## [58，34]"这个我不知道了。"他答道，"但就是没有。"	[49，14]"这我就不知道了。"他答道。
[59，25] 无标题	[51，1] 林 中
＊＊[59，36] 年轻小鹰发誓，一旦他的翅膀长成就向灰鸦复仇。	[51，15] 小鹰发誓等他的翅膀一旦长成，马上就向灰色老鸦复仇。
[60，8] 然而一种感觉对他侵袭而来，像是不允许他触动这些古老故事。	[52，5] 可是他不知道为了什么缘故，他总没有能够做到。

［60，27］现时大家想再次一起愉快地感受自我和大自然。

［60，32］先要穿过松林；松林的黑色树冠构成了一个午前炎热阳光难以穿越的华盖；又阴又凉，地上到处撒满细细的松针。

［61，1］在一块地方，古老的山毛榉树梢向上拔高成为一透光的树叶编织物，大家停了下来。

［61，6］现在，你们每人拿两块白面包做早餐，黄油（遗）留在家里了；配料要各人自己找。

［61，31］于是他们走进了树林；走了一段路，一只兔子蹦出穿过路。"不好的兆头！"莱因哈德道。漫游变得更艰难了；时而他们必须跨过阳光灿烂的宽坡，时而攀越大块岩石。
"你的草莓留在哪儿呢？"她停下脚步，深深地喘了一口气问道。
在说这些话时他们正绕过一陡峭石棱。莱因哈德做了个惊异的脸部表情，

［53，4］这时大家还想在一块儿再玩一天。

［53，10］他们首先得穿过一个松树林；那里又凉，又阴暗，地上到处都是细的松针。

［53，17］在一块空地上，古老的山毛榉树梢交织成一顶透明的叶华盖，众人便停下来在这里休息。

［53，23］每个人拿两块光光的面包做早饭；黄油留在家里没有带出来，配面包的东西要各人自己去找。

［55，3］伊利沙白扎紧她草帽的绿带子，把帽子挂在胳膊上。"走吧，"她说，"篮子准备好了。"
于是他们走进了树林，越走越深；他们走进潮湿的、浓密的树荫里，四周非常静，只有在他们头上天空中看不见的地方，响起了鹰叫声；以后又是稠密的荆棘挡住了路，荆棘是这样地稠密，因此莱因哈德不得不走在前面去开了一条小路，他这儿折断一根树枝，那儿牵开一条蔓藤。可是不多久他听见伊利沙白在后面唤他的名字。他转过身去。"莱因哈德！"她叫道，"等一下，莱因哈德！"他看不见她；后来他看见了她在稍远的地方同一些矮树挣扎；她那秀美的小头刚刚露在凤尾草的顶上。

续表

	他便走回来，把她从乱草杂树丛中领出来，来到一块空旷的地方，那里正有一些蓝蝴蝶在寂寞的林花丛中展翅飞舞。莱因哈德把她冒热气的小脸上润湿的头发揩干；然后他要她戴上草帽，她却不肯；可是他一再要求，她终于同意了。
	"可是你的草莓在哪儿呢?" 她停了步深深呼吸了一口气，末了问道。
	"它们本来在这儿，" 他说，
＊＊[63，8]那位老先生的钮孔里扣了条白色餐巾，	[58，11]那位老先生的钮孔里扣着一条餐巾，
[63，26]我们林中迷路时	（没有给出诗的标题）
[63，34]一群闪光青蝇空中营营飞舞。	[59，14]一群营营的青蝇， 带着闪光在空中飞舞。
[64，7]无标题	[60，1]孩子站在路边
[64，8]莱因哈德进入远方城市的一所大学。学生生活的奇妙穿着打扮和自由环境助长了他天性中整个不安分因素。他越来越放弃了以往所属的宁静生活和人际圈子；给母亲信的内容越加缩水，信里也没有包含给伊利沙白的童话。这样她也就不写信给他，而这点他却几乎没有觉察到。从他的青春年代起，（他的）错误和激情就开始要求她那一方（付出）。月复一月地就这样过去了。	（被删）

[64, 17] 圣诞节终于来了。——那时下午才刚刚开始，一群大学生在市政厅地下室酒馆里围着一张旧橡木桌子一起坐着，后面是满满的一瓶瓶莱茵葡萄酒。墙壁上的灯点了起来，因为下面这里已经变暗了。学生们唱着拉丁文饮酒歌，与席者坐在桌子两边，每当合唱结束，他们就用一直拿在手上的亮闪闪的剑相互碰击。这群人大多数都戴着红色或蓝色镶银便帽，莱因哈德也算其中一员，除他之外，他们都用长长的挂有笨重流苏的烟斗吸烟，也知道唱歌和喝酒时要不断地保持烟斗点燃。——离这儿不远，圆屋顶下角落里坐着一个小提琴师和两个弹八弦琴的姑娘；她们把乐器放在膝上，冷漠地望着酒宴。

学生桌子那边喜欢轮唱；莱因哈德的邻座刚唱完。"Vivat sequent（拉丁文：下一个）!"邻座喊道并把酒杯向下翻。莱因哈德立刻接着唱：

拿酒来！酒让我脑子着了火；
拿酒来！酒就要整整的一桶！
黑黑的小妮子，实在是太漂亮了，
她真是个女妖精！

然后他举起杯，并像前面那个人一样做（把酒杯向下翻）。

"老兄！"另一个在座者喊道，将酒倒满莱因哈德的空酒杯，"比起你的喉咙，你的歌更令人觉得渴。"

"Vivat sequent（拉丁文：下一个）!"莱因哈德喊道。

[60, 2] 圣诞夜快到了。——莱因哈德和别的几个大学生在市政厅地下室里围了一张橡木桌子坐着，那时还只是下午。墙上的灯已点了起来；因为在这儿下面已经黑暗了；可是只有寥寥几个客人，伙计们都闲散地靠在墙柱上。在这间圆顶屋的角落里坐着一个提琴师和一个有着秀丽的吉卜赛人容貌的弹八弦琴的姑娘；他们把乐器放在膝上，没精打采地望着前面。

在大学生们的那一桌上香槟酒的瓶塞打开了。"喝吧，我的波希米亚爱人!"一个阔公子模样的年轻人说，把满满的一杯酒递给她。

"我不要喝。"她说，连动也不动一下。

"那么唱吧！"阔公子嚷道，他掷了一个银币到她的怀里，姑娘伸手慢慢地掠她的黑发，提琴师在她的耳边低声讲了几句话。她却仰起头，把下巴支在八弦琴上面。"我不为这个唱。"她说。

莱因哈德手里拿着酒杯跳起来，站到她面前去。

（被删）

续表

"乌拉！来音乐！"第三个人喊道。"我们唱的时候来音乐！那该死的耍小提琴的家伙。"

"仁慈的先生们，"小提琴师道，"老爷先生们喜欢一个接着一个唱，唱得太畅快。我们根本不能跟得上！"

"废话，该死的肮脏谎话！那个黑妞罗拉太古怪；而你，对她是百依百顺的奴仆！"

小提琴师对那姑娘耳语了些什么；但是她拧过头，下巴支在八弦琴上[注3]。"我不为那些人弹。"她道。

"仁慈的先生们，"小提琴师喊道，"那张八弦琴不能弹了，玛姆瑟尔·罗拉把拧弦螺丝弄丢了；凯蒂和我会尽力给你们善人们伴奏。"

"老兄，"刚才说话的那个人道，把手砸在莱因哈德的肩上，"你把那个小妞都给我们带坏了！去，给她带回那个螺丝重新调好琴，我会唱你最新的歌来偿还你。"

"好啊！"其他人喊道，"凯蒂太老了，一定要罗拉弹。"

莱因哈德手里拿着酒杯跳起来，站到她面前去。"你要做什么？"她傲慢地问道。

"看你的眼睛。"

"我的眼睛和你有什么关系？"

莱因哈德两眼发亮朝下望着她。"我可知道，它是虚伪的；但是它点燃了我的血。"莱因哈德把杯子举到嘴边。"祝你这一双漂亮、害死人的眼睛！"他道，并把酒喝了。

[61，2]"你要做什么？"她傲慢地问道。

"看你的眼睛。"

"我的眼睛跟你有什么相干？"

莱因哈德两眼发亮地朝她的脸望下来。"我知道它们是假的！"——她用手掌托着腮，仔细地打量着他。莱因哈德把杯子举到嘴边。"祝你这一对漂亮的、害人的眼睛！"他说，便把酒喝了。

她笑了，头来回地动。"给我！"她道；她渴望的眼睛盯住他的双眼，一面慢慢地喝完（他杯中的）残酒。然后拨起三和弦，小提琴师和另一个姑娘同时加入演奏，她用她的深沉女低音伴唱起莱因哈德的歌。

"Ad loca（拉丁文：各就各位）！"在座的人喊着，剑声叮当作响。现在轮唱按顺序进行，在结尾的重唱，碰杯声和剑声响成一片，夹杂着小提琴和八弦琴的澎湃响声。轮唱结束，在座的人都把剑扔向桌子喊道："Colloquium（拉丁文：开会）！"一个胖胖的老家伙把拳头砸在桌子："现在让我给兄弟们上几课！"他喊道，"它对你们是非常非常有益的。就注意啦！谁不能回答，pro poena（拉丁文：受罚）喝三杯。"低班和高班弟兄们齐齐站起，各人握住自己的酒杯。于是这个老家伙问道："今夜是怎样的一个夜晚？"

所有弟兄如同出自一个喉咙那样喊道："圣诞夜！"

老家伙慢慢地点点头。"嗨，嗨！"他道，"兄弟们变得越发聪明了。而现在问题来了："有多少个圣徒国王出现在伯利恒的马槽旁边？"

"三个！"大家回答。

"对了，"老家伙道，"我没想到这上面；你们像是刚刚教义问答[注4]后溜回来的吧。现在，最主要的问题来了！如果去伯利恒的圣徒国王只是三个，从哪儿来的？今夜这里他们仍有四个出现，又从哪儿来的？"

她笑起来，动了动头。

"给我！"她说，一双黑黑的眼睛盯住他的两眼，一面喝干了杯中的残酒。然后她拨起弦来，用深情的低声唱道：

今天，只有今天
我还是这样美好；
明天，啊明天
一切都完了！
只有在这一刻
你还是我的，
死，啊死，
留给我的只有孤寂。

提琴师快速地弹到终曲的时候，一个新客人从外面走了进来。

"我去找过你，"他说，"你已经出去了，可是有人给你送圣诞节礼物来过了。"

"圣诞节礼物？"莱因哈德说，"它再也不会到我这儿来了。"

"喂，真的来了！你满屋子都是圣诞树同棕色姜汁饼的香味。"

莱因哈德放下手里的酒杯，拿起帽子来。

"你要做什么？"少女问道。

"我就要回来的。"

她蹙了蹙前额。"不要去！"她轻轻唤道，并且亲密地望着他。

"从你的口袋里来的！"莱因哈德道，"从那副有四个国王的纸牌来的，你这个顽固魔鬼！"

"你砸破了所有硬壳（解决了难题——译注），我的年轻人！"老家伙的手从桌子上方伸向莱因哈德。"来吧，我要为你（身上）那银色丝带报仇，它一定是你昨天从（教堂里）女式周日外套上割下来的。但是，今天（玩牌）关系到现钱！"他从背心上衣袋掏出一副脱销纸牌并在桌上摊开。——莱因哈德伸向自己口袋；里面分文没有。他的面骤然红了起来；他知道，家里斜面书桌抽屉里还有三个荷兰盾；他把钱放回抽屉是为给伊利沙白买圣诞节礼物用，后来又忘记了这件事。"现钱？"他道，"我身边什么都没有；你等一下，我马上就回来。"随后他急忙登上地下室楼梯。

[67，8] 他跌跌撞撞地跑上楼，进入他的小房间。（他）想在黑暗中立刻打开书桌从里面取出钱；但一股甜甜的气味迎面扑来，

[68，17] 随后他突然走到书桌前，拿出钱又走到街上。街上那时变得安静多了，不再有孩子往来，风吹过荒凉的街道，老人和年轻人都坐在自己屋里家庭团聚。圣诞树也熄灭了；只有蜡烛的明亮光辉还从窗户透到外面的黑暗里。莱因哈德静静地站在街上，踮起脚尖想看一眼房间里面；但窗前的护窗板太高，他只能看到带有金色褶皱旗的圣诞树树尖和最高处的蜡烛。他感到懊悔，还有点痛苦，对他来说第一次

莱因哈德犹豫起来。"我不能够。"他说。

她笑着用脚尖踢了他一下。"去吧！"她说，"你这个不中用的；你们大家全不中用。"等她转过身去，莱因哈德慢慢地走上了地下室的阶梯。

[63，9] 他连忙跑上楼梯，进了他的屋子。一股香甜迎面扑来；

[65，15] 随后他走到他的书桌前面，拿出一点钱来，又走到街上去了。——这时候街上已经静多了；圣诞树也熄了；小孩们的游行也停止了。风吹过荒凉的街道；无论是老年人或者年轻人都在自己家里团聚；圣诞夜的第二个时期已经开始了。

不再属于这个节日。里面的孩子们对他一无所知，他们也想象不到外面有个人，就像莱因哈德以前看到的饥饿乞童那样，爬上楼梯的扶手，像看被遗失的天堂那样渴望看着他们的快乐。虽然他母亲在最后岁月里再也没有给他装饰过树，但他们那时总到伊利沙白的母亲那儿去。伊利沙白每年还有圣诞树，莱因哈德一直在那里尽力。圣诞节前夕始终可以发现很多人非常勤奋地忙碌着，剪纸网和金箔，点蜡烛，把杏仁和鸡蛋染成金色，还有其他的属于圣诞树下的美好秘密。然后是下一晚，点燃起圣诞树，莱因哈德总是把一件小礼物放在树下，通常是一本装订成册的彩色图书，也就是他最近誊清自己童话的练习册。然后，两个家庭习惯聚在一起，莱因哈德向他们朗读从伊利沙白处拿到的圣诞节新书。在异乡这个地方，奇迹般地再现了一幅自身生活图像，它就呈现在他眼前。只是当房间里修剪蜡烛时，两个图像才消失。每逢里面房间砰然开门和关门时，桌椅也一起动；圣诞节的第二幕开始了。——莱因哈德离开他冰冷的站立位置继续走路。当他走近市政厅地下室酒馆时，听见底下大兵叫牌时那些胖子们的沙哑声，外加小提琴声和弹八弦琴姑娘们的歌声；现在，下面地下室酒馆门叮当响了，一个摇晃黑影蹒跚地登上灯光暗淡的宽楼梯。莱因哈德急匆匆地走了过去；然后，他走入一家灯火辉煌的珠宝店；在店里买了一个红珊瑚小十字架后，便又顺着他来的原路回去。

（被删）

[65，23] 莱因哈德走近市政厅地下室的时候，听见了下面传来的提琴声和那个弹八弦琴的姑娘的歌声；下面地下室的门叮当地响了，一个黑影从宽阔的、灯光黯淡的阶梯摇摇晃晃地走了上来。莱因哈德连忙退到房屋的阴影里去，然后急匆匆地走过去了。过了一会他走到一家灯烛辉煌的珠宝店的窗前；他在这店里买了一个红珊瑚的小十字架，便又顺着原路回去。

［70，5］无标题	［67，14］回　家
［70，16］为了有一定的消遣，他提议在这个假期教伊利沙白植物学，	［68，3］为了要在这个假期中找一样固定的事情做，他便教伊利沙白学一点植物学，
＊＊［72，38］莱因哈德震惊地沉默片刻；	［72，17］莱因哈德沉默片刻；
［73，17］无标题	［73，14］一　封　信
＊＊［73，30］只要我对你的了解正确，那么开始时会使你很痛苦。	［74，5］倘使我对你的了解并不错，那么这件事起初会使你很痛苦。
［73，36］无标题	［74，14］茵　梦　湖
＊＊［76，32］埃利希的兴奋溢于言表，回到门边站着。"怎样，伊利沙白，"他道，"我是不是替你正确安排了适合住我们新客房的客人？对吧！这你没有预料到的，万万不会料到的！"	［80，1］埃利克留在门口，脸上带着喜色。"你看，伊利沙白，"他说，"喂，这不是你决没有想到、万万想不到会见着的吗？"
［77，19］只有在晚饭前的钟点和大清早，莱因哈德才留在自己房间里工作。	［81，8］只有在晚饭以前和大清早的时间里莱因哈德才单独在他自己的屋子里工作。他这几年来对那些在民间流传的歌谣，每逢碰到的时候，就搜集起来，
＊＊［77，25］他便习惯在黄昏再稍后些去湖堤散步。	［81，20］他便习惯了在傍晚时分沿着湖滨散步。

[77，37] 她不动地站着，他走近去辨认，他认为她正朝向他，**好像在等待他似的。**

[82，12] 她静静地站在那里，等他走近了一些，就他可以辨别的情景看来，她的脸正朝着他，**好像在等待谁似的。**

[78，9] 无标题

[83，2] **依了我母亲的意思**

[78，10] 几天后，已是傍晚，这个时候通常是全家人齐集坐在花厅里。莱因哈德讲他的旅行："他们仍然梦幻般地生活在旧时代的光环里，"他道，"当我们要穿过一群黑眼睛裸体小伙子摆渡去威尼斯时，白天将要结束。现在在落日余晖中，一个灯火通明的城市从水面升起，我必定被它的美景震慑住了，他们大声用土语问好：'**O bella Venezia**（意大利语：美丽的威尼斯）！'我也伸出手喊。一个小伙子执拗地看着我，突然中断划行。'**E dominante**（意大利语：她统治一切）！'他骄傲地说，再度入水划行。然后他唱起一首歌，所有喉咙都在唱，老重复唱它，直到更新的歌出现才替换掉。小伙子让每个乐段结束处的叠句，慢慢地像呼唤般从水面上向外发声。这些歌的内容大多是非常优雅的。"

"但是，"母亲道，"作为德国人，他们必须是另外一个样子。这里人们工作时唱的，恰恰不是对着爱挑剔的耳朵。"

"他们偶尔有首歌是属于最糟糕的。"莱因哈德道，"这不会使我们犯错。民歌正像是民众，它如同分享他们的缺陷一样，分享他们的美好，时而粗鄙，时而可爱，愉快和伤悲，滑稽和少有的深沉。还是在这最近一次漫游中，我记录下它们的好多首。"

[83，3] 几天后的傍晚，全家的人照往常的习惯按时坐在花厅里面。门开着；太阳已落在对岸林子后面了。

（被删）

[83，8] 莱因哈德这天下午得到一个住在乡下的朋友寄给他的民歌，众人请他读一点给他们听，他回到他的屋子里去，过一会儿他拿了一卷纸出来了，这卷纸仿佛全是些写得很整洁的散页。

现在大家请莱因哈德通告其手稿的内容；他回到他的屋子里去，过一会儿他拿了一卷纸回来，那是由仓促写就的一页页纸组成。大家靠桌子坐下来，伊利沙白在莱因哈德旁边，他起先读了几首蒂罗尔的逗乐小曲[注6]，他读着，有时还让人轻声听到那些愉快的曲子。这小群人都产生了一种共有的快感。"谁作了那些美丽的歌?"伊利沙白问道。

"嘿，"埃利希道，他一直吸海泡石烟斗愉快地倾听着，"已经听得出是这类人的，裁缝匠和理发匠！就是这一类的有趣无赖。"

莱因哈德然后读那首忧郁的"我站在高山上……"[注7]伊利沙白会它的曲调，它是这么神秘，让人们不能相信它是由人类想出来的。现在两人合唱这首歌，伊利沙白用她有点隐伏女低音[注8]伴着男高音唱。"这是远古的声音，"莱因哈德道，"它们沉睡在山林深处；上帝知道是谁发现它们的。"接着他读那首思乡歌谣，"走向汕兹上的斯特拉斯堡"。[注9]

［79，14］"不，"埃利希说，"裁缝匠像是不可能创作出这些来。"

莱因哈德道："它们完全不是创作出来的；它们是生长出来的，它们从空中落下，它们像蛛丝飞越大地[注10]，飞到这儿，飞到那儿，在成千地方一起唱。我们在这些歌谣里，找到我们自己的痛苦和作为。就好像我们大家协力把它们搞出来的。"他取出另一页，"这首歌，"他道，"是我去年秋天在我们老家当地听到的。女孩子们剥亚麻时唱它；我记不下它的曲调，对我是完全陌生的。"

大家围了桌子坐下来，伊利沙白坐在莱因哈德旁边。"我们随便拿点儿出来念吧，"他说，"我自己也还没有看过。"

伊利沙白展开了稿纸。"这儿还有谱，"她说，"这应该你来唱，莱因哈德。"

他起先读了几首蒂罗尔地方的小曲，他读着，有的时候还小声哼那个愉快的曲子。这几个人中间产生了一种共同的快感。"这些美丽的歌是谁做的?"伊利沙白问道。

"呵，"埃利克说，"从歌词就可听出来；裁缝店伙计啦，剃头匠啦，就是这一类的好玩的浪子。"

莱因哈德说："它们都不是做出来的；它们生长起来，它们从空中掉下来，它们像游丝一样在地上飞来飞去，到处都是，同一个时候，总有一千个地方的人唱它们。

［84，7］我们在这些歌里面找得到我们自己的经历和痛苦；好像是我们大家帮忙编成它们似的。"

他又拿起另一页："我站在高山上……"

"这个我知道!"伊利沙白嚷道，"你唱起来吧，莱因哈德，我来同你一块唱。"现在他们唱起了这个曲子，它是这么神秘，使人不能相信是从头脑里想出来的。伊利沙白用她柔和的女低音和着男高音唱下去。

母亲坐在那里忙碌地动她的针线；埃利克两只手放在一起，凝神地听着。这首歌唱完了，莱因哈德默默地把这一篇放在一边。——在黄昏的静寂中，从湖滨送上来一阵牛铃的叮当声；他们不知不觉地听下去；他们听见一个男孩的清朗的声音在唱着：

我站在高山上

望下面的深谷……

莱因哈德微微笑起来："你们听见吗？就是这样一个传一个的。"

"在这一带地方，常常有人唱的。"伊利沙白说。

"对，"埃利克说，"这是放牛娃卡斯帕尔，他赶牛回家了。"

他们又听了一会儿，直到铃声渐渐远去，消失在农庄后面。"这是古老曲子，"莱因哈德说，"它们沉睡在山林深处；只有上帝知道是谁把它们找出来的。"

他**抽出一篇**新的来。

[80，7]他读完了，伊利沙白轻轻地把她的椅子推后，默默地走下花园。**母亲的严厉目光**跟随着她。

[80，16]伊利沙白秀美的身影已经隐没在枝叶繁茂的小道中，莱因哈德仍向那个地方望了一会儿；然后他把稿纸一并卷起，**说明他想作晚间散步走了出去**，穿过屋子下到湖滨。

[86，7]他读完了，伊利沙白轻轻地把她的椅子往后一推，默默地走下园里去了。她母亲的眼光送她出去。

[86，20]伊利沙白的秀美的身形已经消失在花叶繁茂的幽径中了，莱因哈德还向那个地方望了一会儿；于是他卷起了稿纸，又向在座的人告了罪，便穿了房屋走到湖滨。

##〔81，2〕最后他游到离花很近的地方了，近到月色下可以辨清那些银白色花瓣；可在同时，他觉得自己好像陷在像网那样的一团水生植物里。	〔87，25〕最后他毕竟游到离花很近的地方，他可以借着月光看清楚了那些银白的花瓣；可是同时他觉得自己好像陷在一个网里面了，
〔81，12〕当他步入花厅时，	〔88，13〕他从园中走进厅子里的时候，
〔81，16〕"这么夜深您去拜访谁了?"母亲向他叫唤道。	〔88，17〕"这么夜深您在什么地方?"她母亲向他问道。
〔81，24〕无标题	〔89，2〕伊利沙白
〔82，31〕他在那纤细痕迹上看到一种隐痛，它侵袭女人这样极其漂亮的手，那夜间放在创痛心上的手（夜间：Nachts 大写，印刷错误? 译注)	〔91，6〕他在这只手上看出了一种隐痛的微痕，女人的纤手夜间放在伤痛的心上的时候常常会现出这种痕迹来。（夜间：nachts 小写，译注)
**〔83，2〕她带着乞讨者的神色向伊利沙白伸出手。	〔91，18〕伸出手来向伊利沙白讨钱。
	〔91，25〕他想留住她，可是他思索了一下，便在楼梯口停住了。那个姑娘仍旧呆呆地站在门廊上，手里拿着刚才讨到的钱。"你还要什么呢?"莱因哈德问道。 　姑娘吃了一惊。"我不要什么了。"她说，随即回过头来向着他，用惊惶的眼光呆呆地望了他一会儿，她慢慢地向门口走去。他叫出了一个名字，可是她们听不见了；她垂着头，两只胳膊交叉地放在胸前，穿过庄院走下去了。 　死，啊死， 　留给我的只有孤寂!

续表

〔83，7〕莱因哈德走到楼上他房间里去；他坐下来要工作

〔84，17〕10. 无标题

〔84，18〕若干年后，我们又发现莱因哈德来到远离刚才描述过场景所在州的北部边远地区。不久他母亲就过世了，其后他寻找公职并得到一个位置，于是便进入按部就班的日常生活。他的官员职位是要他和男男女女各种人会面而不只是自然的交往需要，他经历过的和爱过的，在如今种种的激励之前越发减弱变成背景，纵然其强烈程度比不上前者。多少年就这样过去了。习惯渐成自然，他的感觉敏锐性被消磨殆尽，或者至少是沉寂了，他和大多数人一样，置身于琐碎生活事务中。最后他娶了亲。他的妻子善于持家并很和善，于是一切进入他安排好的轨道。但有些时候，不过很少，在他那儿表露出眼前和回忆间的矛盾。他会成个钟点地站在窗前凝视，

@@ 显然不是看下面开阔地的风景。但是，当展望过去的最深处，一个景象浓于另一个景象交替出现时，他的眼睛炯炯发亮，这绝大多是埃利希来信的时候；信几年一封，以后越来越少，最后完全停止了。莱因哈德只是不时从旅游路过的朋友那里知道，埃利希和伊利沙白仍和以前一样，住在他们宁静庄园里过着与世无争的日子，他们没有孩子。莱因哈德自己婚后

一首老歌在他的耳里响了起来，他简直喘不过气来；这只有一会儿的工夫，随后他便掉转身子，走到楼上他的屋子里去了。他坐下来工作，

（整段被删）

第二年有了个儿子。因而带给他极其激动的快乐，那个夜间，他跑出外面迎风喊道："我有了儿子了！"他把孩子抱在胸前，流着泪对着孩子小小耳朵，轻声低语着温柔的话，仿佛在他所爱的人的一生中他都没说过这些。但没到一年孩子死了，从那时起他们的婚姻成为没有孩子的婚姻。三十年后，他的妻子如同生前那样温柔而平静地离世，莱因哈德辞了职，向北搬迁到德国最北面的州的边区。他在小城里买了座最旧的房子，节俭地生活着。这以后他就再没听到过有关伊利沙白的任何消息；现在对他说来，眼前的生活占的分量越来越少，炯炯有神的黑眼睛里越来越明亮地显现那遥远的过去，他年轻时的爱人可能从来都没有像现在，在他如此的高龄时那样贴近他的心。他的棕色头发变成花白，步履变得迟缓，瘦长的形体也佝偻了，但在他的眼睛里，仍然有着未消失的青春的光芒。

［85，24］无标题

［95，6］老　人

［85，25］我们在故事的开头看到了他；我们在他脱下衣服的房间里伴随着他，并伴随他追忆他们已逝的年华。——月光不再照在窗户上，

［95，7］月光不再照进玻璃窗里来了，

［86，4］（全文完）

［95，24］（全文完）

附录 2　两个版本的《茵梦湖》

2.1　时代背景

施托姆写下这本小说时德国社会正经历着大动荡。

1815 年拿破仑战争结束，随着《维也纳和约》签订，欧洲保守势力取得胜利。德国文学在浪漫派时代后迎来比德麦耶尔（Biedermeier）时代。守旧的政治环境造成这期间文学作品的特点是中庸，对世俗权力谦卑敬畏，热衷于描写宁静隐居生活，态度保守消极，趋向搜集、收藏、模仿和强调个人。

其后，1848 年"三月革命"对欧洲造成震撼性影响，德意志民族认同意识的觉醒遍及整个德语地区。施托姆故乡石勒苏益格 – 荷尔斯泰因州也受到波及。该州历史上因 1773 年丹麦入侵成为其疆域的一部分，鉴于担心德语在家乡的生存地位，施托姆早在 1844 年起就参与了该州脱离丹麦的运动。"三月革命"失败后，脱离丹麦的起义没有成功，当地 25 万人先后离开故土移民至美洲新大陆。丹麦统治者监视民众反抗活动，约束民众思想，要求他们服从当局。1849 年，作为律师的施托姆拒绝签署效忠丹麦国王的文件。三年后丹麦政府借证件更换之机吊销了他的律师执照，他再不能在故乡执业了。此外，1847—1849 年这段时间，他的家庭生活也出现了重大的感情危机。

饶有意思的是，施托姆在上述政治巨大动荡和个人情感生活出问题的背景下，1849 年创作了这本不涉及政治时局的田园牧歌式的小说《茵梦湖》。书中的放弃情调（Resignationsstimmung）明显符合 1848 年革命后罹难市民阶层里弥漫的听天由命氛围，可以理解成施托姆对家乡政治形势变化的反应。

《茵梦湖》堪称诗意现实主义代表作。诗意现实主义认为："我们时代的实际生活中也确实存在大量的诗意。"它的特点是以故土景物为作品的背景，着重个人以及他与周围的关系，描述现实时放弃直接批评，尽可能不偏不倚按生活的原貌如实地反映。不注入作者的感情，不解释人物生活的世界。它既非古典主义以古希腊罗马作品为蓝本，也摒弃了浪漫主义脱离实际的梦幻。

施托姆称自己写的小说，包括《茵梦湖》在内为 Novelle，并接受文学史学者盖尔文斯（George Gottfried Gervinus，1805—1871）的定义："Novelle 实质是场景（Situation），适合归类为会话诗文（Konversationspoesie），也就是小说（Roman）的大类，按当代社会生活轨迹运行，通过局限和离析极其贫乏平庸生活里发现的具有诗意的瞬间（einzelne Momente von poetischem Interesse），找出诗意的一面"。[4,p.49] Novelle 的中译名是"中篇小说"。情节搬到过去，文体采取框架结构和中篇体裁是施托姆很多小说的主要写作手法。

2.2　原始版问世

1849 年前后，当时施托姆还不太有名气，可以选择发表作品的刊物有限。为了寻求出版机会，他的第二本小说《茵梦湖》（原始版）发表在家乡阿尔托那政治倾向保守的《民间话本》上。[注12]

小说（原始版）曾被认为结构松散，不甚注意细致的艺术技巧，当时并没有被看好。有匿名人士"G"在《北德自由报》发表了如下评论："……小说有太多的还附带短诗的自然景色描绘，《青蝇》和《金色眼睛》显得虚假。我们应该对这两种颜色任一种再加另外两种，因为这里还有代表石勒苏益格－荷尔斯泰因州和德意志国家的颜色。黑－红－金色的眼睛比单纯金色的眼睛好得多，也不怎么违背自然真实，况且整体还有爱国色彩（黑红金三色旗在 17 世纪德国市民革命中代表共和制——资料［5］原注）！小说里出现的大学生在酒馆的情节乏味且虚假，对作者来说，如果他是大学生，在这个酒馆的历练就能使他长大成人，远比通过一场决斗来得容易。有'漂亮、害死人的眼睛'的弹竖琴女子没有归入大学生交易圈里去吧！总之，不管内容，形式好就够了。通篇故事 30 页，就是说占了整本书的五分之一，买书人为它要花上四个先令。"[5,p.87]

这一辛辣夹带讽刺的评论实际上并没有理解小说的核心诗意，即使结构看来写得差的段落里面，诗意显然也是存在的。大公国的革命事件使批评者目光狭窄，只片面注意地区政治变化和所谓新爱国主义。

施托姆的基尔大学同学图霍·摩姆生认为上述评论不公正，但他也提出尖锐的批评。他们俩和图霍另一个兄弟是 1843 年出版的《三个朋友的诗集》的共同作者。摩姆生批评小说总体"场面生动，技巧僵化"，并引用了歌德的诗"猫馅饼（Katzenpastete）"中的两句："猎人打下的山猫，厨师绝对变不成兔子。"进而批评小酒馆场景"平凡而且缺乏魅力"，书末的描写"他觉得自己好像陷在像网那样的一团水生植物里……"显得"笨拙"，对于小说最后的莱因哈德结婚那段评语则是："我们在这儿读到糟糕的论述，空洞的散文。"[4,p.39] 即便这样，他依然向施托姆提出了若干中肯的建议。施托姆一向顽固对待他人对自己作品的批评，这次却认真地接受了。[7,p.6,7]

修改后的小说收入 1851 年出版的《夏日故事和诗歌》一书[6]，由于备受欢迎，小说单行本翌年问世，这就是我们今天读到的本书谓之的标准版，篇幅较原始版少了 10%。

施托姆没有留下该小说创作的任何手稿和扎记。只是在 1862 年的施托姆文集第 2 卷目录写有"Husum（胡苏姆），1849"的说明，确定了小说的写作年份是 1849 年。[5,p.73]

2.3　原始版与标准版

施托姆对《茵梦湖》的修改过程可以从《茵梦湖》（原始版）上的修改手迹追溯还原。他先着手个别字词的调整，然后删除不合适用词，改进它们的表达。当大的改动直接在书页文字上难以完成时，他干脆把整段划掉，在书页空白处重新写过。[5,p.79]

原始版各段没有标题，标准版中的标题是后加的。施托姆的手稿中，"孩子们"、"孩子站在路边"、"茵梦湖"的三个标题，原先写成颇为奇怪基本上对所有回忆都适用的标题"模糊访问（der Schattenbesuch）"。[4,p.10]

两个版本相异文字已在本书 1.2 节列出。这里讨论施托姆所作改动，旨在探究标准版将原始版删去的那部分所反映的内容。主要场景改动有 5 处，它们是：

（1）"林中"采草莓场景；（2）"孩子站在路边"莱因哈德学生生活场景；（3）"回家"之后的 4 个场景修改；（4）与吉普赛女乞不期而遇场景；（5）莱因哈德离开茵梦湖后追求个人发展场景。以下逐个说明。文中巴金《蜂湖》的标准版译文仍以斜体表示，本书的原始版译文则用正体。

1. "林中"采草莓场景

原始版的简陋描述：〈于是他们走进了树林；走了一段路，一只兔子蹦出穿过路。"不好的兆头！"莱因哈德道。漫游变得更艰难了；时而他们必须跨过阳光灿烂的宽坡，时而攀越大块岩石。"你的草莓留在哪儿呢？"她停下脚步，深深地喘了一口气问道。在说这些话时他们正绕过一陡峭石棱。莱因哈德做了个惊异的脸部表情，〉

代替原始版"不好的兆头！"的直白，标准版以一幅富于情调的画面取而代之，更有荒野气息和象征性，隐喻莱因哈德和伊利沙白未来的坎坷的情感生活：

〈于是他们走进了树林，越走越深；他们走进潮湿的、浓密的树荫里，四周非常静，只有在他们头上天空中看不见的地方，响起了鹰叫声；以后又是稠密的荆棘挡住了路，荆棘是这样的稠密，因此莱因哈德不得不走在前面去开了一条小路，他这儿折断一根树枝，那儿牵开一条蔓藤。可是不多久他听见伊利沙白在后面唤他的名字。他转过身去。"莱因哈德！"她叫到，"等一下，莱因哈德！"他看不见她；后来他看见了她在稍远的地方同一些矮树挣扎；她那秀美的小头刚刚露在凤尾草的顶上。他便走回来，把她从乱草杂树丛中领出来，来到一块空旷的地方，那里正有一些蓝蝴蝶在寂寞的林花丛中展翅飞舞。〉

2."孩子站在路边"莱因哈德学生生活场景

场景修改后，篇幅缩减少了 50%。读《茵梦湖》时，读者往往困惑于莱因哈德态度变化之突然，出乎意料，两年多时间竟然会没给伊利沙白写过一封信，因而批评作品的情节发展脱节。其实，原始版在莱因哈德学生生活描述里对此有过些交代。〈莱因哈德进入远方城市的一所大学。学生生活的奇妙穿着打扮和自由环境助长了他天性中整个不安分因素。他越来越放弃了以往所属的宁静生活和人际圈子；给母亲信的内容越加缩水，信里也没有包含给伊利沙白的童话。这样她也就不写信给他，而这点他却几乎没有觉察到。从他的青春年代起，（他的）错误和激情就开始要求她那一方（付出）。月复一月地就这样过去了。〉往后发展到〈他把钱放回抽屉是为给伊利沙白买圣诞节礼物用，后来又忘记了这件事。〉莱因哈德知道忘了买礼物仍不去买，反而取这份钱用来继续玩游戏。

标准版删去了这一大段，把莱因哈德态度的突然变化原因留给读者揣摩。诚如本书 2.1 的引文所述，"作者描述现实时……按生活的原貌实事求是地反映现实……不解释人物生活的世界"。

小酒馆学生聚会场景在两个版本中都是重要的，为后面莱因哈德与伊利沙白见面拘束和伊利沙白母亲对莱因哈德态度改变作铺垫。出于艺术原因，更大可能是回应2.2引述的《北德自由报》上"小说里出现的大学生酒馆情节乏味且虚假"的负面批评，施托姆把原始版的酒馆学生聚会前面部分全删了，导致标准版里小酒馆这一段缺乏具体描述和解释。原始版的"大学生团体聚会"改成"莱因哈德和几个大学生"，名字为玛姆瑟尔·罗拉和凯蒂两个吉普赛歌女，合并成一个长相像是吉普赛人的无名歌女，下午伊始的长段时间也改为其中短短一段，聚会规模和时间都大大缩水。

原始版再清楚不过地描写出莱因哈德的感情游移和他与歌女的相互传情，下面的描述在标准版被删或改写：〈莱因哈德立刻接着唱：拿酒来，酒让我脑子着了火，/拿酒来，酒就要整整的一桶！/黑黑的小妮子，实在是太漂亮了，/她真是个女妖精！……莱因哈德两眼发亮朝下望着她。"我可知道，它是虚伪的；但是它点燃了我的血。"莱因哈德把杯子举到嘴边。"祝你这一双漂亮、害死人的眼睛！"他道，便把酒喝了。她笑起来，头来回地动。"给我！"她道；她渴望的眼睛盯住他的双眼，慢慢地喝完（他杯中的）残酒。然后拨起三和弦，小提琴师和另一个姑娘同时加入演奏，她用她深沉女低音伴唱起莱因哈德的歌。〉歌女情绪受到感染。

标准版对莱因哈德和歌女描写得颇显含蓄，〈……莱因哈德两眼发亮地朝她的脸望下来。"我知道它们是假的！"她用手掌托着腮，仔细地打量着他。莱因哈德把杯子举到嘴边。"祝你这一对漂亮的、害人的眼睛！"他说，便把酒喝了。她笑起来，动了动头。"给我！"她说，一双黑黑的眼睛盯住他的两眼，一面喝干了杯中的残酒。然后她拨起弦来，用深情的低声唱道：〉

后来莱因哈德回住所。原始版中是因为他玩游戏钱不够了要回去取，〈"现钱？"他道，"我身边什么都没有；你等一下，我马上就回来。"随后他急忙登上地下室楼梯。〉标准版由于删去了玩游戏那段，改成朋友告知莱因哈德〈你满屋子都是圣诞树同棕色姜汁饼的香味。〉要他回去，此时歌女的反应〈她蹙了蹙前额。"不要去！"她轻轻唤道，并且亲密地望着他。莱因哈德犹豫起来。"我不能够。"他说。她笑着用脚尖踢了他一下。"去吧！"她说，"你这个不中用的；你们大家全不中用。"等她转过身去，莱因哈德慢慢地走上了地下室的阶梯。〉莱因哈德清楚知道包裹是谁寄来的，"犹豫"、"慢慢地"代表什么意思是标准版文字给读者留下的疑问。是莱因哈德抵御歌女引诱默许而导致的内心斗争，是他想起伊利沙白礼物后面的情意而有负罪感。两个版本都写出了莱因哈德感情游移，原始版是明明白白地写出。

最大的变动是原始版中配角地位的吉普赛歌女在标准版中一改成为场景的主角，唱出了概括《茵梦湖》小说主题的一首美丽小诗。歌女终生爱着莱因哈德，狂欢中仍旧能想到〈今天，只有今天〉的人生、爱情和美丽的暂短，是一个可悲的被遗弃人物。〈今天，只有今天，我还是这样美好；明天，啊明天，一切都完了！只有在这一刻 你还是我的，死啊死，留给我的只有孤寂。〉这首歌哀婉忧郁，最后两句给小说氛围投下阴影，预示莱因哈德和伊利沙白感情的悲剧结局。

原始版还给我们提供了一幅昔日德国大学生社团成员装束打扮的画面，他们的业余生活和圣诞节欢庆场景：

〈学生们唱着拉丁文饮酒歌，与席者坐在桌子两边，每当合唱结束，他们就用一直拿在手上的亮闪闪的剑相互碰击。这群人大多数都戴着红色或蓝色镶银便帽，莱因哈德也算其中一员，除他之外，他们都用长长的挂有笨重流苏的烟斗吸烟，也知道唱歌和喝酒时要不断地保持烟斗点燃。〉

〈莱因哈德静静地站在街上，踮起脚尖想看一眼房间里面；但窗前的护窗板太高，他只能看到带有金色褶皱旗的圣诞树树尖和最高处的蜡烛。他感到懊悔，还有点痛苦，对他说来第一次不再属于这个节日。〉

〈圣诞节前夕始终可以发现很多人非常勤奋地忙碌着，剪纸网和金箔，点蜡烛，把杏仁和鸡蛋染成金色，还有其他的属于圣诞树下的美好秘密。然后是下一晚，点燃起圣诞树，莱因哈德总是把一件小礼物放在树下，通常是一本装订成册的彩色图书，也就是他最近誊清自己童话的练习册。然后，两个家庭习惯聚在一起，莱因哈德向他们朗读从伊利沙白拿到的圣诞节新书。〉

标准版把原始版重现施托姆自身经历的上面3段全部删去。

3."回家"之后的6个场景修改

最主要的是标准版删去了原始版中与小说主题无关的冗长乏味的威尼斯旅行描写，缩短了民歌观点的陈述使结构变得紧凑。另外有多个值得注意的细节。

（1）"回家"场景。伊利沙白送别莱因哈德途中，说起她母亲认为他不再像以前那么好了。

原始版中〈莱因哈德震惊地沉默片刻；然后拉她的手到自己手里，严肃地看着她童稚的眼睛，他道："我还是像我以前一样的好，你确信这一点。你相信它吗，伊利沙白？"〉，莱因哈德直到此时方知道问题的严重性。

标准版改成〈莱因哈德沉默片刻；……〉，没有交代莱因哈德的内心此时是震惊还是早有预感。

（2）《茵梦湖》场景。莱因哈德来到庄园做客不久，晚上外出散步，雨不期而至去躲雨。只见原始版是这样写的，她不动地站着，他走近去辨认，他认为她正朝向他，**好像在等待他似的**。直白地说明伊利沙白对他未能忘情。标准版中修改成：她静静地站在那里，等他走近了一些，就他可以辨别的情景看来，她的脸正朝着他，好像在等待谁似的。从雨中"等待他似的"改成"等待谁似的"，一字之差，标准版文字变得含蓄且诗意朦胧。

（3）"依了我母亲的意思"场景，莱因哈德朗读收集来的诗。在原始版中，**他取出另一页**，"这些歌，"他道，"是我去年秋天在我们老家当地听到的。"在标准版中修改成"这是古老曲子，"莱因哈德说，"它们沉睡在山林深处；只有上帝知道是谁把它们找出来的。"他抽出一篇新的来。

标准版显然大大地缓和了场景的潜在紧张气氛。他取出另一页表示了莱因哈德是有意选择那一页，他明白那上面记录着他采风民歌"依我母亲的意愿"，意气不平的情绪跃然若出，当着埃利希、伊利沙白和她母亲的面，用这篇民谣露骨地责难自己和伊利沙白关系破裂，作为受邀客人表现出相当大胆和缺乏教养。标准版修改成〈他抽出一篇新的来〉，表示选中的那一页纯属偶然，是命中注定，气氛就大不相同了。

莱因哈德的意气不平还再现在"伊利沙白"场景中，莱因哈德和伊利沙白湖边散步时，他问道：〈"我家里有本旧册子，"他道，"我过去习惯往里面写进各种民歌和诗，但是有好长时间没再做了。书页间也有石楠花，只是一朵枯萎了的。你知道是谁把它给了我的吗？"〉其后他进而责难道，〈"伊利沙白，"他道，——"在那些青山背后有着我们的青春。现在它们留在哪里呢？"〉

（4）"依了我母亲的意思"场景。原始版中，莱因哈德读完那首他刻意选择的诗后，〈伊利沙白轻轻地把她的椅子推后，默默地走下花园。母亲的严厉目光跟随着她。〉在标准版中修改成〈伊利沙白轻轻地把她的椅子往后一推，默默地走下园里去了。她母亲的眼光送她出去。〉标准版删去"严厉"，消除传递给读者这种不寻常的情绪。

（5）原始版中接着写道〈……然后他把稿纸一并卷起，说明他想作晚间散步走了出去，穿过屋子下到湖滨。〉显然，"想作晚间散步"是托词，是想摆脱由于伊利沙白的离开造成的凝固不快气氛。标准版修改成〈……于是他卷起了稿纸，又向在座的人告了罪，便穿了房屋走到湖滨。〉离开目的即使不说众人也心照不宣。

（6）莱因哈德外出散步无果回来，〈"这么夜深您去拜访谁了？"她母亲向他叫唤道。〉原始版中使用了"您去拜访谁"这一问句，在标准版中修改成〈"这么夜深您在什么地方？"她母亲向他问道〉。伊利沙白母亲的潜台词就是问莱因哈德他是不是去找伊利沙白了。标准版中这个词被淡化"您在什么地方"了。

4. 与吉普赛女乞不期而遇场景

原始版中只是模糊地作了暗示：〈房屋前廊站着一个裹着破衣、漂亮面容显得精神恍惚的姑娘，她带着乞讨者的神色向伊利沙白伸出手〉，没有明确指出她与前面的歌女是同一个人。标准版细致地描写了莱因哈德与吉普赛女子在门廊前的不期而遇，与前面的小酒馆的卖唱情节呼应。痴情的吉普赛女子为寻找他而四处流浪沦为乞丐。莱因哈德一开始没能认出她，当说出"你还要什么呢？"让她彻底死了心，唱着"今天啊，今天"这首歌悲哀地离去。及至莱因哈德醒悟叫出她的名字时，一切都已经晚了。〈死啊，死，留给我的只有孤寂！一首老歌在他的耳里响了起来，他简直喘不过气来。〉宿命主题的再现，莱因哈德永远地失去了她，也象征吉普赛歌女、莱因哈德和伊利沙白三人无可挽回的悲剧结局，标准版这段描写极富感染力。

5. 莱因哈德离开茵梦湖后追求个人发展场景

标准版将它全部删去。关于这一段，盖尔特鲁德在她的"《茵梦湖》导言"里惊叹道："小说然后继续，几乎不像是台奥多尔·施托姆写的。"图霍·摩姆生批评更是尖锐："我们这儿读到糟糕的论述，空洞的散文。"[4,p.39]

与小说其他段落所占的时间跨度、描写方式和文字意境比较，这一段确实与前面的不同。但是译者认为它极大地透露出施托姆当年的生活细节和心态，从研究角度来看弥足珍贵，一些细节描写还是相当感人的。

〈但有些时候，不过很少，在他那儿表露出眼前和回忆间的矛盾。他会成个钟点地站在窗前凝视，显然不是看下面开阔地的风景。但是，当展望过去的最深处，一个景象浓于另一个景象交替出现时，他的眼睛炯炯发亮，这绝大多是埃利希来信的时候；〉

〈现在对他说来，眼前的生活占的分量越来越少，炯炯有神的黑眼睛里越来越明亮地显现那遥远的过去，他年轻时的爱人可能从来都没有像现在，在他如此的高龄时那样贴近他的心。〉

这是原始版中被删的五段文字中最好的一段。盖尔特鲁德在她的"《茵梦湖》导言"也只引用了这一段也就如是说明了。

生活中，施托姆一直未能忘情他的情人朵丽斯，直到 1855 年朵丽斯离开 8 年之后，他在波茨坦发给他父母亲的信中还极其关切地询问朵丽斯的生活近况。[8,p.124]可以说，这段文字应该是施托姆的内心世界真实写照。

附录3 《茵梦湖》解读

3.1 施托姆的早年生活[2]

施托姆1817年出生在德国濒临北海的偏僻小城胡苏姆，父亲是知名律师，母亲是当地有影响力的议员的女儿。施托姆是长子，18岁前就读于本地学校。他的双亲目睹本地没有什么发展前景，于是1835年让他转学到吕贝克（Luebeck）著名高等文科学校，完成最后两年的中学教育。1837—1842年施托姆在基尔和柏林两地就读法律。1843年完成学业后，回到家乡从事律师事务。作为谋生手段，他毕生担任过律师、法官、警察首长和市政管理官员等职务。

在他童年时代，由于母亲疲于家务对他缺乏关爱。影响他成为作家固然有来自他爱恋对象的灵感，另一重要因素便是列娜·维斯（Lena Wies）——比他大20岁的胡苏姆面包师的未婚女儿。从她那儿他不仅知道了家乡很多民间故事和奇异传说，而且她还帮助激发他的诗意想象，也灌输他对宗教持怀疑态度。[9,p.16]1843年与朋友合作发表了第一本诗集《三个朋友的诗集》，他一生写了50多本小说和几百首诗。

资料［2］详细介绍了施托姆生命中的几个女性。1844年，施托姆结束与贝尔塔七年无果的单恋后，很快就与比他小三岁的表妹康士丹丝订婚。1847年，燕尔新婚不久的他感情生活出现重大危机，他有了婚外情。随着他第一个孩子的出生，出于家庭责任感和对孩子的挚爱，他放弃了这段感情，情人朵丽斯被迫悄然离去。

除了更早些"订婚"旋即解约、带有少男少女青涩感情成分的爱玛外，就在与贝尔塔交往的学生时期，施托姆与其他女性还有往来。他在给康士丹丝的一封信里曾夸口道："我很骄傲，我经常以一种嘲讽般的漫不经心态度对待向我表示爱意的女子，但她们因而更爱我。"[10,p.27~29]

贝尔塔拒绝了施托姆，那时她太年轻了，才15岁，相信还是个单纯未谙情事的大孩子。贝尔塔对这段感情的想法没有任何记录。她终生保留着施托姆给她的附有干花的纸条、求婚书、14首诗和生日贺信，给人们留下极大的想象空间。多年后施托姆醒悟感叹："啊！如果她成为我的妻子！"多少让人们觉得失落，为施托姆本人，更为终身未嫁的贝尔塔。

施托姆决定与康士丹丝缔结婚约时，应该说理智成分大于感情。他渴望一种建立在激情的爱、内在信任和深刻共同精神世界上的经久幸福。有评论且施托姆本人也承认过，他与康士丹丝是亲情为主的无爱婚姻，缺乏激情。也有说，虽然两人中间有过风波，但其后关系变得日益相爱，施托姆写过大量爱情诗献给她便是明证。两个表观矛盾的结论，真实地反映了施托姆情感前后演变的复杂性。

朵丽斯始终是个痴情女子，与施托姆诀别后决意独身终老，也这么做了。为了施托姆，康士丹丝和朵丽斯身心都作出了巨大的付出和自我牺牲。康士丹丝经受了施托姆的婚外情，终日劳作，生下第七个孩子后产褥热死去。康士丹丝死后一年，现实问题的存在，促使朵丽斯终于成为施托姆和康士丹丝七个孩子的第二任母亲。康士丹丝最小的孩子年龄与朵丽斯婚后第二年出生的女儿只差两岁。朵丽斯面对的是一个大家庭，她的处境和辛苦可想而知。多年之后，前任妻子的女儿盖尔特鲁德仍然由衷赞扬她的继母朵丽斯："她做繁重的工作，并且乐意去做，结果又给我们大家带回了美好时光。"

至于惊叹地写到"莱因哈德结了婚！我几乎不敢相信自己的眼睛"的文学史学者斯密特，[5,p.82] 在他另一篇文章写道："小说原始版的叙述使我们感到诧异，莱因哈德后来娶了个勇敢的女子，前妻的孩子们在欢呼声中迎接了她，30 年后他失去了他的妻子，——30 年后——他的眼睛盯着夜色朦胧里浮露的孤独睡莲。……"[3,p.16] 施托姆孩子多是众所周知的事实，原始版里没有说过莱因哈德结婚时他有前妻和孩子，斯密特把现实生活中的施托姆与书中人物莱因哈德混为一谈了。但是从这一侧面也可看出，同代人就认为书中的莱因哈德代表了施托姆本人。

想知道施托姆对他前后两个妻子的情感孰深孰浅，不妨读一下 1866 年施托姆在康士丹丝病逝和他续弦前写给伯林克曼信中的一段："……我的生命，与人们称为诗文（Poesie）的诗篇一样，已分给了两个女子，一个是我孩子们的母亲康士丹丝，她长期是我生活中的星座，现在我不再有了。另一个仍在，她远离我单独生活，情绪经常处在压抑依赖状态，渐渐老去。我一直爱着她们两人，现在我还爱。谁是至爱，我不知道。曾经的最震撼人心的激情使我感到它们还存在。你们常读到的富有激情的诗歌，是仍戴在她们头发上的花冠。她们是两个人，虽然很不一样，但都是我生命中找到的最甜美最温柔的女性，具有对所爱的人能作无尽牺牲的品格……"

德国著名作家托马斯·曼（Thomas Mann）高度评价了康士丹丝的品格并尖锐批评施托姆。此评论发表在 1930 年，是名人中寡见的直率批评，当时施托姆众多私人生活信息还没有被公开披露。康士丹丝〈品格举止值得钦佩，真正比他好得多，在感情忠诚方面，他没有一次是忠诚的，并且出于自私，他蛮有滋味处在没有激情的宁静婚姻生活中，完全忘了那个真正爱过的人，她放弃了，远离而去，孤单一人且经常处在抑郁依附环境下，渐渐衰老、消血，他再没有为她想过什么，也没有普通的人之间的同情。康士丹丝与他不同，有这种想法，邀请那位分开多年已不住在这儿的女子来做客〉。[11,p.34]引文中的"他"指施托姆，"她"和"女子"指朵丽斯。

Wiebke Strehl 在他的 2000 年出版的书里间接批评了斯托姆："盖尔特鲁德试图让世人看他父亲是一个伟大诗人和大人物，只略有情绪化瑕疵而已。至于说一个有婚外情，对妻子过多索求，老抱怨自己的健康和缺乏坚强性格的男人，显然不符合她要建立的父亲的公众的形象。她没有公开一些材料，她争辩说这些材料是太私人的了。"[7,p.23]

1866 年施托姆通知作家海瑟（Paul Heyse）他的婚事："在我这方面，我把一个适合我年龄的老姑娘带入我家。她给我带来了自我童年时代起一直对我的关爱且是信守不渝的依靠，现在她又全副精力用在我和康士丹丝留下的孩子们身上。"[11,p.104]他向另一个朋友这样地介绍他的新婚妻子："一个已老去的金发姑娘，她的风姿集中在她的温柔里，照相就不必了吧！……"[11,p.105]

施托姆由于朵丽斯经历了最深刻的痛苦，他的一半诗文都是写给她的。[11,p.104,105]本节文字为了解施托姆早年复杂感情生活和解读小说《茵梦湖》提供了指引。

3.2 原始材料

《茵梦湖》单行本最初由具有保守倾向的杜顿克（Alexander Duncker）

出版社出版，该书读者多为德国上层妇女，此书之后的主要读者群也是妇女，因为她们在书中发现了自己的生活。《茵梦湖》的出版顿然使施托姆全国知名，更传遍世界。

德国作家中的确很少有像施托姆那样，其生活经历和创作那样密切地联系在一起。1866 年施托姆在其著作全集前言里坦言，他的作品是"我生活的见证"。[10,p.1]他与贝尔塔和朵丽斯的两段感情痛苦都反映在《茵梦湖》小说人物伊利沙白的前后造型中。施托姆写《茵梦湖》（原始版）时是 32岁，人们相信他是把自己生活某些阶段发生的系列事件连接起来，赋予自身深切感受和情绪创作了这本小说。

在德国，施托姆属于被研究得相当透彻的作家。曾有研究者甚至达到了这样的程度，把施托姆的信件、自传，盖尔特鲁德公布的材料以及施托姆的学术活动，与施托姆实际生活场景逐个对应拼接。这位研究者想证明，施托姆的生活和他的作品是如此紧密相关，他只是把他生活中发生的事件简单地对应转换成小说而已。[7,p.29]《茵梦湖》很多素材确是带有自传性质，但不能归为施托姆的自传体小说。然而不可否认的是，施托姆小说持久受欢迎很大一部分原因确实是读者把这本小说等同于作者的亲身经历，因而引人入胜。

（1）小说的田园景色难以确定，几乎可以在任何一个地方找到。其实作者原本假定故事发生在德国北部，参见原始版动植物和环境描写，以及最后那段文字。〈若干年后，我们又发现莱因哈德来到远离刚才描述过场景所在州的北部边远地区。〉但施托姆一开始就有意识淡化故事发生的地域，特地指出老人说话的南方口音，南方的"你好"问候语，还写明茵梦湖周围是山这一南部德国特色。标准版的"林中"场景再加入一些南部景物。

不少读者访问施托姆的家乡胡苏姆后，惊奇地发现这个地方根本没有"茵梦湖"景色，也没有伊利沙白和埃利希居住的茵梦湖庄园。[5,p.95] 1871年施托姆在给一艺术史学者的信中，少有地谈到他祖母的房子是"茵梦湖"老莱因哈德的住房，他这样写道："您在茵梦湖会见到房子的内部：老莱因哈德住的房子，房子背街部分那上面没有房间。穿过高高黑暗起居室进入过道再登上楼梯，对着就是很少用到的配有石膏花饰高天花板的大客厅，它还带着放瓷器的小间。整个白色墙壁有相当部分覆盖贵重的铜板画。"[5,p.96]宾客聚会的大客厅在小说中被改造成老莱因哈德的书房，并移到背街后屋的上面。

（2）小说开始时儿时的几个场景应来自施托姆的妹妹露西以及他和爱玛的初恋。[7,p.p.2,28]野餐的场景是离胡苏姆不远的森林。[7,p.29]

（3）1885年施托姆在致一童年就相识的朋友信中道："远方月色充满情调，《茵梦湖》里月色葱茏下的湖给我带来喜悦。但这不是诗，而是我在柏林学生岁月在哈佛尔岛的自身经历。我们男男女女十几个人下午出发，晚间十点钟在山毛榉树林园子灯光下欢宴，伴着吉他唱歌，还要抵御硕大的夜蝴蝶游向奶油汤汁里的鱼。我就在餐桌前筹划出茵梦湖那一幕。"[5,p.96]

睡莲情节也来自这次度假经历。夜间，施托姆看见一朵睡莲在湖面上，他不能自持地想游泳去以期够着它，但脚被植物的根茎绊住，无奈只好游回岸边。[7,p.2,22]

（4）1887年回忆过往时，施托姆对撰写其传记一书的作者舒茨说起他在（19世纪）40年代末是怎样取得《依我母亲的意愿》这首诗的材料的。有一些日子他在社区，人们在等候一个年轻夫人但她没有现身，于是大家谈起了她。那位夫人不堪母亲的压力，与一个平庸的有钱老男人结了婚。受这个意外事件刺激，施托姆第二天就写下了"依我母亲的意愿"这首诗。至于这首诗是在《茵梦湖》创作之前还是因小说创作而来，就不能确定了。[4,p.30][5,p.73]

伊利沙白婚姻生活不如意在"茵梦湖"场景开始就已见倪端。莱因哈德读完诗后，伊丽沙白离席而去，图像从模糊变得清晰，到此他方完全明白实情。〈我向母亲诉苦，怨她事没办好〉以及〈啊，如果这从没有过，啊，我可以去讨乞，走遍褐色的荒郊〉道出伊利沙白的辛酸和悔恨。

（5）莱因哈德在庄园做客，一次散步时问伊利沙白还认不认识这些石楠花，然后说他收集民谣诗歌的旧册子中也夹有一朵枯萎了的石楠花。莱因哈德问："你知道是谁把它给我的吗？"

贝尔塔遗物里保留了附有一朵干花的纸条，上有施托姆的说明："这是很早以前的一朵花，是我从你的手里拿过来，现在你再从我手里把它拿回去……"[8,12]

（6）施托姆追求贝尔塔长达七年，主要是书信往来的精神交流。虽然如此，它仍是莱因哈德和伊利沙白关系的主要内容。与康士丹丝婚后一年，施托姆和朵丽斯终于放弃两人之间的感情，提供了莱因哈德和伊利沙白的最后结局。[10,p.111]

（7）施托姆求婚时 24 岁，贝尔塔的年龄是 15 岁。从上下文得知，伊利沙白允诺婚事时也是 15 岁，无怪乎莱因哈德母亲在信中感叹："她还那么年轻。"

（8）伊利沙白母亲专横的形象来自贝尔塔的养母。〈她的养母重视贝尔塔的社会和宗教观培养，指导她的思想要摆脱情感因素。贝尔塔已惯于把自己内心世界托付她的养母。事实上有一次，施托姆把不想让她养母过目的一页纸夹在信里，贝尔塔不喜欢这种方式，迅速地把那页信递给她养母。〉〈德列莎给了个双重的拒斥，她回信道：贝尔塔因为对她信赖，自己没有去处理施托姆只对她表达的那几行信。这个忧虑养母还责备施托姆滥用信任，并明确地让他明白，按她的意见，贝尔塔还是个孩子，对处理认真爱情来说她是太年轻了。〉[2]

贝尔塔的养母德列莎拒绝施托姆求婚不无道理，但其强势形象由此可见一斑。

（9）伊利沙白的头巾或带子都是鲜明的红色。在"孩子们"场景里：〈她叫伊利沙白，可以算是五岁；他比她年长一倍。她脖子上围了条红色丝巾；与她的棕色眼睛很相配。〉在"伊利沙白"场景里：〈在伊利沙白的缝纫桌上，放着她下午脖子上戴过的红色带子。他把它拿在手里，但令他心痛又把它放下。〉

盖尔特鲁德在她的父亲传记里，写到施托姆与贝尔塔的信件往来时道："在他的遗物里，属于这方面的所有信件是用一褪色红带子捆在一起的。"[2,p.74]也是红色带子。

（10）伊利沙白的手的特写来自朵丽斯。施托姆在其自白信中谈到朵丽斯的手："单是你漂亮的手，德国文学里就这么多次谈论过，它归德国的诗所有，属于幸运，也属于我"。[10,p.146]

（11）施托姆自己曾在圣诞夜漫游过空无一人的街道，透过窗看燃着蜡烛的圣诞树的室内。[7,p.28]在施托姆和贝尔塔通信中，描绘了他们度圣诞节互赠礼物的情景。[8,p.113-114]

（12）施托姆婚后第二年有了第一个儿子汉斯。他的父爱和做父亲的责任促使他回归孩子的母亲，家庭生活和家庭本身对他而言重新赢得价值。[8,p.113-114]

原始版中，〈莱因哈德自己婚后第二年有了个儿子。因而带给他极其激动的快乐，那个夜间，他跑出外面迎风喊道："我有了儿子了！"他把孩子抱在胸前，流着泪对着孩子小小耳朵，轻声低语着温柔的话，仿佛在他所爱的人的一生中他都没说过这些。〉

（13）施托姆结束学业回家乡开展律师业务，同时成立了一个合唱团。他本人是男高音歌手，就在合唱团内，他认识了年轻的女高音歌手朵丽斯，一起练习过二重唱并发展出一段刻骨铭心的婚外情。[2,p.18]在小说中再现为：〈莱因哈德然后读那首忧郁的"我站在高山上……"。伊利沙白会它的曲调……现在两个人合唱这首歌。〉

（14）大学生活的描绘，表明了施托姆对贵族地主阶级的全然否定态度。[注13]地下室小酒馆里的吉普赛女子场景来自施托姆在胡苏姆时亲身的学生经历。他在集市上见过一个弹竖琴的女子，给他留下深刻印象。这个女子如施托姆所表示的"已完全懂得爱情"，是一个年轻可爱的尤物，她在胡苏姆各集市上弹竖琴演唱，傍晚施托姆曾与她在已关门的公园里幽会。七年后，他回忆起以前这段关系时献上了一首诗《弹竖琴的少女》。在施托姆以后的小说里，也能见到这位弹竖琴的女子。[10,p.5,6]

（15）1856年，施托姆把小说《茵梦湖》作为礼物，献给当时他的小女儿里斯贝茨（Liesbeth，其时盖尔特鲁德尚未出生），在扉页为她写下了几句话作为献词：[10,p.128]

"书页里散发着紫罗兰气息，
伫留在我们荒野上的家，
年复一年，没人知道过，
后来我到处找都没找到。"

关于诗中的紫罗兰施托姆还特别加以说明："这种紫罗兰不是诗意的想象，它生长在胡苏姆的肖波勒山的海特地方，山是贯穿我们家乡沙脊的一部分。这种紫罗兰颜色与花园里盛开的深蓝色紫罗兰比较起来不怎么显眼，但整个海特的空气都弥漫着它浓浓的香味。就我所知，除了我没有其他人注意过它，这是真事。"[5,p.86]有学者指出，施托姆具有渊博的植物学知识，爱好园艺且颇有心得。[注14]

解读素材与情节的对应关系如下：

（1）伊利沙白与莱因哈德的关系，对应的是贝尔塔、朵丽斯与施托姆的关系。[9,p.15]

（2）伊利沙白与她母亲的关系，对应的是贝尔塔与养母关系。[8,p.23]

（3）伊利沙白遵从母命放弃莱因哈德而嫁给埃利希，贝尔塔遵从养母意志拒绝了施托姆。

（4）施托姆追求贝尔塔七年没有结果。施托姆也把这种情绪注入到伊利沙白身上。伊利沙白爱莱因哈德并希望她爱的人回来，但是莱因哈德如同施托姆一样，最终出于不同原因，都被所爱的人抛弃了。

（5）了解埃利希和伊利沙白无爱婚姻的情节，必须了解施托姆婚姻早期的状况。

如前所述，施托姆与康士丹丝婚姻一开始就令他失望。这一经历都被吸收到《茵梦湖》里，书中写到埃利希为让伊利沙白惊喜，秘而不宣地邀请莱因哈德来做客时，伊利沙白的反应是这样的：

　　埃利希兴奋溢于言表，回到门边站着。"怎样，伊利沙白，"他道，"我是不是替你正确安排了适合住我们新客房的客人？对吧！这你没有预料到的，万万不会料到的！"
　　伊利沙白用姐妹般的眼光看着他。"你真好，埃利希！"她道。

无爱的婚姻，情人的离去，没有希望的感情和家庭义务。施托姆内心充满情感斗争。[7,p.3,7]

（6）莱因哈德重逢伊利沙白，最终他还是选择放弃。施托姆迫于家庭、道义和舆论压力，选择和朵丽斯分手。

3.3　伊利沙白和莱因哈德

贝尔塔是伊利沙白的主要原型应无疑问了。但不止于此，从伊利沙白的不同阶段也可以看到不同人的身影。伊利沙白前半段人生，是施托姆与她交往七年感情没有结果的贝尔塔，伊利沙白儿时的嬉戏形象也能见到爱玛的影子。她的后半段人生，应该是施托姆和朵丽斯相爱而又不得不放弃的经历，这一观点在 1936 年，有关施托姆私人生活细节大量资料公开后方首次提出。[10,p.111][7,p.34,35]

资料［10］认为，小说前面的第一部分献给贝尔塔，施托姆对朵丽斯的爱情也成为他艺术塑造的对象，无疑希望借此能更容易和有效地解决和摆脱这段激情。《茵梦湖》小说在 1849 年事实上已经完成，意味着 1848 年后半年，最迟 1849 年，是施托姆与朵丽斯关系发展的关键转折点。[10,p.120]实际上朵丽斯 1848 年离开胡苏姆。

施托姆在 1852 年 12 月写给朋友的信里说："我写完了真正的爱情诗歌……而炽热爱情才能触发出的沉重生活创痛，表现在弹竖琴少女的'今天啊今天'里。它很短，但可能是整个歌集《夏日故事和诗歌》里最美和最深沉的。"[10,p.149]

资料［10］作者还引用道："上述的诗全是涉及朵丽斯，没有贝尔塔和康士丹丝。在'弹竖琴少女'的诗里，我们或许能假设关系是朵丽斯处在后台，弹竖琴少女题材充当面具。我们还要注意到，'今天啊今天'这首歌在《茵梦湖》初印本是没有的，《夏日故事和诗歌》版本才加了进去。"

施托姆 1859 年给父母信里提到："我刚收到西里西亚一个不相识妇女充满激情的来信，她由衷地感谢我的《茵梦湖》。我写这篇小说时的那段日子早已过去，现在再度闯入引起我痛苦回忆。"[10,p.150]"痛苦回忆"明显是指成书之前与朵丽斯关系的那一段日子。

私下他还说道："如果我的小说（给读者的印象）仅仅是感伤的话，那是我非常遗憾的一件事。它应该是悲剧性的。"[9,p.82]这些都是明证。

有评论指责是伊利沙白造成她与莱因哈德两人的悲剧。其实在 19 世纪上半叶的德国，妇女受教育机会和程度都有限，遑论在社会上求职独立生存。莱因哈德没有作过正式承诺，两年期间没有发生特殊情况下他竟然没写过一封信给伊利沙白，应该可以合理推断是莱因哈德有意疏远她，证实了她圣诞节信末所写过的怀疑〈但是我不相信它，或许是另外一回事〉。这段不短时间里，她承受母亲压力拒绝了埃利希两次求婚已是不易。要求她像法国女作家乔治·桑和挪威戏剧家易卜生《玩偶之家》中娜拉那样弃家出走，又或者如他们唱的民谣"我站在高山上……"出家作修女，对于一个允婚时才 15 岁的女子都是不实际的。

Brech，B. F. 在其 1963 年俄亥俄州立大学博士论文认为，伊利沙白的失误在于，她没有勇气打破当时守旧社会给她规定的角色"少女确有权利同样也有义务保持矜持（Als Maedchen hat sie ja das Recht，und sogar die Pflicht，sich zurückzuhalten）"可谓一语中的。

换句话说，伊利沙白没有勇气主动表白或去追求，最清楚的一幕是，她已经艰难跨出第一步后却没能坚持住〈……在挺拔的桦树树干之间分辨出一个女子白色身影。她不动地站着，他走近去辨认，他认为她正朝向他，好像在等待他似的。……这时她却慢慢地转身消失在那黑暗的侧道里〉，她从来没有试图影响莱因哈德的思想和行径，伊利沙白的被动，如果不是她性格软弱使然，那就是她对莱因哈德的行为自童年以来的习惯反应，总是默默地承受他的我行我素做法〈她在他面前通常太文静了，而他对她经常过于暴躁〉，〈从他青春时代起，（他的）错误和激情就开始要求她那一方（付出）〉，〈伊利沙白乐意接受，她习惯所有方面都跟随他，……〉。

为此她付出了终生痛苦的沉重代价，纵然无奈和违心，毕竟是她自己允诺了这一无爱的婚姻。

本书 3.2 节已有足够例子表明莱因哈德的原型应是施托姆自己。莱因哈德在爱情婚姻上的失败和放弃，反映施托姆那时的两难处境。原型不等于自传，莱因哈德不完全等同于施托姆，他没有实现儿时当诗人和旅行的梦想，只是成为一个民歌收集者，最后清贫孤独地生活，事业和感情都没有成功。而施托姆对爱情执着进取，一直充满活力。

小说中作者三次用"旅者"这个词形容莱因哈德是有深意的，表示莱因哈德不是居家的人。他被在家乡生活的埃利希不无揶揄称为"外地上等人"。最后即使老了，仍被当地过路人看成"外地人"。

伊利沙白母亲当着莱因哈德面称赞埃利希"他真是一个可爱、明理的年轻人"，表明她不认同莱因哈德的不务实和轻率举止，这点在野餐聚会上莱因哈德表现得太充分了。他在树林里只管自己走到前面导致年幼的伊利沙白迷路，做事瞻前不顾后，没想过要记住返回的路径，若不是伊利沙白提醒连归途都无着，当然也失信没有采到草莓。在轻率这点上，与施托姆向贝尔塔求婚一事何其相似，施托姆与贝尔塔养母一家交往整整七年了，还搞不清或根本不想弄清养母对他的态度，颇为自信地向贝尔塔求婚，确

实拙于世事。[2,p.3]

原始版更多地描述了莱因哈德的日常活动：在小酒馆聚会、喝酒、玩牌、与歌女调情的大学生活，成为循规蹈矩的公务员，按部就班工作、成家、孩子出生，还不时思念远方的恋人。所有这些几乎就是施托姆那段生活的写照。

在小说的悲剧结局上，莱因哈德应负更大的责任。他入大学后既不写信也不再寄童话给伊利沙白，〈……把蒙有灰尘的墨水瓶放在桌上；然后坐下来整个晚上写，……〉其中的"蒙有灰尘的墨水瓶"就很形象，他对留在家乡的恋人不闻不问，推迟告诉伊利沙白关于他要说的"秘密"，保持两年沉默都是他单方面的决定。从孩提年代起，他就认为有权力单独决定属于他们两人的事，关于去印度他这样道："你就直截了当说吧，你愿意和我一起旅行吗？不然我就单独走；以后再也不回来了。"在他的潜意识里，他的志趣和学术追求置于与伊利沙白关系之上。虽然这是在小时候的看法，但也不能否认长大后他也一直保持着。按施托姆的婚恋观点，莱因哈德的悲剧命运一开始已经在这上面决定了。

复活节莱因哈德回家知道了埃利希的介入，但他不愿面对现实，即一个继承了父辈两个庄园的强势竞争者威胁到他与伊利沙白未来的幸福。他的反应只是说了一句，他不能忍受埃利希送给伊利沙白的礼物金丝雀，再没有任何作为。这里，到底是莱因哈德已听从命运安排而放弃，还是信任伊利沙白的真挚感情，即她绝对不会动摇，相信应该是后者吧，不然就不会有以后莱因哈德接受邀请重返茵梦湖，执意要在没有草莓的季节去找草莓，企图挽回已失去的爱情了。然而，他让一个小女孩独立与强势母亲和环境抗争，显然是太过分和太不负责。可以说，他的作为和不作为导致了最后的悲剧结局，归根结底，莱因哈德是一个以自我为中心的人物。

前面提起过莱因哈德的沉默，这始终是一个让读者和评论界困惑不已的问题。以下是有代表性的两个对立观点。

Belgardt相信莱因哈德的沉默根源是他的诗人内禀气质，他是一个艺术家，对爱情和生活态度与常人不一样，他的所作所为不能用寻常原因和逻辑解释。莱因哈德和伊利沙白自童年起相悦玩耍，长大后彼此都有好的看法。但是，莱因哈德并没有把伊利沙白作为爱恋对象，他不会选择伊利沙白为妻，只不过她的天真和美丽激发起他的诗意和灵感。小说中他从来没有表达他对伊利沙白的爱，而是把自己的感情诗意化、风格化、神秘化和神话化来做魔鬼般的艺术诱惑。在小说结束时，莱因哈德没有成为一个失望沮丧的人，只是一个不逾情理的梦想家，他知道他的诗歌会流传下去，在得于伊利沙白成全的审美（aesthetisch）经历中他找到某种个人快乐。他平静地面对自己的命运和过去，即使这意味着他的生活存在限于精神审美（geistig－aesthetisch）层面上。Belgardt 最后道，施托姆在《茵梦湖》小说中以艺术方式讨论了人类生活深层次问题。

反之，Rogers 认为，莱因哈德对伊利沙白有很深感情源自他们早年的友情。伊利沙白选择埃利希做丈夫，原因是两人分开和其后莱因哈德的沉默和疏远。他们是普通人，他们按常规的作为，不是我们所钟情的文学小说主人公那样的行径。对施托姆说来，孤独是自然和正常的存在状态。但是，施托姆也认为人不能老是处在这个状态。矛盾在于，尝试克服它"命中注定要失败，因为我就是我"。

Belgardt 和 Rogers 对小说主人公的截然相反解释，或许能使读者从自己个人角度更容易理解和评价这本小说。[7，p.59~61]

3.4　埃利希及伊利沙白母亲

书中埃利希代表冉冉上升的资产者，他踌躇满志脚踏实地发展自己的庄园："这是一爿酒厂，"埃利希道；"我两年前刚建起它。那座庄园建筑物是我已故父亲新建的；居屋是我的祖父已造好的。人啊，总是这样一点点向前走。"他并且精于管理和善待员工：〈人们的脸由于太阳和劳作变得热气腾腾，他们穿过场院向这两个朋友问好，这时埃利希当面向这人和那人委派任务，或者查问他们一天的工作。〉〈第二天，莱因哈德要和他出去；去农田，去葡萄园，去酒花园圃，去酒厂。情况全很好；在田里和锅炉房干活的人都带有健康和满足的表情。〉

但是，如同埃利希自己所告白，他确实也是一个会作盘算的人（文中Plaenchen 可作"小小计划"的中性解释，见到有英译本用中性或可贬义解释的 scheme 一词，译成汉语"盘算"略带贬义。——译者）。莱因哈德来庄园做客路上，向埃利希问起有没有对伊利沙白提到他来访的事。"一个字也没有，莱因哈德兄弟；她没想到你这上面，母亲也没有。我是完全秘密地传信给你，因而快乐也会更大。你知道，我总是有我暗自的小盘算。"

埃利希作为追求者，他的做法即使贬为"盘算"亦无不妥。埃利希在莱因哈德离家后不时拜访伊利沙白，用金丝雀代替死去的莱因哈德送的红雀，送上漂亮的金色鸟笼，多次登门为伊利沙白画像，锲而不舍前后几个月向伊利沙白求婚一系列预谋动作，可以说都是精心盘算的结果。据此有人认为他就是一个地地道道的市侩，特别是他对民歌发表"裁缝店伙计啦，剃头匠啦，就是这一类的好玩的浪子"的浅薄见解之后。[7,p.76]

对埃利希这个人物评论的对立，译者认为原因在于作者秉承诗意现实主义理念，对人物的写法持中立立场。

日本学者深见茂[12]的两极化看法更突出，也反映东西方道德标准的差异。"埃利希想的是什么，结婚后已过了那么多年，为什么要在茵梦湖庄园招待莱因哈德？由埃利希自身的话吐露，除了单纯希望与老朋友再次会面，让妻子惊奇外没有其他说明。但是，埃利希不是不知道莱因哈德是他妻子昔日的恋人。莱因哈德来后，他并不在乎，不介意只剩他们两人留在宅邸看守庄园，而且他关照伊利沙白，让她在这期间特地带莱因哈德在茵梦湖周边游览。埃利希的真正意图是什么呢？看起来是一个大好人，反之，也可以把他想成一个实际阴险的人物。就连伊利沙白和她母亲对此都情不自禁地敏感地作出反应，对比之下，引人注目是书中没有交代明白埃利希的反应，也没说明他的内心活动，造成不清不楚的样子。"[12,p.51]

埃利希邀请莱因哈德来庄园做客完全出于主动，因为没有人要求他这样做。这被一些人评价为倾向理性审视生活，善解人意和心襟坦荡。"一言蔽之，是关于德国男人评价的老生常谈：没有情趣的爱人，对放纵娱乐和跳舞不感兴趣，枯燥无味，但坚定不移于继承前人得来的原则，扎根于父辈传统，认真刻苦地完成工作。"[7,p.102]。在1943年，1989年改编的电影中，埃利希就被刻画成一个安静、勤奋工作、忠于自己家庭和土地的理想男人，而且最后他离家进城，留下伊利沙白让她独立地作出去留决定。

也有人认为施托姆在用讽刺笔法，暗示埃利希是一个感情反应迟钝的人。[7,p.69]

总之，存在不同的对立的观点，孰是孰非就留给读者自己作结论了。小说后半部的两段叙述给读者更大的想象空间和解释。

（1）当莱因哈德读完那首诗《依母亲的心愿》后，伊利沙白离开走下花园。埃利希想跟着走，但母亲说："伊利沙白外面有事要做。"于是他留下了。埃利希这时是怎样想自己妻子的失态举止？

（2）伊利沙白把钱包里的钱全给了女乞后啜泣上楼。莱因哈德再去散步，天黑后返回庄园，当走进前廊时，他听出埃利希在花厅来回踱步。旅行完刚回来的埃利希来回踱步，表示他正困惑于回家后看到的妻子情绪的剧烈变化以及可以想象的其他。

最后，议论一下埃利希颇有意思的棕色大衣。伊利沙白给莱因哈德信中提到埃利希，〈你有次说过，他看起来像他那件棕色外衣。每逢他进门时我总想起这个，那是太可笑了〉。莱因哈德来访路上遇到埃利希，〈一个穿棕色上衣的魁梧男子迎面向旅者走来。〉有人讥讽埃利希老穿着那种棕色大衣显得平庸干巴。其实施托姆通篇都把莱因哈德与埃利希各方面作对比，衣着也是其中之一。原始版介绍莱因哈德刚入学时〈学生生活的奇妙穿着打扮和自由环境助长了他天性中整个不安分因素〉，地下室酒馆聚会〈这群人大多数都戴着红色或蓝色镶银便帽，莱因哈德也算其中一员〉。莱因哈德时尚衣着与埃利希的简单棕色大衣构成反差，实际也反映他们做人务实与否的差别。作者始终把埃利希置于受市民道德约束的环境，他们考虑的是实用价值而不是风雅。[4, p. 20]

另一个人物是伊利沙白的母亲，她的专横独断能看到贝尔塔的养母德列莎的影子，后者说得上是原型。从莱因哈德和伊利沙白〈冬天在她母亲几个不太宽敞的房间里〉玩耍来看，伊利沙白和母亲生活水平应是很普通的。伊利沙白的母亲出于物质保证和自身日后考虑，拆散伊利沙白和莱因哈德，力促伊利沙白与埃利希的婚姻，历来各家评论在这点上都没有分歧。

在19世纪德国，母亲为子女婚事作决定，恋人们分分合合，很多人梦想未能实现认为人生空幻无常是普遍现象。[7, p. 44]功利的伊利沙白母亲对莱因哈德态度变得负面极其自然，部分原因也在于莱因哈德自身。他在林中采草莓的不切实际的举止，小酒馆聚会表现出的不羁的生活态度，不写信给伊利沙白，以致伊利沙白圣诞节信中（想来也包括她的母亲）对他产生怀疑等。但是，最重要的因素莫过于已是庄园新主人的富家子弟埃利希对伊利沙白母亲的殷勤巴结和允诺。其后故事发展表明，婚后伊利沙白母亲和他们一起生活并参与庄园管理，物质上保证了母亲后半生的生活，应当是一个很诱人的条件。

文中多次提到伊利沙白母亲纺纱。谙熟德国民间故事的施托姆当然了解纺纱女在童话故事里往往代表女巫或专横强悍的女人形象。[4,p.22]在1943年，1989年两部按《茵梦湖》小说改编的德国电影里，伊利沙白母亲的形象也是按此设计的。

莱因哈德到庄园做客当日遇见伊利沙白母亲，〈眼下母亲进来了，一个钥匙筐在手臂上〉；与埃利希一起公务出行；莱因哈德读完诗后，伊利沙白离开，埃利希想跟着走，母亲向埃利希的一声令喝〈"伊利沙白外面有事要做"〉他就留下了；这些都表明母亲来到这个家后拥有的至尊地位。更有理由推知以前种种无不经过她精心策划，例如为了增加埃利希与伊利沙白接触的机会，有意请埃利希为伊利沙白画像，说是要让莱因哈德的母亲维尔纳夫人惊喜云云；更可推测由她做主，力促埃利希和伊利沙白的婚事。

3.5　框架结构、叙事视角和象征手法

表面看来，施托姆的《茵梦湖》小说是一部平凡似真的老套爱情故事，但写作手法并不寻常。框架结构和象征的运用，使它获得美学上的高度评价，从而成为一流作品。这些技巧应是已融入作家头脑创作时的直觉运用。中外已有众多研究施托姆这篇小说的论文和书籍，其数目还在增加中。以下从小说框架结构、叙事视角和象征手法三个方面进行说明。

1. 框架对称结构

框架结构也称为环式结构，首尾闭合成环。框架的功能，不仅是交代故事发生的时间、地点和尾声，而且还把读者带入一定的氛围和色调。对称结构是指在小说对应位置上有相同的构造和排列。

《茵梦湖》（原始版）是框架结构而且对称，以首尾两场景为框架两端，叙事和诗歌的组合，包含了跨度长达数十年的11个连续发展场景。每个场景占用的时间列表如下，[3,p.18,19]此处仍旧沿用巴金《蜂湖》的场景标题。

场景标题	场景发生时间	场景的时间跨度
1. 老人	框架始端，回归往日	几分钟
2. 孩子们	主人翁分别是 10 岁，5 岁	几小时或更短
3. 林中	七年后	半天

场景标题	场景发生时间	场景的时间跨度
4. 孩子站在路边	几个月后	从下午到次日早晨
5. 回家（"金丝雀"、"送别"）	再是三个月后	复活节的六周
6. 一封信	两年后	读信的几分钟
7. 茵梦湖（"欢迎"、"等候"）	又几年过去了	几天
8. 依了我母亲的意思	再几天后	从傍晚到夜里
9. 伊利沙白	次日下午	从下午到夜里
10. 莱因哈德后半生（只是原始版才有）	几年后	40～50 年
11. 老人	框架终端，返回现在	几分钟

这里，可以看到结构对称。

首尾第 1 和第 11 个场景的两个"老人"很短，都是同一地点和时间。

第 2 场景"孩子们"和第 10 个场景"莱因哈德后半生"，描写了莱因哈德和伊利沙白童年时代、莱因哈德成婚直至老年孤独的生活。

第 3 个场景"林中"和第 9 个场景"伊利沙白"，前者是他们两人在林中艰难寻找草莓，暗示前景坎坷，后者是两人在湖边漫游，挽回他们过去的恋情无望，最终仍是分离。

第 4 个场景"孩子站在路边"和第 8 个场景"依了我母亲的意思"，分别写了莱因哈德学生生活和伊利沙白的家庭生活。

第 5 个场景"回家"里的前后两段"金丝雀"和"送别"，第 7 个场景"茵梦湖"里按对称也有后面和前面两段"等候"和"欢迎"。

伊利沙白喂养"金丝雀"，引起莱因哈德苦恼但他无所作为，伊利沙白"等候"莱因哈德，但临阵退却也是无所作为。

伊利沙白"送别"莱因哈德，他们关系变故前在驿站广场两人最后一次见面；埃利希和伊利沙白"欢迎"莱因哈德，他们关系变故后在茵梦湖庄园首次相逢。

第 6 个场景"一封信"是小说的中心部分，莱因哈德母亲的信中宣告了他们的爱情无可挽回的悲剧。

讨论小说结构对称的论述所见不多。以结构精巧著称的近代阿根廷作家博尔赫斯（Jorge Luis Borges，1899—1986）的许多小说，在结构和更广泛的如时间、空间、行为和实体等方面表现出对称特征。读者可以参照比较。

标准版删除了原始版莱因哈德后半生那一场景，原因是冗长且没能提供有诗意的生活图像，40~50年时间跨度太大，与其他场景不协调。其他被删的也是同样理由，如地下室酒馆聚会某些内容、圣诞夜漫游和威尼斯旅行故事。

需要指出，作者在原始版文字"一封信"和"茵梦湖"两场景之间分隔使用了双横线，不同于其他场景分隔所用的单横线。纵览整本《民间话本》，双横线都是用来分隔书中的不同作者的各篇小说。这就是说，施托姆明确表示《茵梦湖》是由前后两篇组成。标准版弃用了横线分隔提示，各场景前加入标题，这有助读者理解小说各场景的要旨，但模糊了小说实际上是由两篇组成的结构。

从《茵梦湖》这本小说讲究结构、对称和韵味来看，它保留着诗的特点。施托姆实质是诗人，成名的却是他的小说。他曾抱怨过世人重视他的小说多过他的诗歌，而且他认为自己的诗歌成就远大于小说。[5,p.46]之前他把诗篇的自然段发展成小说的一段段场景的写法就引起过极大的争论，因为喜欢他诗歌的读者看不到小说场景的连贯发展和人物的心理活动。现在人们当然不这样认为了，反而肯定了这简洁和浓缩处理是一种不错的小说技巧。小说用沉默填充各场景之间的间隙，即使在场景内，也处处见到沉默，例如莱因哈德对送别的伊丽沙白不吐露心事，最后不辞而别离开庄园等。保持沉默可以解释为给读者留下想象空间，允许读者把个人理解和意愿插入小说各场景之间获得参与的精神满足。也可以解释为一种沉默美，"无声胜有声"的意境。

最近撰写施托姆传记的作家 Franz Stuckert 表示，他接受施托姆本人描述的场景小说（Situationsnovelle）这个词的提法，认为用它不仅能公平地评价像《茵梦湖》那样由一系列情节联系相对弱的画面构成的小说，而且能提高这类著作写作艺术的地位，Stuckert 摒弃将施托姆的小说看成诸如抒情小说、放弃型诗文、情调小说和爱情关系小说之类的观点。[7,p.8][3,p.2]

2. 叙事视角

小说的框架结构带来"故事套故事"的叙事模式，这种结构可以变换叙事视角，将时间返回过去，重新复活已消逝的事件和人物。《茵梦湖》中，如果把框内整篇文字（不包括对话）的"莱因哈德"和"旅者"更换成"我"，再把某些"他"，"他们"也换成"我"，"我们"，框内就是莱因哈德的"我"讲自己的故事。

读者开始时看到作者在框外客观地叙述一个老人的故事，然后切换到框内，按老人也就是莱因哈德的视角做"我"的自陈，最后重返框外继续原先的叙事。主观叙事不可避免带个人偏见和情绪，施托姆实际是以老人为掩护，说出了他自己的感情起伏以及他最终的无奈放弃。[7,p.45]

由于莱因哈德从"我"的视角主观自叙，读者只能随着莱因哈德来感知其他人物的表面，无法涉及他们的内心。但是，原始版的框内有几部分含有作者（外来者）的客观叙述，例如，〈……信里也没有包含给伊利沙白的童话。这样她也就不写信给他，而这点他却几乎没有觉察到。从他的青春年代起，（他的）错误和激情就开始要求她那一方（付出）〉，〈现在对他来说，眼前的生活占的分量越来越少，炯炯有神的黑眼睛里越来越明亮地显现那遥远的过去，……，但在他的眼睛里，仍然有着未消失的青春的光芒〉。这些插叙破坏了框内莱因哈德"我"的叙事，造成叙事视角错乱，阅读时会感觉不和谐，都被标准版删掉了。

但仍有个别未改动的残留在标准版中，如"回家"场景里的〈他眼中出现一种突如其来的忧伤表情，她从来没有记起（他眼里）有过的。"你觉得不舒服，莱因哈德？"她问道〉。显然这忧伤的表情不是莱因哈德对镜子看自己看出来的，而是从作者视角看到的。

简而言之，标准版中突出情节前后呼应，删除了原始版中的作者夹叙和总结，删除了人物的心理分析。小说关键时刻包藏在沉默里，即在小说描述的时间范围之外，包藏在有克制的陈述和戏剧化的身体语言里。译者特别要指出的是，施托姆没有描写人物脸部和其表情的细节，读者完全可以根据想象塑造自己的男女主人公的人物外貌和形象。除填充情景之间的沉默外，这又是读者可以发挥自己想象的另一空间。

3. 象征手法

《茵梦湖》小说充满象征（Symbolik）。由于被象征本体只能通过暗示和联想得到，因此对同一象征对象会有多种甚至是对立的解释。

童话："三个纺纱女"和"被扔入狮子洞的不幸人"[注2]两个故事具有象

征意味。

在伊利沙白不让莱因哈德重复讲的"三个纺纱女"故事里，其寓意是：人们一生受命运支配不由自己意愿。也有说法认为是作对比：故事里有钱人与贫家女结婚，小说的现实世界里，中产阶级子弟莱因哈德只是与下层社会女子玩疯狂游戏。

"被扔入狮子洞的不幸的人"已经和圣经内容相距甚远，更像是民间故事。故事反映一不幸的人受挑拨离间陷入困境时对生的渴望，他在漆黑的狮子洞见到光明天使。象征着日后莱因哈德在黑暗书房，望着他的精神天使伊利沙白的明亮肖像。也有一牵强说法：狮子象征小酒馆里的莱因哈德，歌女是遭厄运的捕获物，天使是伊利沙白寄来的包裹解救了它。[7, p. p. 68, 76]

莱因哈德回答伊利沙白没有天使，反映几乎不上教堂的施托姆对宗教的一贯怀疑态度。施托姆本人的结婚仪式乃至自己的后事安排都排斥宗教的介入。

草莓：草莓代表着爱情。莱因哈德和伊利沙白在林中找草莓，寻找的路上遍布稠密的荆棘，他们能看到对方身影时隐时现，但总分开一段距离，最后草莓还是没有找到，象征他们未来追求爱情过程中道路艰难，缺乏沟通，彼此存在距离和最终失败。对比之下，同伴们包括埃利希带回一大堆草莓。

伊利沙白和莱因哈德在湖滨漫步，莱因哈德提出找草莓。

"这不是草莓季节，"她道。／"但它很快就来的。"／伊利沙白默默地摇头。

这段对话道出莱因哈德想重续两人爱情关系，伊利沙白则认为事实上已经没有可能。

红雀和金丝雀：红雀是野鸟，比喻不爱家居生活的莱因哈德；金丝雀比喻热爱家庭生活又有教养的富人埃利希。莱因哈德在红雀和金丝雀竞争中败北。[4, p. 20]

又或者说，困在金色鸟笼里的金丝雀，比喻伊利沙白优渥的生活而实际上被囚禁在茵梦湖庄园里。

伊利沙白母亲纺纱：纺纱女子在德国童话和民间故事里往往代表女巫或专横强悍的女人形象。

歌女唱的歌（原始版缺）：诉说人生的短暂和不可回避的死亡，象征莱因哈德与伊利沙白的爱情以及他们未来的痛苦命运。

施托姆说过："事实上人的本性就是感知的有限与无限的斗争，恰恰感到高兴并达到最高峰时刻，我们会被无可避免结束的强烈悲痛压垮……"这种对生命的极度悲观看法贯穿小说的始终。

石楠花：德国民俗认为绿色石楠花（Erika）象征持续感情，小说里是作为莱因哈德与伊利沙白爱情的象征信物。当他们在庄园重逢时，莱因哈德问道："……书页间也有石楠花，只是一朵枯萎了的。"他认为伊利沙白对他的爱情不再。

鹳鸟：德国民俗认为鹳鸟（Storch）在住宅、仓库或厩棚上筑巢象征带来幸运。小说写鹳鸟先在湖面上打圈，接着在苗圃间踱步，最后飞到新建筑物即酒厂的屋顶上空，就是没有落在主人的住宅上。这不是作者的疏忽，是暗喻主人的婚姻生活不如意。

民歌《我站在高山上》：一个美丽的贫家女拒绝了炫耀财富歧视自己的伯爵求婚，宁愿到修道院做修女。另一个版本是贫家女与伯爵相恋，出于外来原因贫家女进了修道院。若干时日后，伯爵与已是修女的贫家女重逢，两人却再也回不到过去，[4,p.29]象征意味明显。

民歌《依母亲的心愿》：这首诗浓缩了《茵梦湖》整篇小说的主题。里面五个主要人物都出现了，伊利沙白、母亲、埃利希（"别人"）、莱因哈德（"以前至爱的"）以及歌女（"我可以去讨乞"）。[4,p.31]

黑色湖水：象征着人被自然力限制的悲剧性局限，又或曰危险性的诱惑。[4,p.19-29]

湖中睡莲：莱因哈德游向睡莲陷入水草网里，在陌生的湖水中感到了莫名的恐惧，挣脱水草网回到岸上，这张网代表当前资产者社会。莱因哈德莫名恐惧退缩，无力与环境抗争最终无奈放弃，反映他自身的人性弱点。回头再看，睡莲还是那样遥远地、孤寂地浮在那黑沉沉的湖心上，象征纯洁的伊利沙白孤独无助地处在黑暗环境、困于茵梦湖庄园的处境，也宣告莱因哈德的爱情追求彻底失败。

表示无奈放弃的伸展双臂动作，富有表情的眼神和女性的手部细节：施托姆小说中这些特有的、具有象征意义的身体语言，首次在这篇小说里运用。[9,p.77]

3.6　影响《茵梦湖》创作的两本德文小说

影响《茵梦湖》创作的两本德文小说是著名诗人、作家默里克

（Eduard Moerike，1804—1875）的《画家诺尔顿》（Maler Nolten，1832）和诗人艾兴多尔夫（Eichendorf，1788—1857）的《诗人和他的伙伴》（Dichter und ihre Gesellen，1833）。

文学评论中论证某小说受另一作品影响，从狭义来讲要求有实在的证据。事实上获取直接证据很难，除非作家本人坦然承认。1854 年，施托姆与艾兴多尔夫在柏林一个晚宴上见面，他主动承认他在文学上受惠于这位年长的诗人。1873 年在一封信里，他把艾兴多尔夫的《诗人和他的伙伴》列为他在吕贝克的中学时代最喜欢的书籍之一。施托姆也承认在基尔的五年大学求学时光就读过默里克的《画家诺尔顿》，他认为："这本书个别章节可能达到了整个艺术所能达到的最高点"。1846 年给未婚妻康士丹丝信中提到："对我而言，这本书是从灵魂深处创作出来的。"可以看出他受该书影响之深，也被列入他最喜欢的众多书籍之中。

既然有了施托姆的文学生涯初期喜欢这两部小说的充分证据，可以指望在他的早期作品如《茵梦湖》里找到相应的痕迹。1950 年 Wooley 的"《茵梦湖》两个文学来源（'Two literary sources of Immensee' *Monatshefte für deutschen Unterricht* 42（1950），pp. 265 – 272）"一文，详细比较了这两者与施托姆的《茵梦湖》的相应段落，指出施托姆有倚靠和借用他们的作品的地方，而且施托姆显然更受默里克的影响。论文指出，施托姆的赞美者们绝不会认同施托姆是从他所热爱的这两部作品里，以剽窃方式（as plagiarism）制作出哪怕是一个挪用过来的题材。更可能是施托姆出自喜爱，在头脑里经常浮现出这两部小说的各种事件情节，激发出灵感，他开始思索并写出类似于他所喜爱作家的自身作品。默里克和艾兴多尔夫完成了复杂的、他人难以仿效的小说情节，但两人的作品结构显然松散，而施托姆写的小说《茵梦湖》各情节之间关联密切。他技艺高超地创作了属于自己的艺术作品，甚至赢得启发他灵感的给与者赞扬。

译者根据 Wooley 的论文，按施托姆《茵梦湖》的场景顺序略有增删地列出三者的原文。列表中仍沿用巴金《蜂湖》的场景名分段。由于 Wooley 引用的是小说的标准版，有些文字在原始版里阙如，此时需引用巴金的对应中译文（以斜体表示），【　】方括号内文字是 Wooley 的夹叙。

此外，为了更好地理解这张表，译者在［注 15］有选择性地介绍了《画家诺尔顿》和《诗人和他的伙伴》两本小说里的人物。

施托姆《茵梦湖》与另外两部小说相似的文字

施托姆《茵梦湖》 1849—1851 年	默里克《画家诺尔顿》 1832 年	艾兴多尔夫《诗人和 他的伙伴》1833 年
老人 沿街慢慢地走下一位穿着得体的老人。看来他是散步完了回家……还朝下看了看面前沉没在夕阳余晖中城市……属于式样过时带扣的鞋……黝黑眼睛似乎仍旧映照出整个已消逝的青春，	八月间的这次访问，男爵做完他习惯的清晨散步后，和惯常一样把手杖放在屋角……他总是不去解掉脖子上戴的那条过时的条纹领带……但凡注意看过他的人不会忘却他眼睛里露出的灵性的闪光。	在夕阳最后一缕余晖中……在散步完了回城人群的欢呼中分辨出一位骑者……看到他扬尘疾驶而下
最后，月光透过窗玻璃照在墙壁的画上，……现在它移向一张朴实黑色镜框内的小肖像上。"伊利沙白"，老人轻轻地说道，	男子来到阁楼，那儿有一幅引人注目的画……它的位置挂成这样，使得明亮月光恰恰落在画的上面，……实际可以认为它是伊利沙白的肖像……老人（阿尼斯的父亲——译注）要讲述余下的悲惨故事了。	月光透过窗户照在墙壁的画像上
孩子们 她叫伊利沙白，可以算是五岁；他比她年长一倍。她脖子上围了条红色丝巾，与她的棕色眼睛很相配。	【诺尔顿来到森林里的这个养父母家里生活，七岁的阿尼斯是这个家庭的女儿。诺尔顿和阿尼斯两人一起长大最终定了婚。伊利沙白是诺尔顿的叔叔的女儿，也有一双棕色眼睛。诺尔顿的叔叔讲述那时他向吉卜赛女子罗斯金求婚的故事:】	

施托姆《茵梦湖》 1849—1851 年	默里克《画家诺尔顿》 1832 年	艾兴多尔夫《诗人和 他的伙伴》1833 年
伊利沙白这时沿着土堤走，采集野锦葵环形种子放在她的围裙里……莱因哈德开始讲了："从前有三个纺纱女" 【野锦葵，三个纺纱女】	"罗斯金找她的可爱宝物，一种解渴的醋浆草的叶子。我陪着她找，最后我们坐了下来。有那么多的各种童话，我不知道怎样来讲，她却知道要讲林中纺纱女的故事。" 【醋浆草，林中纺纱女】	
现在他从给她讲过和一再讲过的童话里 **林中** "来吧，伊利沙白，"莱因哈德道，"我知道满是草莓的地方"……"走吧，"她说，"篮子准备好了。"	诺尔顿道："年幼的孩子，还有阿尼斯，晚上通常听我讲童话。"	为了采集夜草莓，佛罗伦汀秘密地悄悄走入林子。福图纳看见她提着小篮子出了村……他把书扔下跟着她，但她没能再在林中找到。
来到一块空旷的地方，那里正有一些蓝蝴蝶在寂寞的林花丛中展翅飞舞。莱因哈德把她冒热气的小脸上润湿的头发揩干；		深色玫瑰花在岩石之间红得耀眼，一只蝴蝶在朦胧笼罩的闷热中翩翩起舞……佛罗伦汀把发烫额前的一缕鬈发拨开……她静静地踏上归途。
那位老先生……起劲地切着熏肉的同时，继续向年轻人作他的道德训话。		精力充沛的佛罗伦汀的母亲（die Amtmannin）切着烤肉的同时，开始发布各种睿智成语和要求珍惜宝贵时间。

施托姆《茵梦湖》 1849—1851 年	默里克《画家诺尔顿》 1832 年	艾兴多尔夫《诗人和 他的伙伴》1833 年
她有着金色双眼 宛如林中女王。		你是林中的曙光女神 （Aurora）， 我至爱的女诗人！
孩子站在路边 然后她拨起弦来，用深情的低声唱道：今天，只有今天/我还是这样美好； 明天，啊明天/一切都完了！ 只有在这一刻/你还是我的， 死，啊死，/留给我的只有孤寂。	她唱道："一个狂野的忧郁的灵魂，给起伏不定的旋律带来了活力。" 【除夕夜晚，诺尔顿参加城市大旅馆的舞会，遇到戴假面具跳舞唱歌的吉普赛女子】	伯爵夫人坐在帐篷内并弹起八弦琴， 穿着吉普赛服装的卡美利亚伴着吉他唱道："我不只是孤独！"
埃利希用炭笔给我画像；我已经给他坐了三次，每次整整一个小时。我相当反感让一个陌生人这样地熟悉我的面孔。	【雕塑家雷蒙要求他的未婚妻为他摆造型姿势，她开始拒绝，后来还是为他摆了两次】	
我本不情愿，但母亲劝我；她说，这会使友善的维尔纳夫人（莱因哈德的母亲——译注）大大惊喜一番。	说服阿尼斯去上她的表兄弟奥托教的曼陀林的课："这一定会使你的爱人惊奇。出现了一个新天才！"	
这些漂亮糖粉字母会对你说出糕点是谁一起帮忙了的吧；		年轻的服务生带了一盘焙制糕点，上面有一列字母"Otto（奥托）"

施托姆《茵梦湖》1849—1851 年	默里克《画家诺尔顿》1832 年	艾兴多尔夫《诗人和他的伙伴》1833 年
他仍坐着，冬日阳光落在结了冰的窗玻璃上，与他对着的镜子里映照出一张苍白严肃的面庞。	经历了这些骇人惊闻事件，女伯爵在镜子里映出的样子如同变成了另一个人，她似乎已不适应她原先室内的环境，对她来说，这一切仿佛是分别已久已故的友人……不久，窗户呈现出晨曦。【寒冷的冬夜里女伯爵读完了这封信，信中证实了诺尔顿对阿尼斯的爱。】	
回家 当这个瘦削娟秀的小姑娘笑着迎接他时，他道："你长得这么大了！"她脸红了。	诺尔顿来到阿尼斯家。他叫道："爸爸，我的孩子，一切都变得这么好看！"他真的是围着她四周来回看，专注打量她的形体。"全都长大了！"……阿尼斯说着，红晕在她面颊升起。【诺尔顿这举止是画家的职业习惯使然——译注】 "这是真正五月花和草莓的气味" 【诺尔顿注意到阿尼斯的信的香味】	

续表

施托姆《茵梦湖》 1849—1851 年	默里克《画家诺尔顿》 1832 年	艾兴多尔夫《诗人和 他的伙伴》1833 年
"我有个秘密，一个美好的秘密!"他道，发亮的眼睛凝视着她。"两年后我回到这儿，那时你就应该知道了。"	诺尔顿对他妹妹说："我无法安静下来，你不知道我还有一个秘密……今天你要听着。"	
一封信 ……是他母亲的手迹。莱因哈德撕开信读，很快他读到下面的话： "在你这个年龄，我亲爱的孩子，几乎每年都有它的特有面貌；因为青年人不会把自己搞得可怜不幸……埃利希终于得到伊利沙白的允诺，……，婚礼应该很快举行，以后她的母亲继续和他们一起过。"	【伯爵夫人给诺尔顿的信表明，他们的恋情宣告结束。】	华尔特写给他的同学福图纳的信中道："你这个诗人是多么幸运啊！你们对所有一切犹如魔法般的认知令人吃惊……世界上还没发掘的美好和世界范围，逐步扩大，新的未来变得越来越美妙像是奇迹。 但是对我来说却径直相反，我越来越了解我的世界变得日渐狭窄，童年时代有过的对未来的想往，仍然停留原地并且逐渐沦丧殆尽。我从城里得到消息，我的律师公职有望，所以现在我的婚姻已再不是悬而未决的了。在家里，我透过打开的窗，看见母亲正辛勤地将羽绒填入新人的被褥。" 【这个信息对福图纳是重要的，因为他喜欢上了华尔特的未婚妻】

77

施托姆《茵梦湖》1849—1851 年	默里克《画家诺尔顿》1832 年	艾兴多尔夫《诗人和他的伙伴》1833 年
茵梦湖 他严肃的灰色眼睛急切地看着远处，像是期盼着这条单调的路最终会发生变化，而这变化却是总不愿到来。【莱因哈德拜访伊利沙白】	他缓慢地走下长长的山间小道，脚不时停下。经过一个拐弯，眼前意外地呈现出一个几乎看不到尽头的寂静山谷。他走进去，最后始见到远方的山有少许交叠。【诺尔顿拜访阿尼斯】	
路通向一斜坡，旁边的百年橡树树梢几乎露不出来，……主人的红瓦白色房屋在高堤耸立而起。一只鹳鸟从烟囱飞起，缓缓在湖面上盘旋。……"茵梦湖！"旅者喊了起来……山丘两侧布满盛开的果树，营营作响的蜜蜂在采蜜。	孤独的蜜蜂在年轻园丁周围营营作响……	现在她站在山坡上……在古老树木的阴凉树阴里……红瓦屋顶……"老家，老家！"华尔特终于喊了出来，"从这儿一直去就是赫尔斯坦。"……他们从山这边，愈发高兴和更深入地登上花的海洋。
那只鹳鸟，……四下里庄重地踱步，……这只长脚埃及人	鹳鸟……非常庄重地踱步……那个长脚家伙……	
当男子几乎够着他时，便摇着便帽响亮地喊道："欢迎，欢迎，莱因哈德兄弟！欢迎来到茵梦湖庄园！"		华尔特太愉快了，将帽子在空中挥舞。

续表

施托姆《茵梦湖》 1849—1851 年	默里克《画家诺尔顿》 1832 年	艾兴多尔夫《诗人和 他的伙伴》1833 年
	花卉的极其甜蜜气息有层次且多番地吹过耳边。就在这里，他的带着青春年少感情的气息混和着纯真的爱情	他看来走得更慢，脸更苍白和腰更弯，反之，这些在福图纳清彻的眼睛和生机蓬勃敏捷身躯上根本不会令人生厌地看到。华尔特首先感叹他的幸运。
两扇对向窗户盖满浓密树叶，因而使花厅两侧充盈一片朦胧绿色；	一个女性身影吸引了他的注意。实实在在是阿尼斯。他的胸整个收紧，屏住了呼吸。	
瞧瞧，他看起来变得像个外地上等人了！	阿尼斯的父亲对他道："我看到，你还是那么值得称赞和令人愉快。"	
	晚上该是诺尔顿讲话了。老人晚饭后坐在安乐椅上静静地抽烟。	
窗户之间的两扇高大的门敞开，迎来了春天太阳光华，还提供了花园景色，花园里有构成圆形的苗圃和又高又陡的树叶墙，由一条笔直的宽大路径分开，通过它人们可以由里面望到湖面和再远的对面树林。		福图纳独自在花园里漫步，园中……古老样式过道的建筑造型，高大山毛榉林荫大道，艺术化的花坛

施托姆《茵梦湖》 1849—1851 年	默里克《画家诺尔顿》 1832 年	艾兴多尔夫《诗人和 他的伙伴》1833 年
中午全家一齐来到花厅，白天就是视主人的清闲，或多或少地一起度过。只有在晚饭前的钟点和大清早，莱因哈德才留在自己房间里工作。	这群人前往屋里。晚饭之前每人做自己喜欢的活动。吃饭时人们再重新聚集。	每天早晨他带着书写用具坐在绿茵上，在安静环境中最后誊清那几篇小说。
他相信，在挺拔的桦树树干之间分辨出一个女子白色身影。她不动地站着，他走近去辨认，他认为她正朝向他，好像在等待他似的。 ……	偶然一次，我对着空旷的栗树林荫大道的一瞥，看到一个白色女性身影，整个身躯静静地倚靠在树干上。	
依了我母亲的意思 他这几年来对那些在民间流传的歌谣，每逢碰到的时候，就搜集起来，莱因哈德读道： 依我母亲心愿，/我要嫁给别人；……啊，如果这从没有过，/啊，我可以去乞讨/走遍褐色荒郊！ 【实际是伊利沙白的独白】	阿尼斯唱道："玫瑰般时光，那么快过去了。/那么快过去了。/而你也离去了，/如果我的爱是真诚的/是真诚的，/我就不需要害怕" 海因利特唱道："公鸡喔喔叫，早晨到了，/星星消隐了/我要去到壁炉边，/我要生起火/" 【阿尼斯和海因利特都是以诗言情】	

施托姆《茵梦湖》 1849—1851 年	默里克《画家诺尔顿》 1832 年	艾兴多尔夫《诗人和 他的伙伴》1833 年
伊利沙白轻轻地把她的椅子推后，默默地走下花园。母亲的严厉目光跟随着她。埃利希想跟着走；但母亲说："伊利沙白外面有事要做。"于是他留下了。 外面花园和湖面晚色越来越深，夜蝴蝶嗡嗡地经过敞开的门，……窗下一只夜莺在鸣啭，还有另一只在花园深处； 伊利沙白的秀美的身影已经隐没在枝叶繁茂的小道中，莱因哈德仍向那个地方望了一会儿；		奥托不再听，他急急站起大步走入夜色下的花园。华尔特要跟着去，但福图纳阻止他，……福图纳叫道："最好给我留下！" 透过窗户可以见到深邃的天空，……花园里的夜鹰在鸣啭。 佛罗伦汀的母亲朝奥托离去消失的方向看过去，没说一个字入屋了。 【奥托由于情绪压抑离开了公司，华尔特希望知道他情绪低落的原因，福图纳喝停他那个好打听的朋友。……】
当他从这儿回顾湖面，那朵睡莲和以前一样远，孤独地在那黝黑的深处……"我想拜访那朵睡莲；但是没有办成。……早先我一度认识它，"莱因哈德道，"但已经过去很久了。" 【睡莲象征所爱的女子，斯托姆是让人们推测】	墙壁的桃花心木柱上放有开着的马蹄莲。他想象过，可不可以把这种植物接纳成是康士但兹本身的一部分？确实，这种可爱的草和深色叶子，如果把它们象征你最爱的人，放在她的周围那该有多好啊！ 【用马蹄莲象征所爱的女子，默里克这里具体道出人和花之间的关联】	

续表

施托姆《茵梦湖》 1849—1851 年	默里克《画家诺尔顿》 1832 年	艾兴多尔夫《诗人和 他的伙伴》1833 年
伊利沙白 "这不是草莓季节，"她道。"但它很快就来的。"伊利沙白默默地摇头；	这种不幸看来早就要过去。	
房屋前廊站着一个裹着破衣、漂亮面容显得精神恍惚的姑娘，	我在我房子前廊遇见一个女子，她的外形使我惊奇，她是个吉卜赛女子，身材高挑，已不再年轻，但实际上还很漂亮	
她慢慢地向门口走去。……穿过庄院走下去了。 死，啊死，／留给我的只有孤寂！ 一首旧的歌在他的耳边响了起来，他简直喘不过气来； 【吉普赛女子唱起前面在地下室酒馆遇见莱因哈德时唱的歌：】	【吉普赛女子唱起她初次遇见诺尔顿时唱的歌】	他继续往前走，像以往春天再来时那样，今天确实我觉得不舒服。啊，她悲哀地说，不要，春天不要再来！ 【奥托正与科尔德尔申交谈。他们曾相遇在春天，互相喜欢上了。奥托后来和另一个女子结了婚，但是他希望能恢复以前享受一度有过的快乐。然而春天不再有了，因为婚姻将恋人永久分隔开。】

续表

施托姆《茵梦湖》 1849—1851 年	默里克《画家诺尔顿》 1832 年	艾兴多尔夫《诗人和 他的伙伴》1833 年
他听到房子上面门在动，……见伊利沙白站在他面前，……他向前走了一步向她伸出手臂放弃的动作……广袤的世界在他面前升起。 【莱因哈德发现自己现在仍爱着伊利沙白——埃利希的妻子，他决定离开】		当他回来时，他听到房子下边一扇窗轻轻打开，那是佛罗伦汀，……他请求一个吻，……他再次返到山林外的世界。【福图纳喜欢华尔特的未婚妻佛罗伦汀，但决定最好是离开她。漫漫长夜里他在花园里不停地走着，直到破晓。】
老人		
	"我已正式地对这个世界绝望。对我的每一次考验都意味我的放弃。" "当人们把他看成是一个早已过气的人物时，不幸就展现了。" 【诺尔顿的未婚妻死了，诺尔顿自己也濒临死亡。他回忆并对世事绝望和放弃】	

　　此外还有评论认为，《茵梦湖》包含在歌德的 1796 年出版的《威廉·迈斯特的学习年代》前十二章之内[注17]，列举出种种相似之处作为证明，但与上述两本小说不同，此项认定缺乏斯托姆本人的佐证。

　　从作家的风格、气质和特点来看，施托姆实际上接近德国作家施迪夫特尔（Adalbert Stifter）。施托姆与歌德、与施迪夫特尔这种作品相似性，被认为不单单是作家单纯模仿尝试，而是有施托姆本人对自然和对世界的观点。[7, p.33 – 34]

3.7 受《茵梦湖》影响的中外小说

受《茵梦湖》影响的中外小说的证据有直接的，但更多的只是间接的。即便如此，只要它合乎逻辑和常识并经得起推敲，也能作"证据"，中外概莫例外。

（1）1860 年出版的英国作家艾略特（Eliot）的《弗洛斯河上的磨坊》。1926 年 4 月和 10 月的《现代语言杂志（The Modern Language Journal）》分别发表 Lussky 和 Krumpelmann 短文，指出艾略特的《弗洛斯河上的磨坊》小说开头的写法类似于施托姆的《茵梦湖》。例如《弗洛斯河上的磨坊》的开场是作者"我"站在弗洛斯河的桥上陷入对多年前生活的回忆，年长得多的哥哥汤姆回家与妹妹玛吉谈到去遥远非洲旅行和那儿多姿的生物，汤姆在花园建造了一草皮屋子，汤姆道"这儿没有狮子，只是作秀"等，这些在施托姆的《茵梦湖》都可以找到对应：老莱因哈德在书房对青年时代的回忆，莱因哈德与伊利沙白谈去远方印度旅行和狮子，莱因哈德在伊利沙白的帮助下用草皮造了所房子，莱因哈德回答"这只是一个故事，根本没有天使"。两本书里的主要人物，个性特色和其彼此相处方式都相同。Lussky 和 Krumpelmann 认为，会一口流利德语的艾略特于 1854—1858 年在德国旅居，钟情日耳曼的音乐和文化，其时《茵梦湖》在德语区全境已广为流行，作家有机会见到并读过，艾略特是下意识获得了如何写自己这本小说开始那段的灵感。

（2）1872 年出版的俄国作家屠格涅夫的《春潮》。1865 年施托姆与屠格涅夫在德国温泉胜地巴登 – 巴登度过了八天。屠格涅夫喜欢施托姆本人，但对施托姆的小说看法相当对立，拒绝《茵梦湖》理想化的世界。《春潮》的小说结构类似《茵梦湖》，也是一个老人回忆过去，民歌的穿插起到点睛作用，有助于读者理解内容以及将主题与情节联系。不过与《茵梦湖》的伊利沙白屈服功利欲强烈的母亲而出嫁不同，《春潮》女主人公杰玛违背了她母亲的意愿。此外，《茵梦湖》中莱因哈德和伊利沙白最终未成眷属主要归因于外部因素干涉，以埃利希为代表的新兴资产阶级在与旧式中产阶级的冲突中获胜，表征一个新时代的来临。而《春潮》中是归咎于主人公萨宁这个青年贵族的多余人的虚弱性格和自身的情感缺陷，应该由个人负责。[7,p.78,93]

（3）1903 年出版的托马斯·曼自传体小说《托尼奥·克律格》。小说

84

里主人公托尼奥读过《茵梦湖》，是莱因哈德式的人物，也是托马斯·曼青年时代的写照："他看里面，有着那么多的悲伤和思念。为什么他坐在这里？为什么他不坐在自己小房间读读斯托姆的《茵梦湖》，向外看看夕阳下的花园，那里老的核桃树沉甸甸坠得嘎嘎作响。那才是他的位置所在。"当托尼奥感叹自己暗恋着的女子英格时道："啊！你这个有鹅蛋形脸庞、微笑着的碧蓝眼睛和满头金发的英格！只有像你这样没读过《茵梦湖》，也不想搞类似《茵梦湖》的人，才能是美丽和无忧无虑。这可真是个悲剧！"。托马斯·曼总觉得对施托姆有种亲和感，自认为他这部作品是《茵梦湖》的发展，把理智和环境合为一体，更具现代气息，包含的问题更广。有人建议阅读《托尼奥·克律格》进一步理解施托姆，认为《茵梦湖》的伊利沙白个人形象是分裂的，一个存在于世代相传的民歌里，另一个是在现实世界。施托姆用相应结构和象征手法予以掩盖没有明白表示出来，托马斯·曼处理了与之同样的世俗问题，但方法更为直接。[7,p.77]

（4）东德女作家克里斯塔·沃尔夫（Christa Wolf, 1929—2011）《追思克里斯塔·T》。它类似地也被贴上受施托姆《茵梦湖》影响的标签。B. W. Seiler 指出，研究这两部作品之间的关联，不能只处在考察克里斯塔·T作品的层面上，而是要扩展到作者克里斯塔·沃尔夫在小说中所作的描述和反思，"对克里斯塔·沃尔夫而言，将斯托姆作品《茵梦湖》现代化并且作为例子是这样一个事实：描述爱情结合道路上的障碍不仅要着眼社会，而且要看到单个的人"，"对于克里斯塔·沃尔夫而言，备受多方责难的斯托姆的市民内涵（Innerlichkeit）具有既令人担忧又如释重负的两个方面，一方面揭露出某些针对她的人性化东西，另一方面表明社会主义社会应该有它的将来"[4,p.79-80]。该书 1968 年出版，当时东德还存在，评论带有强烈的政治色彩。

也有观点直接把这本小说看成是《茵梦湖》和瑞士作家 Max Frisch（1911—1991）的 1964 年小说《我名叫甘藤比》的混合物。

在中国，认为模仿和类同《茵梦湖》的中文小说也有几部。

（1）1925 年创造社作家周全平的小说《林中》。资料［附录8.4（1）］作者杨武能对比《林中》和《茵梦湖》，认为从表现主题思想、故事情节、篇章结构，甚至小标题和细节全部雷同。《林中》用元宵节代替圣诞节，用俱乐部代替小酒店，唱曲女子代替吉普赛歌女，山农歌声代替牧童歌声，用"人无呀千日好/花无百日红/……"代替"今天，只有今天/我还是这样美好……"，认定《林中》确系《茵梦湖》的仿作。

（2）1932年巴金《春天里的秋天》和1938年萧乾《梦之谷》。资料［附录8.4（3）］作者马伟业认为它们是受《茵梦湖》影响创作的爱情悲剧。《春天里的秋天》有巴金友人丽尼的遭遇原型，《梦之谷》是萧乾"一场失败了的初恋"。从不合理婚姻和爱情悲剧来看，它们都与《茵梦湖》类同。但资料作者没有给出它们受《茵梦湖》影响的直接佐证。

（3）1932年郁达夫创作的《迟桂花》。资料［附录8.4（10）］作者韩益睿比较了《迟桂花》和《茵梦湖》自然环境的诗意描写。郁达夫在郭沫若译本《引序》中曾说过《茵梦湖》使他深受感动。但单凭这一点似乎不能把《迟桂花》划归受影响之列。

（4）1934年庐隐以石评梅和高君宇经历为原型的《象牙戒指》。资料［附录8.4（2）］作者谢韵梅认定庐隐创作《象牙戒指》时受《茵梦湖》影响。作者引述了两段作为主要支持：一是石评梅的散文《我只合独葬荒丘》里面的一段"我空虚的心里，/忽然想起天辛在病榻上念《茵梦湖》：/死时候啊死时候，/我只合独葬荒丘！"引文中的"天辛"指高君宇。二是《象牙戒指》书中的描写："'死时候啊死时候，我只合独葬荒丘。'这是《茵梦湖》上的名句，我常常喜欢念的。但这时候听见曹引用到这句话，也不由得生出一种莫名的悲惨，我望着他叹了一口气。"句中的"我"指张沁珠，曹指曹子卿，小说中的两主人公。资料作者也分析了《象牙戒指》婚姻爱情的主题，女主人公缺乏勇气导致悲剧结局，《象牙戒指》小说采用倒叙回忆的小说结构，中间穿插苏轼的"水调歌头"以及用日记和书信作为抒情方式等，它们都与《茵梦湖》类同。

（5）2001年，台湾辅仁大学德语语言文学系谢静怡发表"施笃姆之《茵梦湖》与琼瑶之《窗外》"，认为"《窗外》与《茵梦湖》两部作品在主题、内容架构及人物安排上有很高的相似性，但二位作家的表现手法却影响了其作品的文学价值。而从《茵梦湖》一书在台湾的译本及评论的统计分析中，推论出琼瑶小说对《茵梦湖》被台湾公众接受有不可忽略的地位"。这确实属于一种别开生面的见解。

简而言之，断言两本小说属于模仿或类同，或者影响次序，存在着很大的主观性和不确定性。

附录4　《茵梦湖》评论

4.1　同代人的评论

施托姆的同代人对《茵梦湖》（标准版）评论都限于文本分析以及诸如模式、人物角色、情节发展等纯文学方面，没有与作者生活经历联系，原因是当时他们对施托姆个人生活及小说背景资料知之甚少。

1850年出版社把施托姆修改后的《茵梦湖》手稿寄给海瑟审阅。海瑟和他的朋友，著名作家、诗人冯塔纳（Theodor Fontane）读后都很喜欢它。施托姆同时也把小说寄给了默里克。[7,p.45]

人们开始以赞许态度谈论这本修改后的小说了。

1852年年底，在柏林《Voss杂志》出现了《茵梦湖》首个单行本广告："放在我们面前的这本装潢优雅的小书来自一个诗人作家。借此愿简单表达我们的最高赞扬，有人对于内心幸福、悲伤和柔和气息无动于衷，我们是不会向这类人谈什么精神的。这本返璞归真的作品里有一种令人惊异的特有魅力，一个隐秘的内心世界，宛如透过黝黑树林绿叶的太阳光的映射。回忆起温暖的生活，内心微微渗血，像是天上才有那么白的花卉散发出芬芳！谁认为不值得赏识这本作品，但愿亲自写下它的不好，（在圣诞庆典聚会上，我们愿意）接纳她在圣诞礼物桌子的第一排女性专座上就坐。"

施托姆翌年春给广告撰稿人写了感谢信："我由衷感谢您在《Voss杂志》满怀好意的评论和告示。生活中肯定有些愉快的事物，需要以合适方式看出、认知。……"[4,p.57-58]

1853年6月冯塔纳在普鲁士《山鹰（Adler）》杂志写了一篇评论施托姆的长文："《茵梦湖》属于我们所读过的最出众的作品。除了小说内核的外部包装稍嫌不足之外，实际上它具有完美无瑕的特性。"他引述了"依我母亲的心愿"直至高潮那段的爱情故事，然后道："施托姆是怎样向我们交待矛盾的？他对冲突没说一句话，就让我们领略到所披露迹象的魔力，风浪里他引导着主人公和读者。"他还引用了使他特别感动的整段文字："树林默立着，把它的黑影远远地投射到湖面，湖心处在沉闷的朦胧月色中……当他从这儿回顾湖面，那朵睡莲和以前一样远，孤独地在那黝黑的深处。'然后评论道："如果隐蔽的美算是最美的话，那么就在我们这里。"但是冯塔纳也批评小说在深度和内心世界描写方面缺乏多样性。

同年 7 月，施托姆的一封信中透露他对冯塔的评论极为满意，因为冯塔纳把他作为抒情诗人排列在默里克和海涅之间。"我通过顿克出版社收到冯塔纳关于我的文章的评论，是推荐提名！他的评论乃是最珍贵的！我相信，我可以大致接受文中关于我的天才及其如何运用的说法，也就是他文中最后的总结内容。"

冯塔纳与施托姆 1852 年在柏林的一文学联盟圣诞节上相识。成长并生活在柏林的冯塔纳，视野宽阔、世情练达，有时被施托姆外省小城市的习气搞得不知所措，但两个不同类型的人却情趣相投，发展成终生友谊。[7,p.9~10][4,p.60]

默里克只是在两年后的 1853 年 5 月才发表赞许意见[4,p.55]，在他给施托姆的信中道："《夏日故事和诗歌》读后产生的明显惬意感觉一直保留到今刻。我感到里面散发出一股纯净的真正的诗意气息。您带着真诚和爱，用鹰隼般锐利的眼光着重表达了最简单的人和人之间关系和场景，这样的真诚和爱以及您对宁静生活的偏好，都是与流行文学到处钻营的活动极其对立的。古老的花厅、玛莎的房间等（玛莎，施托姆小说《玛莎和她的钟》的人物——译者），我即时的反应是，它们像是人们可以花很多小时细细观看的一个熟悉的老地方。（书中）遍布个性和未加修饰的美。"信的结尾写得极为含蓄，值得玩味，默里克并没有明着点出施托姆借用了他的小说："只有在这里，在小说《茵梦湖》，人们或许方可指望有些独特的情调。你们北方人的情感观点和看法与我们南部德国的极其类似，让我非常高兴、惊讶。"

施托姆接受默里克的批评，他在 7 月的回信里道："我的场景读物（Situationstuecke），相信会被 Kuenne 办的《欧洲编年史》杂志称为水彩画。我特别满意地接受这幅画，它无保留地包含了您对《茵梦湖》肯定是正确的意见。"默里克在施托姆 1855 年拜访他后只再写过一封信。虽然如此，其后二十年施托姆仍试图维持通信，他们彼此欣赏，但没有成为朋友。[7,p.9]

1880 年 Pitrou 最早比较了施托姆的《茵梦湖》和歌德的《少年维特之烦恼》："我们的作家首次以小说《茵梦湖》获到辉煌成功，装潢精美的书数不过来地一本本出版，至今对于广大公众而言《茵梦湖》仍是他最出名的一部作品。但是，如果讨论不是太片面的话，关于施托姆的评价必须回顾和进而察看他1876年的《淹死的人》和1875年的《普赛奇》。这位感情充沛的散文作家，不时沉浸在他早期杰作里的甜蜜、悲哀之中，也可说是有点懦弱的温柔之中，使得他不能再专注他的后期诗作。我们把他早期大量小说称为放弃诗文，它们很大一部分后来依然流行并且生机盎然。莱因哈德是平和得多的维特，埃利希可比作优秀的阿尔贝特，伊利沙白有着比夏绿蒂苍白得多的面颊。……

"（书中）对大自然的感受，让人们想到被春天柔和疲软气息吹进歌德的浪漫小说里去，而且有些地方像受溺爱的生病儿童，内心主要受着偏好的支配。作品着笔紧致但很感人，因为施托姆具有以少许文字暗示或非暗示地制造出情调的天赋。"[4,p.67]

以下几篇是施托姆同代人略带负面的评论和施托姆的反应。[7]

（1）施托姆的小女儿盖尔特鲁特在她为父亲写的传记里，附了一篇1852年魏尔（Feodor Wehl, 1821—1890）在《汉堡季刊》上发表的对《夏日故事和诗歌》的评论，标题是《他会对此感到愉快》，由顿克出版社交给施托姆：

"这是我们从这本小书遇到的少年才俊。作者严肃地愿意选择这里倡导的文学模式，使得我们相信可以祝贺他会成为像丹麦安徒生那样的作家。具备童话色彩又富有思想，天真而诙谐，奇妙且热闹，充分地显示出了他的天赋。以同样尺度衡量，他是写出轻松优美中篇小说的速写天才。

"例如，眼前这本书里面的《茵梦湖》就是一幅轻柔描绘心灵故事的水彩画，完成这幅画，只需再做更大修饰和透彻处理。作者还有很多要去做，他没得到足够的批评，他应承认并抛弃其作品中的不足。作者的诗意谷穗里还长有很多其中不少尚属于丑陋的杂草。大量索然无味的诗歌和糟糕地把它们插入，整个地损害了书的效果，但是依然看出（书中）许多确实可爱和有意义东西。不能否认他是新手，但我们觉得他是否能够成长为大师只在于他自己。严肃、钻研、勤奋一定会让他成为优秀大家。"

施托姆对此反应在同年给伯林克曼一封信里："这个Feodor Wehl，顺便一句他是个非常糟糕的作家，对《夏日故事和诗歌》什么都没去说，'大量索然无味诗歌和糟糕地把它们插入，整个损害了书的效果'，这就是他的批评。"

35 年后的 1887 年，Feodor Wehl 再写道："虽然他（施托姆）已竭尽全力做了，但他仍始终处于他的诗意灾难之下……"其时他不知道，施托姆平生两部杰作的另一部《白马骑士》于第二年即 1888 年问世。

（2）1854 年，海瑟在《德国艺术报》的文学栏发表关于施托姆的文章，其中有针对《茵梦湖》里缺乏人物的心理活动即所谓"内涵"描写的评论："……实际上，他的愿望就是把我们完全拉进每个场景里去，让我们有时会忘记本质性的内容应该登场了，而且这一切才刚刚为主人公命运作了铺垫和修饰。外部琐碎事物对施托姆是如此的具有内涵，如果把这些内涵描写出来，则某种程度上，这些内涵描写会失去它的优势……"

1855 年，施托姆感谢海瑟文章后作出反应："我必须向您重复一点：在《茵梦湖》，内涵绝不会因为描写出来而受损，回想一下您第一次阅读的印象吧！如果可以这样绝对地称为缺陷的话，您把《一片绿叶》里的缺陷推及我的其他作品了。前些日子我读完你的文章后，我曾设想您把我那"放弃文体（Resignationsstyl）"《茵梦湖》改写成"有序文体（Ordentliche Styl）"，让您现在在我们面前朗读。我的妻子也正坐在旁边，她不喜欢这种改成尽善尽美的故事。对已消逝事物的不足，她默然付之一笑而已。"

（3）1867 年，诺伊曼－斯特列拉（Karl Neumann－Strela，1838—1920）在《德国博物馆》杂志评论新小说，也包括施托姆的《自大洋彼岸》："《茵梦湖》作者的新作仍然需要来自知识公众的赞扬，说明对于施托姆的兴趣实质上是下降了，因为它们像施迪夫特尔作品一样，不能跳出自身魅力圈子，总在那些题材里面来回打圈，幸福或不幸福爱情是它们的永恒内容和以不同方式表达的主题。施托姆以他习惯方式生动利落地写成他的新作《自大洋彼岸》，但是再高的要求就达不到了。人物缺乏个性，为数不多的情节发展缓慢。缺乏驾驭高低飞越，悲伤，思想……的能力。"

对此书评，施托姆同年在给为他作插图的画家匹茨（Ludwig Pietsch）信里道："不，老汉斯，去睡吧；你的时代已过去了。不久前有人对我说过有一书评，我想是在《博物馆》杂志上。"我们要把施托姆这一反应与那时他的放弃情绪联系起来理解。施托姆的妻子康士丹丝 1865 年死去，其时他深信，他的创作力已经无可挽回地随之丧失了。

（4）作家兼记者所罗门（Ludwig Soloman，1844—1911）在他的《19世纪的德意志国家文学史》一书中认为，施托姆小说里有一种"痛苦的放弃"，但没有陷入"病态的悲观"。所罗门将施托姆与几个德国作家联系在一起评论："施托姆走的路与他们完全相反；他欢庆青春和爱情，但不是在当下逍遥自在高兴地做梦，而是回顾过去，完整回忆起多年来保持着当时曾给过他甜蜜乐趣的忧伤。因此，他的创作绝大多数是情调诗文（Stimmungpoesie），文中仔细避免所有暴力，避免所有硬性东西，调暗所有的亮光，结果留下了不少含混，那就是说，他报道的会在梦中丢失一半的东西是否会是事实，或只是一件不寻常事件而已。他的场景因而通常有点不明确和模糊，他小说的主人公缺乏活力，迈出关键性一步前往往屈服退缩，再后沉沦于痛苦的放弃，然而不是陷入病态的悲观。正如施托姆知道如何勾画他的人物精神状态那样，在技术、艺术和方法上，在轻松而总是非常有特色场景的速写方面，他是一个伟大艺术家。没有一个新锐作家能像他那样，懂得以这么少的手段，令人信服地描述出无声的忧伤、揪心的痛苦、苦甜交杂的孤独感觉；没有其他人，就是施迪夫特尔也不能像《茵梦湖》作者那样，如此充满魅力地栩栩如生地展示出薄雾下森林晨昏的朦胧和山坡上夏日的光华。可惜作者没有越过小型中篇小说（kleine Novelle）范畴，他的抒情诗也停留在小幅水彩画的层面上。"

施托姆在 1882 年给斯密特的信里愤怒地谈到所罗门的文学史："把我的抒情诗简直可怜巴巴地印在（他的）书里一个什么地方，把我的小说作品臆造成是小型中篇小说……所罗门是谁？一个传播上帝声音的门徒？"施托姆却没有就所罗门对他的显然是正面的评价作出反应。

（5）1887 年，作家兼戏剧家舒特曼（Hermann Sudermann，1857—1928）对《茵梦湖》的持续成功持负面看法。在为施托姆 70 岁生日所做的论文中，他强调指出了这位诗人作家今后的可能发展："时间过得远远超越了人的年龄，自从他发表第一部也是（或许不正确）最著名的小说《茵梦湖》以来，人们发现小说被小心翼翼地用红印花布包起，放在很多年轻妇女的书架上，说明他获得极具肯定性的重要支持。在公众的大范围内，主要由于这部作品建立起对施托姆"优秀的金牌作家，圣诞树和更高点圣诞玩具屋的抒情诗人"的评价……事实上，《茵梦湖》和他最早期的一些小说，都带有略为病态的放弃幸福感和多愁善感，由此可以发现一种对持续自我修养而言不够成熟的禀性。他写作得愈久，就变得愈固执，但是，更不受控制和无法改变的是，他眼前会看见更多写作上的问题。"

此时施托姆囿于疾病已没有精力回答了，他于翌年过世。

4.2　施托姆的自我评价

施托姆本人很喜欢《茵梦湖》这部小说。

1852 年施托姆在写给密友伯林克曼（Brinkmann）的信中道："我现在也知道它的价值和意义所在了。它是一本真正的爱情作品，完全充满爱的氛围和气息。对它的评价必须从这个观点出发。"这里，施托姆回避了这本小说同时也反映了他自身的情绪以及处理他婚外情时的内心斗争。[7,p.6,7]

1854 年，施托姆在给妻子康士丹丝的信中道："……我，作者本人，再次被（这小说）诗的幻灭气息完全震慑住了。"[9,p.78] 排除自恋等非正常因素，作者都被自己所写的文字感动，应该说是写小说所能达到的高境界了。

1859 年他在给父母的信中再道："从我写成这本小说以来已过去很长时间了，痛苦的折磨一再压抑着我。我自己必须考虑到，我就是写它的人。现在事情离我很远了，但从远处我更清晰地认识到，这本小书是德国小说的珍宝，在我以后的很长时间里，这本小说会以其青春和魅力攫住青年人和老年人的心。"

1882 年施托姆在给斯密特的信里直白："我的小说是从我的抒情诗里生成的（Meine novellistik ist aus meiner lyrik erwachsen）。"[3,p.16]

1887 年施托姆在他 70 岁生日时的当众演讲中，清楚表明了他对自己的作品包括《茵梦湖》在内的历史定位："我的抒情诗完成，只是在我的生活赢得了自立内容以及我作为年轻律师必须为我自己全面担责之时。——虽然现在外部世界几乎还不知道，但是，当我为《茵梦湖》写下短诗《依我母亲的意愿》和《弹竖琴女子之歌》这两首命运沉重的歌谣以及后来的《十月之歌》的时候，我深知并坚定地认为，我是属于新德意志文学存留的那类少数几个诗人，属于老一代的克劳笛乌斯（Claudius）和歌德，属于乌兰特（Uhland）、艾兴多尔夫、海涅和默里克。"

Gerd Eversberg 评论道：这位年迈作者用上述自信言辞，不仅评价了他的诗在最近百年诗界的地位，也阐明他据以为立，并冀望按此来评价他在文学史的传统。施托姆在作这一自我高度评价时，他的小说已获得全国性的声誉，比起他的诗，小说更出名和更受赞扬。[5,p.72]

《茵梦湖》不少用词虽然古雅，但通过施托姆的有经验的运用，令读者容易接受。1910 年，有人统计过他的作品中用到 22410 个不同的词，比莎士比亚还多约 2400 个，声称与莎士比亚的可有一比。[7,p.26]

施托姆在世时，《茵梦湖》就已热销全德国，一再重印出版，总数已超过 30 版，版权开放前已多达 79 版。首个英译本 1858 年在杂志刊登，1863 年在美国出版，过去的一个多世纪被译成瑞典语（1857）、丹麦语（1871）、西班牙语（1877）、意大利语（1891）、俄语（1899）、日语（1914）、汉语（1916）和法语（1930）等多种文字。[4,p.75]仅在 1972 年之前，日本就有 15 种译本。[7,p.58]中译本累计约 40 种，详情参见本书附录 6.2。不少大学把它作为学习德语的必修教材，也是德语文学学位论文的选题。

4.3　近代人的评论

1912—1913 年盖尔特鲁德出版了父亲的两卷传记，公布了施托姆很多私人信件和日记，使人们开始有可能研究施托姆的生活和其作品之间的关联程度，并陆续扩展到结合宗教、心理学和社会学等学科交叉研究。

对《茵梦湖》和施托姆其他作品，每一代人都有自己的偏好和看法。即便同一代人得出来的结论也会不同。本节罗列对《茵梦湖》的众多观点，褒贬有之，有些还相当独特，以期有助于读者开拓视野。按其论据或观点将评论大致分类成：（1）心理分析；（2）风景和生物的寓意；（3）比较文学研究；（4）教育小说观点；（5）阶级分析观点；（6）婚姻爱情社会学研究；（7）道德批判；（8）否定评价。

1. 心理分析

Wedberg 认为施托姆的个人生活经历定型了他的精神世界，"施托姆是一个身体孤独精神忧郁的男人，对施托姆而言，《茵梦湖》可能最佳地描绘出孤独与精神和身体方面相关的表现"。Wedberg 的两个结论很清楚：其一，"身体孤独是不可能持续克服的，如果伴随身体孤独带来的精神孤独是莱因哈德生活的主调，那么精神孤独同样也是不可能持续克服的"。其二，"为了完全克服孤独，爱情必须是相互的和忠诚的……"Wedberg 清楚说明，经常感受到的"被动"和"放弃"实际上是精神孤独。"孤独这个问题几乎不可避免地要出现，它是支配着作为和不作为潜在和主导的力量。"1848 年后的政治形势影响施托姆，并且"在所有的，例如思乡带来的孤独表现上，唤发起强烈的孤独情绪"。Wedberg 在研究中，用到他非文学领域的心理学

知识。[7,p.55]

Roebling 归纳了施托姆小说常用爱情模式的六个方面，它们是：用于返回过去事件的小说框架、兄弟姐妹关系、成为焦点的年轻女子、该女子具有患病或死亡的趋势、跳舞情节（《茵梦湖》里这两者都没有），最后是使用间接的梦幻般象征性语言。Roebling 与其他研究者一样也认为："施托姆的回忆故事可以归结到他个人的生活经历，相信他没有过太多的母爱，所以他创造不出正面的母亲形象。他把对母亲的爱转移到他妹妹露西身上，但露西六岁就死去了。于是施托姆开始了对年轻女子心理学上所谓的"固恋（fixation）"，小说里它们以象征的术语反映和表现出来。施托姆对爱的渴望源自他童年早期的经历，恰如心理治疗一样，他通过回忆过程，重复爱的基本命题，找出关键事件与他本身的联系来解决。"Roebling 是通过作品的反向研究来探测作者心理的，他把《茵梦湖》看成是施托姆的传记作品。[7,p.77]

书中伊利沙白被学校老师苛斥，莱因哈德为此感到愤怒写下诗，"……年轻小鹰发誓，一旦他的翅膀长好就向灰鸦复仇。年轻诗人眼里饱含泪水，他自以为非常高尚。"但诗的最后却转变成赞美自己的创作才华，可以说，莱因哈德自以为是性格伴随着自恋的人格。

2. 风景和生物的寓意

《茵梦湖》中有不少植物名、野锦葵、欧石楠、覆盆子灌木、荚豆刺、麝香草、铃兰、紫丁香、睡莲、石楠花、桦树和菩提树。有人统计过，在施托姆所有作品中出现超过五十种花卉名，用来寄托情绪、感受和思想，赋予它们爱情、死亡、过去和永恒等象征意义。[注14]

Artiss 认为，干花、田野风景、鸟、民歌等《茵梦湖》的象征物都是施托姆"想象的有机部分"，是他刻意使用的。"找草莓"场景里，施托姆带着毫无戒备的读者与主人公一起参加快乐旅行，实际场景下面隐藏着同时代读者所熟悉、此刻却具有象征含义的各种林木、野兽、鸟类及声音。施托姆的自然观是带讽刺性的，是悲情与美好、甜蜜与痛苦加上若干感伤幻想的不正常的暧昧关系。将这本小说理解为"天真无邪，抒情模式，浪漫情调及田园牧歌风景"是一种误解。

Hohn 特别指出，小说中的风景包括富有诗意名字的花园、树林和湖泊，让读者除了看到，还嗅到、触到。风景增强了气氛，一定的风景联系特定

角色并表现主人公的心理状态。[7, p. 70~74]

3. 比较文学研究

Amlinger 比较《茵梦湖》和施托姆另一本杰作《白马骑士》的相似性。《白马骑士》中，与年轻、做事不可靠的莱因哈德比较，主人公豪克显得稳重、可信赖，伊丽沙白处处显得被动、内心空虚，与艾尔凯工作生活充实、积极主动形成鲜明对比。莱因哈德和伊丽沙白由于内心虚弱，无力对抗外界恶劣环境失去了两人的幸福；反之，豪克和艾尔凯面对黑暗的周边环境内心表现坚韧。沉默导致莱因哈德和伊丽沙白情感破裂，而豪克和艾尔凯则表现出心灵的息息相通。莱因哈德和伊丽沙白都是生活和事业的失败者，原因是他们既没有开诚布公的忠诚关系，也不能协调他们的内心思想来共同抵御外部世界，豪克和艾尔凯则是结成平等伙伴关系，齐心协力共同斗争。莱因哈德为他的学术追求牺牲了爱情，孤独终老，而豪克和艾尔凯获得了他们追求的个人快乐和事业成功，最后即使面对死亡，仍能够固守他们忠贞不渝的爱。[7, p. 92]

Jacksen 认为，施托姆的艺术元素是现代民歌和"散文般小说，童话故事与传奇"。他将它们与"浪费生命，错误选择"这个题材以及人们熟悉的民歌主调结合，创作出现代童话《茵梦湖》。施托姆持中立的写作立场，采用既掩饰又暴露的文学技巧，甚至能够让读者带着自己的想法参与到小说里面去。许多读者，大部分是妇女，在《茵梦湖》里看到了自己的生活。[7, p. 94]

Bernd 认为，施托姆深受传统丹麦童话影响。施托姆的家乡当时受丹麦统治，他本人精通丹麦文。处在情绪化、善感的丹麦虚幻作品和政治上愤愤不平的德国文学之间，他找到将它们两者组合起来的另一种文学模式，使他成为德语世界里首个著名的诗意现实主义作家。《茵梦湖》是他的理论首次运用，因为他描绘了人类面对无可回避和不能抗拒的现实，那就是人的生命和快乐会转瞬即逝。作者在书的结尾，在莱因哈德身上描述了这种瞬间不存在。莱因哈德渐渐老去，回忆也将不再，他知道，回忆无法克服人生的短暂，也带不来真实的安慰。[7, p. 95]

4. 教育小说观点

所谓教育（教养）小说指在 18 世纪启蒙运动时期德国产生的一种小说形式，它描述年轻主人公经受精神和体力的种种磨难后，改变了自己的世界观或者性情气质，摆脱了天真幼稚，最终步入复杂的成人社会。歌德的《威廉·迈斯特的学习年代》（1796）和《亲和力》（1809）为代表作。在阐明教育思想方面，更早的有法国启蒙先驱卢梭的著名小说《新爱洛伊丝》（1761）和《爱弥儿》（1762）。

日本作者深见茂[12]分析小说的构成，认为应把《茵梦湖》看成一部继承了德国教育小说传统并使用了卢梭《新爱洛伊丝》教育模型的小说。

作为教育小说，题材包括社会中的个人意识的协调努力及社会对个人的有意识的教育努力。书中体现在莱因哈德和伊利沙白林中寻草莓的艰难，老人对年轻人的一番人生处世训话（当时市民阶层的常识性道德说教），复活节回家期间莱因哈德对伊利沙白的再教育（18～19世纪欧洲家庭小说最老套的情节），还有地下室酒馆弹吉他的吉普赛女子对莱因哈德的引诱（教育小说最喜欢用的题材）等方面。此外教育小说的要素之一是要有引路人或教育者，深见茂认为在《茵梦湖》中，这个人就是埃利希，但施托姆用抒情形式模糊了埃利希的行为动机表述。

深见茂认为，完成小说决定性变化的内容只出现在"茵梦湖"场景后的章节里，围绕庄园男女三人之间的关系特别引人注目。欧州文学传统主题有这样一种结构：在某庄园、农场或住处，聚集着一些互有因缘关系的男女，对他们自身三角关系、多角关系进行清算了结。在歌德的名著《威廉·迈斯特的学习年代》后面的章节里，娜塔莉亚住所聚集了一些男男女女，不惜以迷娘的死作为牺牲，得到各自归宿。同样，在歌德另一部小说《亲和力》里，爱德华住所里的四个男女，以小奥托溺死作为代价，对他们的关系作一悲剧性了结。而在《茵梦湖》中，舞台则是茵梦湖庄园，聚集在那儿的莱因哈德、伊利沙白和埃利希对他们之间的感情关系作了了结。在取材上，结婚后不幸始终没有孩子的伊丽沙白充当了类似骤死少女迷娘和溺死幼童小奥托的角色。

在卢梭的《新爱洛伊丝》[注16]里，婚后妻子朱丽向丈夫陈述以往与圣普乐的感情经历，丈夫沃尔玛表示理解。日后他邀圣普乐来家做客，让朱丽两者中择一……类似朱丽的丈夫沃尔玛，埃利希就是莱因哈德来访事件的策划和指导者。他作为与伊利沙白朝夕相伴的丈夫不会不清楚她的感情归依，他的动机与沃尔玛的一样，是求得他和妻子以及莱因哈德的爱情最终解决。在做客期间，即使埃利希在场，莱因哈德对待伊利沙白也像当他不在场那样是完全不胆怯的态度，而伊利沙白全然相反，对莱因哈德始终是埃利希全不在场却好像在场那样的胆怯态度，这样的态度差异显示着他们对这段感情的内心感受不同。埃利希安排与母亲一起公务出行，留下莱因哈德和伊利沙白在家并让她陪莱因哈德游览庄园，这与沃尔玛做法又是一样，埃利希要促使他们两人作出最后取舍决定。深见茂甚至主观地认为，落魄乞女"及时"登场是埃利希的精心安排，宛如对他们提出违背社会准则下场的警告。

《新爱洛伊丝》的读者确实会发现《茵梦湖》里有许多与之雷同的情节。

深见茂其他论点正确与否姑且不论，看来他是试着合理解释《茵梦湖》难以理解的一个疑点，那就是埃利希邀请莱因哈德来庄园做客并刻意制造机会让他与伊利沙白单独相处的动机。译者查阅过的众多文献都没有正面触及这个问题。另外，与把《茵梦湖》归类成诗意现实主义小说的普遍流行观点不同，深见茂把它列入文学史上的德国教育小说传统的延伸，乃至是与18世纪欧洲文学相关联的作品。资料［7］没有引述深见茂1986年这篇长达15页的有创见的论文，也许是因为它没有译成英文而不为人所知吧。

5. 阶级分析观点

Boettger认为，"施托姆表现了典型的资产阶级场景。那时代的很多读者承认，为物质保证而不是为了爱是他们的命运。《茵梦湖》揭露了19世纪的一个矛盾：年轻人被撕裂于自由选择伴侣的革命思想与维持日常生活需要的议题之间，结果通常带来不死不活的爱情痛苦经历。小说的新颖之处是施托姆在维持浪漫回忆基调的同时，现实地描写了资产阶级如何摧毁了年轻人的理想和幸福。在《茵梦湖》中看到，按资产阶级生活方式描写出来的美丽和优越当它们接近尾声时令人伤感。《依我母亲的意愿》这首歌解释了书中的一切。标题《茵梦湖》提供了探究伊丽沙白母亲为了物质保证促成婚姻的动机，因为女儿在这个庄园生活，自然也会带她母亲去这个经济上有保障的家园"。

Boettger的结论是："施托姆以诗意形式映射了时代环境，小说涉及那时的自由理想演变成资产阶级思想，造成资产阶级理想和现实间的矛盾。资产阶级文学里的主人公放弃了理想目标屈从旧势力，1848年革命失败也导致与此类似的环境，这本小说成为革命后的真实写照。《茵梦湖》乃是比

德麦耶尔时代放弃诗篇与 19 世纪后期带有当时表观特色的资产阶级现实主义的结合。"[7, p.51]

Vinçon 写道："将《茵梦湖》理解成歌德的《少年维特之烦恼》变体，或是作者命运翻版的解释，都是学术观点而已。对分析起决定作用的是伊丽沙白在其母亲驱动下与庄园主兼企业家埃利希结婚，她放弃了选择科学为职业的初恋爱人。莱因哈德的诗人气质与具有经营头脑的埃利希迥然不同。在市民企业家与知识市民之间的竞争中，最终胜利倾向前者。资本主义造成了理想价值与生存物质保障之间的矛盾。伊利沙白与埃利希没有孩子的婚姻，如同莱因哈德的离群索居，象征着市民阶级的'徒劳（die Unfruchtbarkeit）'，这点在 1848 年镇压中他们在政治上已表露无遗，尽管它只是来自资产阶级反动的一个方面。整部小说感伤地贯穿着失去的青春和被盗用的纯洁儿童题材。小说利用展望过去的框架，把市民意识与小说捆绑起来。在吉普赛女子形象中，市民纠葛与狂野的美清晰对立，这种美以吉普赛女子的原始魅力和她造成的吸引力两者等同地表现出来。莱因哈德试图游泳到睡莲旁，但终究劳而无功，小说中描写了他的一生，随着童年晨曦来到接着是无法回头的暮色降临，不再有他的资产阶级市民生活了。"[11, p.52] Vinçon 被认为是马克思主义的日耳曼学学者。[7, p.65]

Ebersold 走得更远，他从政治和社会批评方面研究。"施托姆是社会批评家，但他只看见资产阶级和反专制阶级的社会结构，无产阶级对他是不存在的。社区（Gemeinschaft）的社会性思想只能在资产阶级里实现，正是在那里才存在个人发展和社会生活条件。但是他也反复批评他们的习性，特别是新兴资产阶级的物质至上倾向。埃利希就是这样的一个人物，他的所作所为全出于牟利目的并获得成功，通过按资产者行事方式成为资产阶级的一员，对伊利沙白母亲施加了资产阶级的影响。伊利沙白无力摆脱并屈从这一无爱婚姻。"

Ebersold 指出："即使莱因哈德嘲笑资产阶级的埃利希，他自己也不是他所设想的波希米亚的样式，他的内心仍是资产阶级的。莱因哈德知道，吉普赛歌女这个人物所象征的情感类型不属于平和有序的资产阶级世界，于是他抛弃了她。《茵梦湖》是现代资本主义的资产阶级即有钱市民在为心爱女子伊利沙白斗争中，战胜了知识资产阶级即知识市民。但是，这不过是空虚的胜利，埃利希的婚姻没有孩子，莱因哈德与世隔绝也没有活力，反映出这部分社会的不成熟。《茵梦湖》政治性多于社会性，1848 年革命失败，施托姆所反映的情绪在小说中溢于言表。"[7,p.75]

深见茂[12]认为这本小说的背景是"当时以埃利希为代表的新兴资产者统治下专横的金权社会，排挤以莱因哈德为代表的艺术家、诗人、学术界乃至怪癖人（Sonderling，指上层社会出身现今潦倒的人。——译者注）阶层。"

6. 婚姻爱情社会学研究

Eversberg 指出，《茵梦湖》直面当时社会问题，"爱情与婚姻、艺术偏见、现实主义的乐观、放弃情绪、以积极姿态生活"，读《茵梦湖》需要了解 1848—1852 年的政治局势。[5,p.7]

Tschon 认为社会压迫导致个人幸福和家庭生活丧失。在"找草莓"场景，这种希望已经戛然而止。莱因哈德与吉普赛歌女不可能找到爱情，因为它是不道德的，违反了社会准则，但他也没有以婚姻形式达到与伊利沙白认真的性的关系。主人公没有探索因果再做决定，而只是接受事实。书的主调是放弃与顺从。结尾部分这种放弃与被动更加强烈，莱因哈德只是在回忆中极力找到他失去爱情的补偿。

Tschon 把这种自我约束和放弃归因于 1848 年革命失败。《茵梦湖》描写了放弃带来的情绪状态，小说满怀同情地对必须默默地独自处理这类问题的读者，提供了接受实际生活困难历练的样板。Tschon 对于关系、性和顺从问题的讨论虽然不新鲜，但这些想法当时社会上很普遍，最后他说："如果 19 世纪的读者把这本小说作为处理生活的模型，相信今天的读者也能够这样做到。"[7,p.71]

Toennies 认为，莱因哈德来自社区，伊利沙白来自社会，分属两个不同世界。社区是家庭、邻里或朋友间自愿结合，具有有机的社会性质关系，彼此负有义务，社会则人数多得多，按一定准则共同生活互施影响，它不可能有社区那种紧密联系。在"找草莓"场景，莱因哈德感觉进入了一个真正的社区，他与周围环境相处极其自如，而伊利沙白则感到孤独，因为她感觉不到平日生活社会框架内的真实，缺乏社会的"准则"赋予的安全保证。埃利希利用了《茵梦湖》社区在技术领域里获得成功。Toennies 用这两个概念来解释伊利沙白和莱因哈德为什么走不到一起。

Sammen‐Frankenegg 逐字逐句研究小说最末一段文字后认为："小说

《茵梦湖》并非结束于一位老人对无可挽回已逝青春感伤的梦里，而是清理了他的回忆苦果，张开双手迎接寻求真理过程带来的光明。……"他把《茵梦湖》归结为被作者蒙上了一层诗意外衣的现实主义作品，反映了那个时代科学哲学的思想使人们身心俱惫。小说涉及不信仰宗教造成的恐惧，施托姆认为爱情是克服这恐惧的唯一希望，但是莱因哈德在这上面没有成功，小说也表现了一个人处在完全孤独时的凄凉。[7,p.69]

7. 道德批判

Friz Martini 在 1962 年第一个提出小说里包含情欲元素，它吸引了施托姆时代的读者，表达了当时社会不能接受的议题。《茵梦湖》把读者从快乐童年一直带到放弃和遭难的结束，期间都伴随着下意识受抑制的情欲激情。施托姆以他的心理敏感及将环境象征化，完成了沉默语言的深度探索，也就是在《茵梦湖》里用富于心理含义的眼和手的身体语言来表达。施托姆这本小说的成功，表明他对于"被动放弃"和"情欲"的深刻思考，符合当时读者的口味。[7,p.54]此文发表于 20 世纪 60 年代，德国正面临性革命开始，人们公开自由地讨论性的意义和联想。

19 世纪，社会上一个普遍议题是"精神结合与不道德性行为的分离"。据说，施托姆本人在基尔大学生活时有过把爱和性分离的想法。"中产阶级的男子与自己同阶级的妇女分居两地，典型做法是去找低阶层的女孩获得性满足，思想上他把对留在家乡女子的真挚爱情与他的性行为分开。"在大学就读的莱因哈德显然受到影响，从小酒馆里吉卜赛歌女的场景描写，可以看到莱因哈德与歌女互动具有不道德的暧昧的性含义。莱因哈德追求湖中睡莲的行为动机，黑黝黝的湖水代表了一种深不见底、危险的"性"引诱。歌女和睡莲表面上吸引着莱因哈德，实则却是一种胁迫，是不适当的性行为。[4,p.19~29]这方面描写在原始版文字里尤为突出，以后的电影也据此改编。

8. 否定评价

《茵梦湖》被斥为庸俗拙劣作品的评论来自 McHaffe 和 Ritchie 的 1962 年及 1963 年的文章。他们说，这一对恋人对他们自己的感情无所作为，也不设法改变自己的命运。两个主人公的沉默和不作为的原因来自故事的外部，是施托姆为面子的缘故掩饰自己受贝尔塔拒绝的个人经历的产品，归溯于老人与年轻女孩之间关系的暧昧不清，小说是"'庸俗拙劣'与'艺术'、无聊感伤与熟练技巧、德国浪漫主义被轻视与被资产阶级化的混合物"。没有证据说明《茵梦湖》是施托姆纯粹为宣泄情绪而创作，后人也没有附和这个"庸俗拙劣作品"的评价。但是，他们的文章确实回答了为什么《茵梦湖》既有读者喜欢，也有读者不喜欢的现实。[7,p.54][45,p.14]

作为本节结束，最后读一下舒茨有关《茵梦湖》对施托姆以后诗意小说影响的评论，虽然仍止于文学方面还是很有启迪的：

"施托姆后来开发出更丰富的声音，创造出更生动的形象，揭露出更深刻的内心世界和演变。然而，《茵梦湖》小说里的轻柔颤声，被唤醒起的痛苦，以及获得无从抑制快乐的感受，透入到我们的耳房，并经由他众多的诗篇，继续不断地在我们耳边鸣响。"[10,p.127]

附录 5　由《茵梦湖》改编的电影和剧作

5.1　纳粹德国电影《茵梦湖，一首德国民歌》

1943 年纳粹德国拍摄的电影《茵梦湖，一首德国民歌》，导演哈兰（Veit Harlan），伊利沙白的扮演者是他的妻子 Kristina Söderbaum，他们两人当时都很有名气。电影外景是在当时未被战事波及的石勒苏益格 – 荷尔斯泰因州的 Ploen 城及其同名的湖，直至 20 世纪末那里的景色几乎没有什么变化。

和原著比较，电影删除小说原有的儿时场景，没有起用儿童演员，两个主要演员当时是 31 岁，要扮演的伊利沙白年龄跨度是 18～45 岁。这部电影的英语对白脚本是公开的，剧情如下。

伊利沙白和母亲生活在茵梦湖周边。他们的邻居埃利希是他坐轮椅的父亲的庄园继承人，安静、勤奋、热爱自己的家园。莱因哈德是一个学习交响乐指挥的音乐学院学生，也作曲，假日和父母亲待在一起。

莱因哈德和伊利沙白彼此相爱，他们每天见面。但莱因哈德的心很野，爱去新的地方，会见结识各式各样的人，他希望伊利沙白日后随他遍游世界，而她却想与莱因哈德永远安居在茵梦湖。埃利希也爱着伊利沙白，但害羞不敢暴露自己的感情。他的父亲则是顺从天命恬淡寡欲的斯多葛派人物，正如同战时千万的纳粹德国士兵一样，接受死亡正在来临的事实。

莱因哈德去音乐学院时答应伊利沙白他生日时会回来。他离开的第二天，伊利沙白便开始思念不已。伊利沙白母亲认为他们两人分开一段时间更好，"人不应该太早让自己承担允诺什么。因为你对世界和人生知道还不多，或许有更好的在等着你"。伊利沙白觉得没有人比得上莱因哈德。

莱因哈德生日前的午夜，他的同学在他睡房外的起居室提前举办庆祝生日聚会，让他惊喜万分。同学们合唱起他写的歌，领唱是一个对他深怀爱意的女子耶斯塔。这时有同学注意到桌上的一本红皮书，打开看到里面都是莱因哈德献给伊利沙白的歌，于是和其他人朗读并选了一首又唱起来。莱因哈德听见后冲出房间，看到耶斯塔正拿着他的红皮书，于是他追着要把书抢回来，两人闹成一团。此时房东太太拿来他母亲寄来的包裹，里面有伊利沙白做的糕点和信，提醒了他生日要回家的承诺。

102

　　莱因哈德赶回茵梦湖，把他写的《献给伊利沙白的十二首歌》歌集作为礼物送给伊利沙白，他表示还要再次离开两年之久。在伊利沙白送他回校去车站的路上，他要求她今后能和他一道，离开这儿走向世界。她没有表示可否。

　　伊利沙白的母亲认为莱因哈德没有经营婚姻的品性，不能给她的女儿带来幸福，对莱因哈德和伊利沙白私定终身看成只是他们儿时的爱情游戏。她认定埃利希就是自己女儿的合适人选，鼓励他不要踌躇和谦虚。埃利希郑重答应伊利沙白的母亲，"和我一起在茵梦湖庄园，她会有宁静的快乐。在这个世界上没有另一个人像我这样爱她。"

　　两年过去了，这期间莱因哈德没有回茵梦湖，也没有写信，伊利沙白担心失去与莱因哈德的联系便去看他。他正在进行学位答辩考试，房东太太给伊利沙白打开他的睡房，发现耶斯塔正酣睡在他的床上，撞个正着。房东太太道："……他们是艺术家，在怎样感受这方面更开放些。你明白，昨天他们有个聚会，就像他们所称呼的……一个大派对，好多人，所以她就过夜了。"伊利沙白指望这是莱因哈德的偶然过失，长叹一口气问道："常是这样的吗?"听了房东太太的"别问我，我不善于说谎"的回答，她绝望了，回去很快就与埃利希结了婚。

　　莱因哈德得知这一消息后，写了首《易北河畔之歌》唱出他的心声：啊，我那爱情的歌／已被遗忘流入汪洋。／现在它永远不会／再唱梦幻的青春，／再唱花季的少女，／这些歌见证了我的爱情／而她蔑视了我的忠诚。／昔日湖上我们的踪影／随水流逝消失无踪。

　　莱因哈德由于学位答辩成绩优秀获得了罗马指挥学院的奖学金。他在去意大利的途中，在"茵梦湖"车站把伊利沙白送他的照片寄回给她。在罗马逗留期间，他与一个意大利名歌手邂逅恋爱，最终无果，因为他觉得他内心仍然爱着伊利沙白。

　　几年就这样过去了。一次莱因哈德休假回家，与埃利希在路上不期而遇。

　　以下电影中的这段场景，描述了埃利希邀请莱因哈德来茵梦湖庄园做客的过程。

　　{埃利希驱车半路上，远远看到莱因哈德步行而来……}

　　[埃利希　　]我期待一件事，却不是这个……

    ［埃利希　］你从哪儿来的？

    ［莱因哈德］我在这儿三天了。

    ［埃利希　］什么？你没有来茵梦湖，你不是个实诚的人？

    ［莱因哈德］我是按我的日程安排来看你们的。

    于是埃利希邀请他到家做客，甚至坚持，既然莱因哈德不是必须立即返回，那就住在他们那里，仍可以作他的曲。埃利希还对他踌躇满志地谈到计划在茵梦湖建造一个白兰地酒厂。伊利沙白不喜欢这样安排，因为她害怕自己仍爱着莱因哈德。

    莱因哈德和伊利沙白的爱情重新激起，这点埃利希在社区中心派对和舞会上注意到了。伊利沙白的母亲警告埃利希要关注莱因哈德。舞会上莱因哈德和伊利沙白忘情疯狂地跳舞，最后伊利沙白燥热跑到厅外，莱因哈德追了出去。莱因哈德希望她和他一块儿离开，她拒绝了。那天夜间，埃利希允诺伊利沙白可以自行其是，他不妒嫉，"一个人不能强迫自己快乐。不是关于我的快乐，而是关于你们的。过去几天，我第一次看见你眼睛闪烁发亮。那是因为莱因哈德。我让你走，伊利沙白。"伊利沙白问道："你能做到？你真的能做到？""因为我爱你……我希望你快乐。"

    ｛埃利希第二天进城，留下莱因哈德和伊利沙白在庄园。他们两人散步谈话｝

    ［伊利沙白］……那年，从汉堡回来的火车上……

    ［伊利沙白］人们看着我哭，我觉得很难为情。

    ［伊利沙白］我对你说过告别了，莱因哈德。

    ［伊利沙白］我已对我至爱的一切告别了。

    ［伊利沙白］你明白吗，我认清使我们不能在一起的每件事……

    ［伊利沙白］我们通向人生的道路并不吻合。

    ［伊利沙白］你明白，你属于要走出去的那个世界。今天你要到汉堡……

    ［伊利沙白］……明天是罗马，而之后是雅典，或其他地方……而我……

    ［莱因哈德］你呢？

    ［伊利沙白］我变得……扎下了根……这儿。

［莱因哈德］扎下了根……这儿……

［莱因哈德］我明白。而现在也是？

［伊利沙白］是的……现在。我爱着埃利希。

［伊利沙白］他告诉我，他让我自由让我走，那是因为他爱我，……而对于你……

［伊利沙白］我知道了，我是属于他的，永远无法解决。

［伊利沙白］这就是我为什么必须说告别。

﹛当天夜里，伊利沙白在睡房窗前，看着莱因哈德提着行李离去，回到床边﹜

［埃利希　］我没睡着，伊利沙白。

［伊利沙白］请你宽恕我。

［伊利沙白］我爱你，埃利希。

［伊利沙白］你相信我吗？

［埃利希　］我相信你说的一切。

［伊利沙白］但是你哭了。

［埃利希　］快乐甚至也会流泪。

　　莱因哈德最终功成名就，成为一名出色的指挥家和作曲家在世界各地巡回演出。正是出自对伊利沙白的爱的激励，他写下了他最重要的交响乐作品《献给伊利沙白的十二首歌》和《睡莲》。其时，埃利希已去世，但伊利沙白爱情上仍忠于他，并把茵梦湖庄园经营得生机益然。

　　在一次莱因哈德指挥《睡莲》演出的音乐会上，伊利沙白出席并在演出后去看他。他们俩都认识到，他们只能做忠诚的好朋友，不会像以前那样相爱了，多年重逢又以感伤离别结束。

　　实际上，他为了名利舍弃了她，她为了茵梦湖庄园牺牲了他。影片最后的台词是总结性的：

﹛镜头回到电影开始时的餐厅，莱因哈德看着相片上写的字，相片是他得知伊利沙白结婚消息后在车站寄回给她的﹜

　　"给我至爱的　莱因哈德——

你忠诚的，伊利沙白"

［莱因哈德］不，取回这张相片是不合适的。

［伊利沙白］合适的，莱因哈德。

［伊利沙白］我们永远是忠诚的朋友，我们俩……

［伊利沙白］你忠于你的工作，忠于引导你的星星。

［伊利沙白］到你所属的整个世界。

［伊利沙白］我呢……回到我那小小的世界。

［伊利沙白］我扎根的地方。

［伊利沙白］并且完成埃利希去世后我承担的责任。

［伊利沙白］保住并扩大他在茵梦湖庄园所建立的一切。

［伊利沙白］所以，就让我们永远是忠诚的朋友，我们俩。

［伊利沙白］即使我们多年彼此不通音信。

［伊利沙白］即使大海和陆地分隔我们。

［伊利沙白］我们忠实于我们的青春，我们忠实于我们自己。

｛机场，大雪，伊利沙白握手和莱因哈德告别，莱因哈德登机｝
｛背景歌曲｝

莱因哈德，

我愿永远是你忠实的

伊利沙白，

伊利沙白，

伊利沙白……

　　这部电影票房大获成功，当时就有 800 万人次观看记录。扮演伊利沙白的女演员 Soederbaum 在 1993 年影片上映半个世纪后接受采访时谈到，那时她收到过许多前线思乡士兵的来信，说她所扮演的挚爱并忠实于自己丈夫的女子是他们心目中的偶像。她还道："直到今天这个采访日子我还收到了一封信，来信人介绍自己 1943 年时是一个年轻士兵，因为他太喜欢这部片子了，30 年后的 1975 年在电影拍摄地 Plön 湖买下物业，并在那儿度过了将近 20 年，他信中还说：'真是不幸，那时是战争年代，整个世界……一切都毁灭了，还有，我们观看到这一部没有结局的爱情电影。'"

电影要求民众面对爱情也要像埃利希的父亲面对死亡一样，接受为希特勒战斗死亡正在来临的事实。妇女即使自我牺牲也要维护家庭，符合纳粹的婚姻神圣和忠诚的道德标准，因而被纳粹宣传机器誉为"充满艺术性和人民性"，受到纳粹宣传头目戈培尔的称赞，电影少有地一次就通过审查，但这也在战后一段时间拖累了施托姆的名声，连同此电影的导演和演员。

5.2　西德电影《燕语喃呢》

1956 年西德拍摄电影《 燕语喃呢（ Was die Schwalbe sang)》。片名取自名诗人 Friedrich Rückert （1788—1866） 写的诗《忆年轻时（Aus der Jugendzeit)》第二段首句，后有奥地利著名作曲家古斯塔夫·马勒为该诗谱曲。《忆年轻时》流传至今，成为一首著名的古老德国民歌，这部影片取其为主题曲，又名《燕子之歌》。

影片标榜为乡土电影，没有造成什么大的社会影响。有批评指出，这部影片迎合"阿登纳时代"的电影观众的狭隘口味：逃避现实、感伤主义和权力主义。借用了施托姆小说里的情节和 1943 年电影已用过的德国风景布局，其他则不足为道。[7, p.103]

三角恋爱的剧情是这样的：乌尔苏拉、很有天分的杰哈德和彼得三人是同学，也是好朋友。乌尔苏拉和杰哈德相恋使彼得非常痛苦。高中毕业后，乌尔苏拉留在家乡小城，杰哈德则去汉堡上大学。临别时，他答应永远真诚地爱着她。乌尔苏拉一直忠于他们的爱情，而杰哈德事业发展成为一个作曲家，还是当红歌星戴尔的专职写手，他逐渐地把乌尔苏拉忘却。乌尔苏拉极其失望，转而投身到杰哈德以前的好友彼得身边，影片结局并不愉快。

主题曲《忆年轻时》旋律相当动人，歌词大意是：

一支青春的歌总伴随着我/啊，我的过去已是那么遥远，
燕语呢喃带来春华秋实，/当下它还在村里鸣啭？
"我离开时行囊沉沉甸甸；/回来时全空空如也。"

你啊，童稚之口，充满自然、智慧和欢乐/宛如圣贤所罗门通晓鸟语！

你啊，故乡田野成为你神圣苍穹/而我在梦境中再度飞离！
我离开时觉得世界如此充盈；／回来时却空空如也。

燕子或会回来，空的行囊会再鼓起/心掏空了，永远不会再满。
燕子不会给你带回你哭诉过的/但燕子会像昔日在村里歌唱；
"我离开时行囊沉沉甸甸；／回来时全空空如也。"

5.3　东德电影《茵梦湖》

1989 年东德上演的电影《茵梦湖》，导演克劳斯·根特里斯（Klaus
Gendries），伊利沙白的扮演者是名演员玛伦．施玛赫（Maren Schumacher）。
电影外景是在德国的东北部，毗临波罗的海的梅克伦堡（Mecklenburg），这
是导演与在胡苏姆的施托姆博物馆馆长认真讨论后作出的决定，认为它更
符合施托姆想象中的《茵梦湖》风景[7, p. 103]。电影和原著比较，没有 1943
年纳粹时所改编的电影改动那么大，基本上遵照原小说的情节发展，中间
插入若干原小说没有的学生运动政治内容。译者觉得它是一部改编相当成
功的作品，比本书介绍的其他几部片子都好。

这部电影没有在我国上演过。以下介绍剧情，其中的对话是译者按德
语原声记录翻译。政治以及与小说雷同的情节就不包括了。

影片略去儿时场景，直接由众人野餐场面开始。伊利沙白和莱因哈德
与他们各自的母亲、埃利希和他的父亲、老绅士等去举办野外派对。几个
长者准备野餐的午饭，三个年轻人分头去找做甜点用的草莓。尽职的埃利
希勤快地去摘采，收获了一大把草莓回来。伊利沙白和莱因哈德一起，再
去他们几年前张罗好的隐秘地方寻找，莱因哈德路上侃侃而谈，领着伊利
沙白尽情游玩，结果空手而归。

莱因哈德要去另一个城市上学，很少能回来。伊利沙白很悲伤，他们
彼此相爱，她不知道没有了他怎样继续过日子。她划船到茵梦湖的湖心采
了睡莲给他作纪念，他送给她一只红雀。

莱因哈德离开后不久那只红雀死了，伊利沙白情绪低落，最终发病高
烧谵语三周之久，医生对她的母亲说，消除她心里的忧虑后身体方能好转。
慢慢地，伊利沙白才恢复了继续生活的勇气。

在大学这段时间，莱因哈德加入了一个学生社团，他除了写给伊利沙白童话诗歌外，还写革命诗歌，参加反暴的学生运动。

在社团聚会的小酒馆里，他与波希米亚歌女埃斯米拉达相识，埃斯米拉达显然钟情于他。"今天啊今天，我是那么美好，……"电影的主题音乐首次响起，圣诞节寒夜，莱因哈德怜悯街上一个无家可归的女乞童，带她回住处并安排睡在自己床上，他自己则去冷清的地下室酒馆喝酒准备消磨漫漫的长夜，不期遇到埃斯米拉达，她目光传情，牵起他的手离开酒馆带回她的住处。

这时家乡也发生了许多变化。埃利希的父亲在工地背砖上瓦参与建造厂房，心脏病突发死了，埃利希继承了茵梦湖庄园成为新主人。伊利沙白不想出席葬礼，以"害怕"为由搪塞，换好黑色礼服又脱下，她母亲见了就声色俱厉地训斥"你应该快点！你已经不小了"。伊利沙白道出缘由，她认为莱因哈德会不愿意她去参加，说着，陷入癔梦提到她在大街上遇到莱因哈德，两人一起在教室听课……，她母亲听着颓然坐下叹道："爱情啊，这是爱情！"

埃利希锲而不舍。他登门为伊利沙白画像，风雪交加的寒冷天气也不中断。他还送给她一只金丝雀和金色鸟笼，伊利沙白母亲接待他时显得特别殷勤热情。

复活节到了，伊利沙白高兴地去驿站迎接从学校归来度假的莱因哈德。埃利希正安装锅炉设备，女佣给他带来消息，说你的朋友莱因哈德到家来过又走了，他听罢无所表示又钻回炉膛。

｛莱因哈德和埃利希湖上划船｝

［埃利希］你看起来真好，我却一事无成。你有韧性，我试过一番摆脱杂务（去读书），那简直是个陷阱，夜晚（读书）时间像是一场漫长的恶梦。你说我该怎么办？

［埃利希］或许（读书）是要结束了，而你不。可是，读书意味着人会变得成熟和世情练达啊！

［莱因哈德］你为什么刻意去改变自己呢？

｛伊利沙白母亲在院子里举办家庭聚会，莱因哈德和伊利沙白像有别扭没有交谈，老绅士打哈哈来回端详他们｝

［老绅士］有点儿秘密啊！

｛埃利希听了显得浑身不自在，站了起来｝

［埃利希］ 对不起！

［伊利沙白母亲］你要退席？

［埃利希］ 工人要求重新算工钱，他们加固庄园周围的围墙。

［埃利希］ 再见！

｛伊利沙白站起拉着埃利希一起走，没有理会莱因哈德｝

［伊利沙白］我们一起走，去向你学学！

｛见到莱因哈德也跟着离开，伊利沙白母亲露出不乐意神态。伊利沙白房间，莱因哈德看着新鸟笼里的金丝雀｝

［伊利沙白］还没有（看）完哪？

［莱因哈德］我不愿意我的红鸟变成金丝雀！

［伊利沙白］（转过身去）再说，我就走开了。

［莱因哈德］（央求地）我只有一个星期，才几天假。

［伊利沙白］你别说了。

［莱因哈德］（从后面拥抱着她）你没有读过那首诗吗？

［莱因哈德］（轻声朗读）/这是最后被流落出来的/缪斯的床，/

［莱因哈德］（停顿）

［伊利沙白］（低声地）你别念啊！

［莱因哈德］伊利沙白，我给你拿来另一张，/缪斯真的留下了成百张床，/让这么多爱侣都找到了归宿。/

｛两人接触，呼吸急促，突然伊利沙白惊醒，迷茫、陌生地注视他，一言不发走了。莱因哈德单独留在房间，看着埃利希为伊利沙白画头像的画稿，又望着鸟笼发呆。｝

｛院子里只有老绅士和莱因哈德母亲两人｝

［老绅士］（最后两句意有所指）啊，莱因哈德爱幻想，从他父亲起就是那样。我相信这只是爱情追求时的表面行为。无邪清纯时光会过去，我（可以介绍）一些健康的女子，她们不是拉小提琴卖艺人，也不纺纱。

［莱因哈德母亲］我也这样看的，最好结束掉这种幻想。

［莱因哈德母亲］他对我说，要我同意把我的住处作为伊利沙白学习用的书房。

　　［莱因哈德母亲］（望了望狼藉不堪的餐桌）他不是一个那么好的朋友，（坏毛病多多，）像一张要打扫干净的桌子。

　　［老绅士］如果这样我就需要重新考虑了。年轻人有锋芒，两人相处会生气冒火，完全是年轻意气用事。

　　［老绅士］但是，接受一个有这样精神气质的好女子在莱因哈德的书房学习，应该是欢迎的。

　　［老绅士］三年是很重要的学业时间，可不是德语之类的课啊。

　　［莱因哈德母亲］是不是绷得太紧了？

　　［莱因哈德母亲］三年时间又是那么长，你说笑的吧！

　　［老绅士］青年时代实际上是到处碰壁的历练岁月。

　　⦃莱因哈德心事重重回来，在院子另一端长凳坐下，示意请母亲过来，母亲仿佛知道他想要说什么⦄

　　［莱因哈德］母亲！

　　［莱因哈德母亲］年轻人，你听着，你父亲也听得到的。

　　［莱因哈德母亲］你要管好自己，不能结婚，这是上大学要付的高昂代价。我亲爱的年轻人，（上大学，）一种错过不再有的财富。

　　［莱因哈德］……

　　⦃离别前夕，莱因哈德和伊利沙白在茵梦湖上划船，埃利希藏在远处湖边树林一直注视。⦄

　　［伊利沙白］你能不能提前完成学业？

　　［莱因哈德］伊利沙白，我还要拿下博士。

　　［莱因哈德］要冒很大风险的。

　　这次复活节假期回学校后，莱因哈德对学生运动态度改变了，不像以往那么积极参加群众集会，也拒绝再写革命诗歌，被学运领导人指责他违背曾许下的诺言，是害怕了。

　　在家乡，在埃利希的工厂落成典礼上，莱因哈德的母亲忧虑地注视埃利希和伊利沙白母亲频频接触。看到埃利希邀请她的母亲进屋商谈，伊利沙白也显得心事重重。

　　屋内，埃利希向伊利沙白母亲请求答应与她女儿的婚事。母亲满心欢喜地接受，鼓励他要有耐心，说是伊利沙白曾因为年龄小害怕谈这些事。一段日子后，埃利希终于得到伊利沙白允婚。在她母亲严厉目光的监督下，她换上一袭黑礼服，面无表情地接过埃利希手中的求婚花束。

新婚之夜，伊利沙白坐在床沿对挨过来的埃利希严肃地道："这不是时候。"又说，"我求你了。"埃利希答应不对她做什么，但又忍不住，趴在伊利沙白双膝上悲哀道："我嫉妒得要发疯，我的心是那么的疼！"伊利沙白轻轻抚摸他的头发平复他的情绪，最后倚在他的身上无语。

在那一方，莱因哈德读完他母亲的来信，将桌上已枯萎的白色睡莲一把抓住举起，用力慢慢搓碎，看着它片片飘落。伊利沙白送的这盆睡莲，他从家乡带到学校，一直放在他的书桌上。

莱因哈德中途退出了学生运动，偌大的教室只剩下教授和他两个人上课。如火如荼持续的学生运动终被镇压下去，学运领导人被捕。教授知道莱因哈德匿名写过宣扬革命的诗，好心地掩护了他。最后，莱因哈德还是离开了大学，流浪，靠打零工维持生活，也继续写诗。

埃斯米拉达摆脱了原来的待她刻薄的卖艺师傅，与一磨刀匠结伴流浪，她到处寻找莱因哈德。

几乎两年了，人们没听到过莱因哈德的任何消息。他的母亲病危，伊利沙白去探望，这是她婚后第一次去，莱因哈德的母亲还是表示了欢迎，但她委婉地谢绝了伊利沙白为她举办临终宗教关怀的建议。莱因哈德的母亲谈到现时正是月亮盈亏交替之际，是适合他儿子旅行的好日子，大学也应该会给他一两天假的。又说，医生告诉她铁路要通到这个城市，旅行更方便了，只是她觉得自己有生之年见不到了。伊利沙白追问："他写过信说回来吗？"母亲沉默很久摇摇头："不再有时间了。"

莱因哈德母亲最终寂寞过世。伊利沙白从医生那里知道后，站在树下望着湖面被雨激起的层层涟漪长时间发呆。埃利希冒雨来找她，她告诉了他这个消息并叹道，莱因哈德两年没回来了。埃利希安慰道，下一年他自然会回来的。在莱因哈德母亲的葬礼上他仍然没有现身。老绅士说认识些学生设法打听他的下落。

婚后，伊利沙白与埃利希两人的感情日渐融洽，电影里有这样一个场景：坐在小客厅绣花的伊利沙白间或看一本宗教画册，穿工作服的埃利希大步进屋喊："看看，不然花就要谢掉了！"他把花园里刚采下的一束花送到她面前，伊利沙白闻着花感激地道："你真好！"这时埃利希看到那本在桌上摊开的画册，仔细地看了看道："画得好啊，…… 但是那两个年轻人没有受过宗教洗礼，家庭也就变得没有朝气和脆弱。"伊利沙白听罢有所感触，轻轻抓起埃利希的手把头斜靠在上面想心事。莱因哈德一家人都不信教。

上次埃利希雨中接伊利沙白回家，从他当时的眼神就看出他萌生想法。其后证实，他设法找到莱因哈德，私下邀请来庄园做客。邮差拿信走进车间，他读后高兴地道："这真是一个好消息！"

埃利希亲自上驿站迎接莱因哈德。路上交谈内容和小说描写的大致相同。

伊利沙白对出其不意的客人就是莱因哈德反应极其惊讶，也特别高兴。夫妻两人为来访客人张罗楼上的客房。伊利沙白借口提醒埃利希有要事办，他便急忙离去了。伊利沙白转身也要走，莱因哈德热切望着她嗫嚅道"让我……"，伊利沙白低声道："你想什么呢？"转回身带期盼神色，两人的脸近得几乎贴着，关键时刻莱因哈德犹豫了，垂下眼帘头略略偏旁，伊利沙白悻悻离去。

当晚莱因哈德在湖边散步，见到远远有一苗条女子白色身影不动地站着。他走近些，白色身影消失在如烟的晚雾里，他觉得自己在做梦。

{埃利希意气风发带领莱因哈德参观他的酒厂车间，机器声嘈杂轰隆}

［埃利希］住屋、厂房已经齐备了。现在，我就想做些超前、有创意的好东西。

{埃利希走到厂房另一侧，回转身直视莱因哈德，一字一句地缓缓地道}

［埃利希］伊利沙白所做的是实际的和合乎情理的！兄弟，真的，事情就是这样！（Elisabeth machte wirklich und verstehte sich。Ja, so ist das, Bruder！）

［埃利希］她令人尊敬的母亲愿意和我们作为一家人生活。

［埃利希］你母亲（也）是渴望（这种家庭生活）的。

［莱因哈德］我就会做到这些的。（Das zunaechst mache ich.）

{莱因哈德生硬回答后，神色茫然地看着运转着的机器，显然对自己说的话不自信。埃利希发窘，不知道再说什么。}

伊利沙白与莱因哈德湖上泛舟，他黯然感叹曾经的美好日子不再有了，伊利沙白忧郁地回应，"那些日子已经过去，情况不一样了！"接着道，"我们回去罢。"结束了话题。

埃利希要出远门几天，出发前伊利沙白在家举办一小型晚会，伊利沙白的母亲陪客人打牌，他们三人围坐另一桌，一起喝酒闲聊。

｛莱因哈德翻阅他自己写的诗篇，埃利希喝酒，中途准备退席。｝

〔埃利希〕请原谅，我有自己一些事。

〔伊利沙白〕你去赌钱？

〔埃利希〕（略有醉意对着伊利沙白）你的家庭晚会此时记下了——

〔埃利希〕（转身过来按着莱因哈德的肩，直直地看着他）——这里在座的各人的想法，或许会带来些麻烦。兄弟，就是这样啦！啊，我的夜晚是那么温馨，那么温馨。晚安！

〔伊利沙白〕晚安！

〔埃利希〕三天后我们再见了。

客人也走了。看到客厅只留有伊利沙白和莱因哈德，伊利沙白母亲折身回来坐下，找话题要莱因哈德读读他写的诗。伊利沙白随意拿起一篇，莱因哈德知道她拿的是《依了母亲的意愿》那页，手按住不放要她拿回去读。伊利沙白拒绝了，看完诗后沉默好一会儿，凝视着她的母亲便开始朗读，她母亲听着，神色十分尴尬。

第二天清晨埃利希出家门，伊利沙白送行，仿佛诀别似的望着他欲言又止，最后只说了声"再见"。客房里，莱因哈德通宵工作后熄灯，觉得门外有动静，开门见到伊利沙白倚着门框发呆，两人相见后无言，莱因哈德这次不再犹豫，一下子紧抱着她的腰，她没有抗拒，直视着他，当他要进一步时，她摆脱了，这次轮到她退缩匆匆下楼而去，莱因哈德迟疑一下没有追出去。

那天晚上，莱因哈德坐在湖边沉思，一种突然而来的冲动让他跳入湖里，奋力去摘湖水深处的睡莲，但遇到的障碍重重、求生的欲望迫使他返回岸边，他想要采的那一朵白色睡莲仍然孤独地浮在远处的黝黑湖面上。

翌日，庄园的大院门口出现了衣裳褴褛的埃斯米拉达，她和磨刀人结伴流浪乞讨，不修边幅一贫如洗。管家伊利沙白母亲要赶她走，大声地苛斥她是"年轻的骗子",伊利沙白出来给钱,听到喧哗声跟来的莱因哈德认出了埃斯米拉达。"是你?"他大声吩咐伊利沙白回屋拿出所有的零钱给她,伊利沙白困惑不解但仍顺从入屋去取。埃斯米拉达悲哀地望着莱因哈德,他轻轻地抚摸她的憔悴脸庞,"变得这么老了!"她痛苦地闭起眼睛不说话,不动地站了好久,然后瞬间梦中惊醒过来似的匆忙离去。"今天啊今天,我是那么美好,……"电影的主题音乐再度响起,当伊利沙白双手捧着一大把零钱回来时,埃斯米拉达已经走远。"……死啊死,我有的只是孤独。"余声在远处回响。

莱因哈德回房收拾行李,伊利沙白失魂落魄地站在门旁,怔怔地看着他道:"你不会再来了!"莱因哈德没作声。

他永远地离开了茵梦湖。

5.4 印度电影《出自我心》,日本视频《永远湖》

一部印度片,一部日本视频,列在这里作为资料参考,说明《茵梦湖》在非德语国家的影响。

印度宝来坞 1999 年拍成一部电影《爱人,我献出了我的心》,在英语地区发行的片名是《Straight from the Heart(出自我心)》,是一部根据孟加拉小说《它没死去》改编的三角恋爱肥皂剧。影片介绍中明确宣称,它受小说《茵梦湖》以及 1943 年纳粹德国电影《茵梦湖,一首德国民歌》的影响。现在它把原影片的意大利外景改在匈牙利,其他则在印度西北边境地区拍摄。当年影片票房收益在全印度排名第三。

剧情是这样的:达巴是一个有声望的印度古典音乐支持者,南迪尼是他至爱的女儿。在她成长期间,她比起表姐妹得到更多教育和个人自由。萨米尔是印意混血儿,他想向达巴学习印度古典音乐并居住在他家。

开始时南迪尼并不喜欢萨米尔,但仍爱对他开玩笑,不久他们却双双坠入爱河。一天,父亲达巴听到他们俩关于结婚誓言和梦想未来在一起的私下谈话,萨米尔因此被驱离出门,并告知他永远不要再接触南迪尼。萨米尔没有立即离开印度,他留在城里写了封信给南迪尼,要求她来和他在一起,但他的信没有及时送到她手里。

南迪尼父母马上安排她与凡拉伊的婚事,凡拉伊与南迪尼是早先在他外甥婚礼上认识并恋爱的。结婚当晚,凡拉伊明白南迪尼已不是以前的她,于是想问清楚她为什么不能回应他的爱，要她说真话，他答应不管怎样都会帮助她。南迪尼始终保持沉默。后来凡拉伊撞见她读萨米尔的信，他非常愤怒，要求真相。但当他知道他的妻子和另一个男人相爱时，他表示出了他的大爱，要带南迪尼去意大利找萨米尔，凡拉伊父母最初不同意，终究允许了。

南迪尼和凡拉伊到达意大利找萨米尔，开始一段日子总是无功而返。在寻找过程中他们需要面对困境和解决很多问题，渐渐地，南迪尼了解了凡拉伊的实际为人。在她车祸住院期间，她体验到凡拉伊全情忘我的看护。

最终他们通过萨米尔的母亲有了萨米尔的消息。一个晚上，凡拉伊安排好南迪尼和萨米尔见面后，随即离开赶往他自己的首场音乐会。南迪尼和萨米尔见了面，但在此时，于世事有所知晓的南迪尼对萨米尔的感情起了变化。因为在与凡拉伊相处的整个过程中，她感受到凡拉伊一直坚持对她的献身和爱，清楚他才是她真正的终生伴侣，她离开了萨米尔，与凡拉伊结合了。

2007年，有日本《茵梦湖》小说爱好者制作了短小视频《永远湖》放在公共视频网络上。《茵梦湖》小说的人物和外景全部移植到日本，片中添加英语字幕。

剧情是这样的，一天，在中学教植物学的老教师琼课后回居所，休息时目光偶尔落在墙壁上的一张相片中，触动回忆起往事。

童年，琼和女孩爱利卡总一起去树林里采蘑菇和玩耍。后来，琼如愿进入一个名牌大学生物系，他的同学阿育塔拉表示自己是独子，需要留下帮助管理父亲的公司和湖边的庄园。琼休假回家期间，看到阿育塔拉送给爱利卡的礼物，一只爱唱歌的小鸟。后来琼在学校收到母亲的来信，知道了爱利卡拒绝阿育塔拉多次求婚后最终还是同意了婚事。

又一些年过去了，琼受阿育塔拉邀请来"永远湖"庄园做客。在与全家聚会时，阿育塔拉谈到自己双亲过世后把爱利卡的父母接来一起住，现在他岳父已是公司的副总裁了。阿育塔拉还一再要求，让琼读读琼自己写的诗。

两个孩子快乐得像是春天花朵，
孩子每年都在玩耍，

花儿每年总在绽放。

但是父亲像一块楔子，直插他们中间，

现在，

欢乐没有了，花儿也不再开了。

琼读完后大家一片沉寂。

翌日清晨，琼悄悄离开庄园，爱利卡赶到湖边告诉他，她一直珍藏着琼当年送给她的三色枫叶，她也知道琼永远不会再来了。镜头回到琼回忆往事的原先居所场景。

此处的日文《永远湖（とわこ）》的译名颇为奇特，揣测它取自德语""Immens"，意为"无法估量、无限、巨大"。一般日译本书名译成"みつばち湖"（蜂湖）或按外来语拼读成"インメン湖"。

5.5　芭蕾舞剧《伊利沙白》和舞台剧《茵梦湖》

根据斯托姆小说《茵梦湖》创作的三幕芭蕾舞剧《伊利沙白》1989 年问世，翌年出版了它的音乐的唱片。负责音乐和编剧的是美籍德国作曲家玛格丽特·布希纳（Margaret Buechner，1922—1998），她曾写过多部芭蕾音乐和交响诗，这是她第 4 部芭蕾舞剧。她本人不愿意过多透露自己的身世，人们只知道她 1959 年起中止作曲从事音乐教育，30 年后也就是 1989年方重新开始作曲。1992 年，芭蕾舞剧《伊利沙白》在法国波尔多芭蕾舞大剧院首演。据作曲家布希纳本人对其音乐遗产继承人 Juris Zommers 所写的一封信中说，由于负责演出业务的剧院经理人，也是一位杰出的芭蕾舞演员 Paolo Bortoluzzi 溘然长世，该芭蕾舞后续演出计划被迫中止。更遗憾的是，这次演出也是该舞剧唯一的一次演出，曾允诺寄出的现场录象带现已不知所终。

首演应该说相当成功，剧院经理人在当即写给布希纳的信中透露，现场观众对舞剧里的男女声二重唱以及舞剧演出后都长时间热烈地鼓掌。其中的《今天啊！今天》男女声二重唱（又谓之《爱情二重唱》）现在已是一些古典音乐广播电台备受听众欢迎的保留曲目。

1993 年 5 月 Paul Cook 在 "American Record Guide" 写道："布希纳德音乐带有她个人的独有特性。从 60 年代起，她就专注故事性的大型交响芭蕾舞剧。1990 年她创作了这部三幕芭蕾舞剧，音乐是以交响乐形式作主题发展，中间加入若干段声乐，帮助音乐会听众理解故事情节。"

她的合作者 W. Buechner 的评论是这样的："这部芭蕾舞剧源自斯托姆的《茵梦湖》。故事是关于失去的青春和失去的爱情，对它们的回忆，持续到小说主人公的人生终点。音乐有太多的内涵向听众传递，它应该能触动很多音乐爱好者的心灵，特别是触动那些过去有类似经历的，或者幸运地避免了这样悲剧的人们。"

译者收集到芭蕾舞剧《伊利沙白》的唱片以及布希纳音乐遗产继承人 Zommers 向译者提供的芭蕾舞《伊利沙白》脚本，得以了解该芭蕾舞的细节。

三幕芭蕾舞包括前面的序幕，总共 26 场场景，全长 96 分钟。

序幕

第1场　老莱因哈德静静坐在书房里，月光照入，落在一张少女人像上。

第2场　年轻的伊利沙白身影出现，莱因哈德徒劳想接近她，伊利沙白身影消退。

第1幕

第3场　年轻的莱因哈德进大学前举办告别派对。他与伊利沙白依依不舍，顿悟他们的友情已发展成不能舍割的爱情。

第4场　莱因哈德和伊利沙白双人舞，埃利希介入后的三人舞。另外几对年轻舞伴也狂热加入。

第5场　全场卷入的狂欢民间舞。

第6场　莱因哈德的母亲提醒他出发，但他还留恋没有离开。

第7场　莱因哈德向伊利沙白道别的双人舞，女高音独唱《她是林中女王》（以小说中的同名诗为歌词）

第8场　莱因哈德向朋友道别。伊利沙白向莱因哈德道别，男高音独唱《他站在高山上》（以小说中的同名诗为歌词）

第2幕

第1场　小酒馆里的大学生们聚会，吉普赛歌女起舞，拒绝富家子弟的引诱。

第2场　吉普赛歌女独舞，她邀请莱因哈德共舞，莱因哈德没有同意。

第3场　大批杂耍艺人突然进场，中断了吉普赛歌女的演出。

第4场　小女孩与她的小猴子共舞。

第5场　杂耍艺人高难度的舞蹈。

第6场　小女孩检起硬币，与杂耍艺人等离场。邮差给莱因哈德带来他母亲的信件，告诉伊利沙白将要与埃利希结婚。

第7场　吉普赛歌女继续演出，莱因哈德从沉思中惊醒，接受了她的邀请，吉普赛歌女与莱因哈德双人舞，伴随着《今天啊！今天》男女声二重唱（又谓之《爱情二重唱》）。突然，莱因哈德让吉普赛歌女走开，他决定立刻赶回家。

第3幕

第1场　引子音乐，在埃利希庄园前，新婚夫妻的双人舞。

第2场　嘉宾出场。

第3场　新婚夫妻与嘉宾群舞。

第4场　莱因哈德从舞台深处出场，群舞中断。埃利希欣喜地告诉他，自己与伊利沙白已经成婚。莱因哈德颓然跌坐在庄园前的长凳上。在远处，伊利沙白无言地凝视着莱因哈德。

第5场　嘉宾群舞，舞蹈结束时，伊利沙白急促地走到莱因哈德跟前，凝视着他的眼睛，随后跪在他前面，悲伤悔恨地把头埋在自己的双臂里。周围嘉宾见此一幕寂静无声。厨子摇铃上场，众人退场赴宴，埃利希回屋。场上只留下伊利沙白和莱因哈德。

第6场　伊利沙白站起来，绝望地望着莱因哈德。伊利沙白独舞，男女声二重唱《依我母亲的意愿》（以小说中的同名诗前两段为歌词）。莱因哈德加入舞蹈，莱因哈德与伊利沙白双人舞，男女声二重唱继续（以小说中的同名诗后两段为歌词）。舞毕，伊利沙白幽怨地望了莱因哈德最后一眼，离场。

第7场　暮色中，舞台只留下莱因哈德一个人准备离去，突然他发现远处湖中的睡莲，睡莲逐渐化身为一个美丽少女，冉冉从水中升起。

第8场　莱因哈德试着接近睡莲少女，扮演水生缠绕植物的舞者跟着他，不让他走向睡莲少女。莱因哈德无奈返回。

第 9 场　　莱因哈德最终归于平静，莱因哈德独舞，受他的舞蹈吸引，身后带着水汽的睡莲少女向他走来。

第 10 场　　睡莲少女独舞。莱因哈德全神贯注看着并接近她。

第 11 场　　莱因哈德和睡莲少女双人舞，但后来少女从他的臂弯滑走，回到湖里化为原先的睡莲。莱因哈德跪下，向着睡莲伸出双臂。终曲。

该唱片现在市面上还有售，但是关于这部芭蕾舞音乐和它的作曲者布希纳，目前已经再没有什么报道了。译者多次聆听它的美丽音乐，其中的几段男女声二重唱十分动人。除了音乐本身的感染因素外，与了解演唱内容能有所联想可能也有很大关系，这些二重唱的歌词均取自小说《茵梦湖》里的诗。

关于布希纳的音乐遗产继承人 Zommers 还有一个颇令人感慨的故事。2013 年 8 月，Zommers 在通信中告诉译者，1990 年他第一次听完电台播放芭蕾音乐《伊利沙白》后，感动得直流泪，以后又反复听了多次，最后他下决心给布希纳写信，表达了他是多么喜欢她的音乐。从此，两个陌生人开始了长达五年之久的通信并成为音乐知交，但是他们终生没有见过面。布希纳死后，她的遗嘱里委托他全权管理她的音乐遗产，包括 4000 张唱片、原声带和论文，以及一个专门出版布希纳音乐作品的名为 "Nord - Disc" 的小公司。

译者读过他同时发来的一份剪报，证实了上述内容。该报道最后是这样写的："自此，Zommers 以发扬宣传布希纳的音乐为己任。每当他忙完与此有关的业务时，他总会心中默默地对布希纳道：我没有辜负你的委托！"

1976 年 3 月，由 Alexander Gruber 执导的舞台剧《茵梦湖》在西德北莱茵 - 威斯特法伦州的比勒费尔德（Bielefeld）上演。剧作者是这样宣传的：

"这部舞台剧以比勒费尔德的地区的事件为例，涉及 1848 年政治和社会危机年代以及当时进行的工业化。斯托姆小说中的茵梦湖庄园处在条顿堡（Teutoberger）森林山区边缘。比勒费尔德亚麻布手工业的纺织工人危急状态，试图建立工厂摆脱这一危机的努力以及其间的行业协会计划，构成了这三个年轻人即诗人莱因哈德，他的朋友埃里希和伊利沙白关系的背景。……我们应该追溯决定着今天大众生活事件的根源，并以它们本来的意义将之带上舞台。"

一个月后，《纽伦堡报》上出现 Lynken 的评论，她不反对这项把地区一段历史搬上舞台的工作，她指责的是剧作者滥用剧名《茵梦湖》的不诚实行为。对比着原著，她将 Gruber 这本剧作批判得体无完肤："斯托姆出色地略去了莱因哈德和伊利沙白的毕生浪漫爱情中的所有平庸细节……但是，被斯托姆出色地挪掉了的东西，Gruber 不仅用比勒费尔德历史上的事件填满，而且带着陈词滥调和甜腻腻的气氛，用拙劣不堪文艺作品的腻汤将全剧从头浇到尾"[4,p.82-83]

以后再没有关舞台剧《茵梦湖》的后续信息，看来它的改编不算成功。

附录6 《茵梦湖》的中译本

6.1 1916年文言译本《隐媚湖》全文

《隐媚湖》刊于1916年《留美学生季刊》3卷3期第163～172页，译者之盎，文言译出《茵梦湖》前三段，计3700字左右，早于郭沫若和钱君胥的1921年全译本。此资料鲜见，这里保持繁体原样列出。原件存于中国科学院文献情报中心，其扫描件参见附录图片部分。

第一章 老者

暮秋傍晚。有老者服飾都雅。蹀躞於途。其古式之鞋。為塵垢所蔽，若自散步歸者。挾一長杖。杖之端飾以金。目黑而髮皓。兩相掩映。一若其已往之少年氣概。猶萃集於此雙眸者。老人此時舉目四顧。但見當前城市。夕陽斜照而已。途中行人。雖或不禁而注目于老人之目。然向之道寒暄者，寥寥無幾。此老豈他鄉人耶。久之近一高廈。老人翹首城市者再。遂入於門廡。門鈴甫響。而廡下小窗之簾頓卷。一老媪露其面於窗後。老人以杖招之。已而言曰："尚無燈耶。"言已。而窗簾遂下。老人遂由廡至廳。廳之四壁。陳文木之架。架上陳磁瓶多具。廳後小室一。有梯可由之登樓。老人徐徐拾級而上。啟鎖而入於一廣室。室靜而安閑。其一壁則書架叢立。對壁則懸名人畫像山水多幅。中立一案。舖以綠氈。書卷未掩。狼籍其上。案旁安椅一。絨篁赭色。老人既置其巾杖於室隅。叉手安坐於椅。若欲舒其遊行之困焉者。時則暮色漸深。已而月影窺窗。直射壁間畫圖之上。月光徐移於畫圖之間。而老人之目。亦不禁隨之而移。既而月光直照於一小像。老人低聲自語曰："噫。伊利沙白耶。"言未已老人似已恍惚忘其當前面目。儼然當時之少年矣。

第二章 少年

老者此時心中。自覺不過一十齡兒童。所見乃一女孩。年纔五六。面目可愛。其名則伊利沙白也。伊女服赭色披肩。與其褐色之眸。實相掩映。女呼曰："內哈。吾儕自得矣。學堂全日放學矣。明日且無課矣。"內哈匆匆置其所挾之石板於門側。偕女而奔。由門而園。由園而草場。此意外之假期。乃恰如此兩兒之意。蓋內哈曾以女之助。以草泥築屋此間。夏夜納涼於其中。惟乏一櫈耳。內哈此時徑然興工。不遑他及。釘也。錘也。木也。頃刻均集。而女獨步至堤畔。擷錦葵之實。置諸裙。蓋葵實如環。可穿諸繩。將如貫珠。可作頸帶也。未幾內哈之櫈已成。結構殊草率。內哈出立日下。而伊女方行於場之他隅。遠望見焉。內哈呼曰："伊利沙白。"伊女聞聲至。鬢髮隨風而舞。內哈曰："來。屋今成矣。汝不熱耶。趣入室。偕吾坐於新櫈之上。吾其為爾譚一故事。"此兩可兒。既入於室。同坐於櫈。伊女初其葵實於裙裙。貫之以長繩。內哈乃言曰："昔有婦人三。方績。……"伊利沙白急止之曰："吁。吾聞之熟矣。汝何常譚此一故事耶。"內哈不得已。乃轉譚貧夫投獅穴事。繼而言曰："夜深矣。天色如墨。獅正眠。顧有時欠伸。且吐其舌於外。此時貧夫寒慄。思天必將曉。俄而異光照其身。仰首一望。則仙子當前立矣。仙子招之以手。俄而設于石。"伊利沙白方傾耳靜聽。問曰："仙子耶。曾負翼乎。"內哈答曰："此故事耳。實則烏有仙子者。"伊女曰："內哈惡。是何言。"且言且注目視內哈。內哈弗為動。女且複疑問曰："果無仙子者。何世人常常道之耶。吾母言之。吾姑言之。且吾聞之於塾。"內哈答曰："吾不敢知。"伊女曰："若然。則獅亦未嘗有耶。"內哈曰："獅耶。爾疑獅之有無耶。印度地方。野蠻僧徒。繫之於車。禦之以行於沙漠。吾成人後。嘗親往焉。彼間與此間。殆不啻天淵之別。彼間無嚴冬之寒。爾必與我偕往。爾其有意乎。"伊女曰："諾。顧吾母必偕。爾母亦往。"內哈曰："否。兩老。爾時。將逾遐齡。何能與吾輩偕行。"伊女曰："吾或不能遺母獨往矣。"內哈曰："彼時爾其能。爾將為吾妻。外人有無間言。"伊女曰："吾母將飲泣吞聲。吾何安。"內哈曰："吾且與爾再歸。"已而憤然曰："爾願與我偕行否。徑言之。否則吾將獨往。往且永不歸。"伊女不禁欲泣。且言曰："望勿惡作劇。吾願與爾去印度。"內哈欣慰不勝。以兩手迎伊女而導諸草場。歌曰："之印度兮。之印度兮。"且歌且作圍圈之戲。女之披肩。隨風飄揚于頸際自若也。內哈勿而釋伊女之手。正色而言曰："爾無勇。後將無福。"已而聲來自園門。呼內哈與伊利沙白。兩小聞聲相應曰："來矣來矣。"遂攜手向宅而奔。

第三章　林翳

兩小相得如此。雖男常覺女過於溫柔。女常覺男之過於勇邁。然彼此

123

之間。亦未嘗因此而疎闊。有暇輒聚。冬則於兩母之室。夏則于草茵林翳間。一日塾師方責伊利沙白。內哈怒而故擲其石板於几。蓋欲移塾師之怒於己也。師置不理。內哈遂無意治課。而作長歌一首。以雛鷹喻己。以烏鴉喻其師。以白鳩喻伊利沙白。雛鷹誓待其羽毛豐滿時。當為白鳩復仇。此少年詩人兩眶含淚。而意興仍豪。此歸。購得一小冊子。皮裝頁白。內哈端書其詩於首。未幾內哈已入他校矣。同年新交。酬酢往來。然與伊利沙白欵語音候。未嘗間也。昔時兩人所譚神話故事。內哈取其最洽伊意者筆之於書。有時意興所至。欲參己見於其間。往往不諧。哈亦不自審其何故也。卒就其所聞。徑筆直書。而貽諸伊利沙白。伊則什襲葳諸裝臺之扉。有時伊利沙白取而讀之於其母。內哈燈畔傾聽。自謂此樂不易南面王也。忽焉七載矣。內哈將赴城。更進其學。伊利沙白不禁自思。此際將少內哈之伴矣。內哈則謂當仍續舊業。常作小說相贈。伊女聞之頓喜。哈又謂小說當於其家報中寄回。伊女讀後。必以其所見告之哈云。而已別期漸近。顧其未至之先。而詩歌詞謠已先入皮冊。此皮冊固因伊女而生。而其中詩歌。亦大都為伊女而作。雖然。伊女乃局外人也。將別之前一日。彼此欲更同遊郊外。作紀念。於是同輩多人。赴一附近之叢林。驅車至林下。約一小時許。遂取其餱糧緩步而前。時值仲夏。首穿松林。氣涼而淒黯。遍地為松葉所蓋。行約半小時。乃出自松間淒黯之境。而入一鮮林。遍地明朗。翠色可餐。日光時穿林葉而下。松鼠則雀躍枝頭。往還若無人者。再至一處。則老樹參差。綠葉蔽天。行者俱止於此。伊利沙白之母。啟一籃。伊父老者。則自任分柑之事。且言曰："悉前來。靜聽予言。每人將受餅乾二。為晨餐。牛油既未攜至。薑芥之屬。亦各自求之。林間薦梅繁生。足供爾輩之食。但善自尋之耳。否則自食其餅乾而已。此亦人生常事也。爾輩其知之乎。"輩應之曰："唯唯。"老者復曰："止。猶未已也。吾儕老人。慣行此間。法當留此。大樹之下。剝竿取火。且將設席。傍午雞卵當烹熟矣。吾儕為此。爾輩當以所得薦梅之半來酬。庶吾儕亦得共享異味。爾輩前去。善相待。"輩戲出惡面相視。老人復止之曰："有不得薦梅者。勿庸與。此固無待余言者也。然爾輩須記之。無所與於吾儕者。亦所得於吾儕也。爾輩既得佳訓。若能再得薦梅者。則今日不虛度矣。"輩欣然各雙雙飛去。內哈呼伊利沙白曰："來。吾知薦梅生處。爾無須以獨食餅乾為慮也。"伊利沙白取其草帽。繫其纓於臂。曰："籃已備矣。吾儕其行矣乎。"此兩人者行林際。彌進彌深。越幽濕之谷。萬籟俱寂。仰視而無覩。更行。穿灌木。若非內哈前導。折枝於此。而斷藤於彼。則將無路可行。內哈忽聞伊利沙白呼己之聲。舉首四顧。則聞曰："內哈。內哈。曷少待乎。"顧兩不相見。未幾內哈覩伊利沙白方苦行荊棘中。姣好之首。隱約於草莽間。內哈轉身。乃導伊利沙白出荊棘草蔓。而至一曠野。閒花怒放。羣蝶飛翔其間。伊利沙白面熱。內哈為之屛其垂額之髮。又欲為之加帽。見卻。固請。乃許。伊利沙白靜立少息。乃問內哈曰："爾之薦梅何在耶。"曰："固在斯也。惟蟲獸已先吾輩而至。不然。則山魅耳。"伊利沙白曰："誠然。薦梅之葉。固宛然在也。惟君勿談鬼於此。君前來。吾殊不覺困頓。且更前行。覓薦梅乎。"時小溪當前。內哈以臂舉伊利沙白而過。入一林。少間更至一處。豁然開朗。伊利沙白呼曰："薦梅其在斯乎。其香之甚也。"兩人行日中前覓。卒不得。內哈曰："是特此灌木之氣味耳。"遍地所見。乃若"覆盆子"。若"鳥衣宿"。縱橫蔓延。短草茵地。而灌木點綴之。芳菲之氣。彌漫於空際。伊利沙白曰："餘子何之。此間殊寂寞也。"內哈初未嘗思及歸途。忽曰："少待。此風自何來耶。"舉手當之。則又無風。伊利沙白曰："少安勿躁。吾似聞人聲。速向彼處呼之。"內哈合掌於口。呼曰："其來此。"應之者曰："來此。"伊利沙白拊掌曰："是非彼輩應聲耶。"內哈曰："否。是特山間之回聲耳。"伊利沙白握內哈之手："吾恐甚。"內哈應之曰："否。爾不應如是。獨不見此間風物之美耶。姑坐樹陰下少休。行將覓得彼輩矣。"伊利沙白乃憩於濃陰中。舉耳四聽。不數武有樹已伐而露其根。內哈坐於其上。雙目直注伊利沙白。寂如也。時赤日中天。天熱如焚。營營青蠅。振羽乎空際。籟籟之聲。不絕於耳。時或山鳥剝啄。來自遠林。與夫嚶嚶者相應已耳。伊利沙白忽曰："噯呀。鐘方鳴矣。"內哈曰："自何來耶。"伊利沙白曰："自後方來。爾不聞乎。日之方中矣。"內哈曰："果自後方來。則吾輩實背城而驅。苟返向。必遇彼輩矣。"兩人轉身而行。不復尋薦梅。伊利沙白亦懘甚。未幾眾人歡笑之聲。起于林際。雪白之布。可望見之。是即席也。席上廣陳薦梅。老者方懸巾於胸。手方割肉。而口中仍不停其教訓之言。羣見內哈與伊利沙白來自林間。遂大呼曰："是乃逃伴者也。"老者乃曰："其來此。觧爾之巾。傾爾之帽。示爾之所得。"內哈曰："所得無他。饑耳。渴耳。"老者舉盤曰："果爾。則不得食。爾知當時之約。閒玩者不應獲食乎。"老者卒宥之而與之食。燕雀噪於灌木。若助彼輩之餔餟者。日之夕矣。內哈歸來。自有所得。雖非薦梅。
然出自林中。是其夜間書於皮册之詩也。其詩曰。

在彼山側兮。

風伯所不及。

垂枝之下兮。

妙女坐而息。

坐於清芬之清兮。

息於叢芳之叢。

彼營營之青蠅兮。

時突如而掠空。

萬本森立。何簫瑟也。

妙女觀之。乃自得也。

鬢髮絳雲。日光之所宅也。

杜鵑遠啼兮。

吾心兮惓惓。

美目盼兮。

仙子兮林間。

斯時內哈之於伊利沙白。蓋不獨視為己有。且視天下可愛可喜之事。
無不由伊利沙白而來者。

（之盎译文完）

6.2　1921 年后的中译本

1. 1949 年之前中译本

译名	译者	初版日期	出版社
隐媚湖	之盎	1916	留美学生季刊 3 卷 3 期，只发表了小说的前三段
茵梦湖	郭沫若/钱君胥	1921	泰东图书局初版
意门湖	唐性天	1922	商务印书馆
漪溟湖	朱偰	1927	开明书店

茵梦湖	张友松	1930	北新书局
	孙锡鸿	1932	寒微社
	王翔	1933	世界书局
	施瑛	1936	启明书局
	罗牧	？	北新书局，英汉对照本
	施种	？	上海译文出版社，2011 年重印
青春	梁遇春	1940	北新书局
蜂湖	巴金	1943	文化生活出版社《迟开的蔷薇》

2. 1949 年之后大陆中译本

译名	译者/选编者	出版日期	出版社
茵梦湖	孙凤城	？	？
	黄贤俊	1981	上海译文出版社，史托姆中短篇小说集
	叶文/刘德中等	1987	上海译文出版社
	杨武能	1997	译林出版社
	戴庆利	1998	外语教学和研究出版社
	赵琪	1998	青海人民出版社
	赵燮生	2000	人民日报出版社
	马君玉	2004	安徽文艺出版社
	李斌	2004	陕西师范大学出版社
	高中甫	2005	中国书籍出版社
	陈志杰	2006	中国书籍出版社
	仝保民/江南	2008	重庆出版社
	马小弥	2008	中国国际广播出版社

3. 1949 年之后台湾中译本

	张丕介	1955	人生
	吕惠津	1956	文光
	张治文	1959	现代家庭
	李牧华	1968	文化
	陈双钧	1972	正文书局
	谢金德	1982	辅新书局

俞辰	1987	金枫出版公司/桂冠图书股份有限公司
叶文	1991	台北志文，迟开的玫瑰
陈美燕	1996	文國
陈蕙美	1997	南台图书
陈慧玲	1997	祥一
王添源	2001	楷博出版社
李淑贞	2002	方向出版社
黄朝	2004	寂天文化

（应有遗漏，据 2001 年台湾辅仁大学德语语文学系谢静怡论文，台湾一地有译本 30 种以上。）

附录 7　12 种带有插图的德文《茵梦湖》单行本

本节不是关于《茵梦湖》插图的美术评论，只是想通过插图了解小说以外更多的内容。这些插图实际是画家自己对小说相关文字的判断和解说，但毋庸置疑，反过来又影响了后来好些代的读者对《茵梦湖》小说的理解。

施托姆在世时，《茵梦湖》带插图的单行本只出过两种，一种是 1857 年匹茨的带 11 幅插图的单行本；另一种是为庆祝施托姆七十岁生日，1887 年 Hasemann（1850—1913）和 Ranoldt（1881—1939）教授合作的带 23 幅插图的单行本。迄今为止笔者共收集了 12 种德文带插图的单行本，若论绘画功力、印刷质量和开本大小，属上乘的也就只有这两种。

7.1　1857 年匹茨（Pietsch）的带 11 幅插图的单行本

柏林，顿克出版社，1857 年 / 威斯巴登，Ralph Suchier 出版社，小 16 开本，1978 年重印

本书附录刊出了全部 11 幅插图。

顿克出版社鉴于《茵梦湖》标准版问世后大受欢迎，为了获得更高的收益，遂委托柏林画家匹茨配图出版该小说的插图本。目前这本书原版即使在德国也已经很难收集到了。译者前两年见到一份拍卖行的拍卖纪录，开价已不菲。

1856 年春天匹茨完成了铅笔草图后，便拜访彼时在波茨坦的施托姆，目的是获得原作者对他这些画作的支持。在匹茨的自传中描述了他与施托姆的初次见面："我从提包里取出画递给他，胡乱地揣测这些画会给他留下什么印象，我要说我的担心并不多余。但是，这种不安很快地消失了，我见到他看了第一幅画后，蓝色眼睛发出欢快的亮光。那幅画是描写莱因哈德朗读完《依我母亲的意愿》伊利沙白从座椅站起静静离去的场景。他转过身子对他的妻子道："康士丹丝，来看一下啊！"他握着我的手，说了许多涉及这张画的精彩材料，特别是谈到这幅画体现了他精神上至爱女子伊利沙白，这里我要告诫自己不要再多讲什么了。他要求留下这幅画，说是要一直把它挂在他床前墙壁上直至他生命终结。其他的画也得到他的由衷赞同，没有什么大的异议。"[5, p. 123]

施托姆后来给匹茨写信道："我的意思是，目前这些插图里缺了一幅莱

因哈德步出树林，茵梦湖展现在他面前的场景。它应该出现在封面上。"他还建议，在《依我母亲的意愿》这幅插图下，加上"在黝黑水面上有纤细娇嫩藤蔓的睡莲。"[5,p.124,125] 匹茨按他的意愿——照办。施托姆对书中插图的这些意见可以看成是他创作构思的延伸。

这次会面和合作成就了他们两人终生的友谊。施托姆以后许多小说插图都交予匹茨完成。1857 年匹茨绘制的《茵梦湖》插图本出版，但是印刷质量之差令他们两人都很失望。

现在细看施托姆最钟爱的这幅插图《依我母亲的意愿》里四个人的神态。虽然它不是油画，没有丰富色彩表现，但生动的写实亦包含了众多内容。我们看到伊利沙白站起推开座椅，带着痛苦表情正离开客厅。坐在桌子对面她的丈夫埃利希也站了起来，身体前倾眼睛关切地望着她，准备陪她出去。这时伊利沙白的母亲急切地向埃利希摆手阻止，因为母亲了解伊利沙白的剧烈反应所在。最有意思的表情当属莱因哈德，他既没有站起来阻止，目光也没有追随伊利沙白的离去，眼睛茫然朝下，神色忧郁，他刻意挑起伊利沙白的创痛，也撕裂了自己的伤疤流血。

其他各幅插画也是用细线条勾勒景物，保留了许多当时日常生活和实物细节。

《老人》：挂满人物和风景图片的墙壁；入门放在屋角的帽子；安放在桌前笨重有坐垫的安乐椅；凌乱摊开几本书的桌子；双手交叠坐着的主人公；他脚上的老式带扣鞋。洒满月光镜框里的伊利沙白肖像，地板上的标本夹。（插图第 1 幅）

《孩子们》：阳光下盖好的草皮小屋（笔者到这时方知草皮小屋具体是什么样）。屋前散放着钉子的长凳；伊利沙白跑得头发飘扬，脖子上围着丝质围巾，围裙兜得满满的，手还拿着花草；莱因哈德拿着锤子和木板迎着她。（插图第 2 幅）

《林中》：伊利沙白应莱因哈德要求戴上草帽，疲惫地坐在枝叶漫垂的树下，留心倾听四周；莱因哈德离她几步远的树桩上坐着，摘下帽子默默地望着她；太阳光洒在他们的头上。（插图第 3 幅）

《孩子站在路边》：拱形房顶的市政厅地下室酒馆；围坐在桌边狂饮的大学生；角落坐着的提琴师和弹八弦琴女子冷眼旁观；莱因哈德手拿酒杯，跳到女子跟前敬酒，其他学生在旁边起哄。（插图第 4 幅）

《回家》：小广场上驿站的驿车；极具时代特色。吹起号角催促乘客登车出发的马车夫；整装待发的莱因哈德一手持剑杖，另一手依依不舍地握着伊利沙白的手；伊利沙白怔怔地望着他，心思无限。（插图第 5 幅）

《一封信》：烛光下，莱因哈德手上拿着读完的信，苦恼地陷入沉思。（插图第 6 幅）

《茵梦湖》：伊利沙白站起来迎接客人，中途忽然站住，脚像生了根似的眼睁睁望着来客；莱因哈德微笑着对她伸过手；埃利希眼见自已秘密策划的见面成功，脸带喜色站在门旁；客厅外是南部德国依山的茵梦湖的湖

面景色。（插图第 7 幅）

《依我母亲的意愿》：（插图第 8 幅）（参见上文）

《伊利沙白》：伊利沙白坐在船上，眼光旁视忧郁沉思；莱因哈德边划船边凝视着伊利沙白靠在船舷上的手。（插图第 9 幅）

《老人》：月光照在壁挂的伊利沙白儿时肖像。（插图第 10 幅）

《睡莲》：黑黝黝水面上的一朵白色睡莲，气氛深沉压抑。（插图第 11 幅）

画作中的伊利沙白被描绘成身材修长，衣着得体，风度举止优雅，是施托姆至爱的女子形象。

目前市面上可以买到的是 1978 年的德文重印本，它取消了原版莱因哈德步出树林茵梦湖展现在他面前的单色封面，采用了新的彩色封面。原版封面以莱因哈德人物为中心，陪衬景色有点模糊，可能与当时的印刷技术有关。新封面的画面翔实地描绘了"茵梦湖"场景开始莱因哈德眼前看到的一幕：〈……他左面的树荫突然结束；路通向一斜坡，旁边的百年橡树树梢几乎露不出来。越过这些橡树，展现出一幅宽阔的阳光普照风景。下面尽头是一深蓝色平静湖泊，几乎被阳光下的绿色树林团团地围住，只在一处，树林呈现相互分离却提供了一深邃远景，一直延伸到深处止于蓝色山峦。正对面方向，树林的绿叶中间宛如被白雪覆盖，它们是花卉盛开的果树，从这里冒出主人的红瓦白色房屋在高堤耸立而起。一只鹳鸟从烟囱飞起，缓缓在湖面上盘旋。…… 于是他一动不动地就站着，越过他脚边的树梢看另一边湖堤，那儿主人房屋的倒影波光粼粼浮现在湖面。〉读者可以对着新封面的画面，沿莱因哈德的足迹阅读这段文字，饶有趣味。

7.2　1886 年 Hasemann & Ranoldt 的带 23 幅插图的单行本

莱比锡，C. F. Amellangs 出版社，1887 年/威斯巴登，F. English 出版社，1979 年重印

这一大 16 开尺寸的精装本获得巨大的商业成功。以下是 1887 年《德意志评论》上登出的广告：

"在杂志上涉及作家施托姆时谈论'价钱'这个词好像很不体面，他的读者早已把这位尊敬作家铭刻在心。《茵梦湖》成为有思想的性情人的珍贵

财富，他们会很高兴有这本新装潢的小说。两位艺术家将素材作如下分工，Hasemann 负责的主要是人物的场景，Kanoldt 负责另外的风景画。施托姆本身气质（每个真正作家都有自己特有的气质）环绕着人们的命运编织起他们的面纱。两个艺术家深入地体验这位作家，并且他们两人——或许不要太过分赞扬——都仔细地倾听这位作家的心房跳动。我们可以满怀欢愉地欣赏凝视这些画了，这是从施托姆深刻、朴实无华的艺术中萃取出活生生的精神，同时保持了自己的艺术家风格的画作。慕尼黑 Hanfstaengl 印刷公司的照相制作无与伦比，装潢也是大师级的。愿这本《茵梦湖》真正给许多放置圣诞礼物的桌子增添光彩！[4，p. 73~74]

已出版的《茵梦湖背景及施托姆的情感经历》[2]里已全部刊载了这 23 幅插图，本书附录不再重复，只给出其中两幅。它的若干插图已作为室内装饰画单独发行。

此书原版不难得到。笔者收集到它的 1887 年初版和 1896 年第 3 版两种原版。据说后者采用了当时最先进的照相凹版印刷技术，印刷质量最好，德国 1979 年重印本就是以其为蓝本。由于 1887 年期间施托姆患病，只专注自身健康，此书出版 10 个月后他即离世，没有披露他与此插图本画家有过什么合作。只是在谈祝贺他生日礼物的信件中，施托姆提到了对这本精装书里的风景描绘颇感兴趣。[5，p. 135]此精装本的扉页上印有"庆祝施托姆七十岁生日礼物"字样，硬质封面封底都是烫金花样，书脊和书页沿烫金。德国风景民俗插图画家 Wilhelm Hasemann（1850—1913）绘制其中的人物画，德国画家 Edmund Kanoldt（1845—1904）绘制余下的风景画。

7.3　1910—1986 年其他 10 种带插图的单行本

除了上述两本外，译者还收集到其他有插图的 10 种单行本，它们都是 1910 年后出版的，或大或小的 64 开本，插图带有更多时代气息和时尚风格。人物画中，表现莱因哈德无所作为以及伊利莎白对他表白爱情时，画家都以田园牧歌方式描绘，将自然和风景化为空白的背景。同样，发生地点也画成一派宁静风光，其实那时新兴资产者埃利希在庄园已开始机器轰鸣的酒业生产，但是所有画作对此都没有反映。[5，p. 137]20 世纪 80 年代，德国胡苏姆"施托姆研究协会"会长 Eversberg 批评这些插图本，认为从第一本算起，它们都贬低了施托姆这部作品，把它挤到一个小小的乡土嬉闹环境，没有充分评估施托姆文字渲染力和潜在批判性。他进而认为，直至今天的所有插图本还没有一本能够令人信服地满足上述要求。[5,p.138]

本书附录每一插图本各有插图两幅，大致可以看出它们的风格。

出版年代	插图画家	出版地点，出版社
（1）1910 年，插图 10 幅	Walter Thamm（1885—1938）	Muenchen，Verlag Phoebus
（2）1919 年，插图 6 幅	Josef Weiss（？）	Muechen，Verlag Hugo Schmidt
（3）1919 年，彩色插图 10 幅	Julius Kaufmann（1895—1968）Leipzig，Verlag Josef Singer	
（4）1920 年，插图 5 幅	Robert Budzinski（1874—1955）	Leipzig & Hartenstein，Verlag Erich Matthes
（5）1923 年，黑白剪影插图 6 幅	Johanna Beckmann（1868—1941）	Berlin，Verlag Ludwig Schroeter
（6）1924 年，插图 6 幅	Fritz Buchholz（1890—1955）	Leipzig & Hartenstein，Verlag Erich Matthes
（7）1930 年，插图 23 幅	Hans. Meid（1883—1957）	Berlin，Verlag Sehdel & Die Actiengesell schast
（8）1935 年，插图 8 幅	Luigi Malipiero（1901—1975）	Berlin，Verlag Karl Voegels
（9）1958 年，插图 9 幅	Gerhard Ulrich（1903—1988）	Guetersloh，Verlag Mohn & Co GmbH
（10）1986 年，彩色卡通插图 14 幅	Peter Becker（？）	Berlin，Verlag Neues Leben

附录8　注解、参考资料、译名对照及其他

8.1　注解

［注1］原文是 die Rechentafle（算盘），后文略为 die Tafle。英译本全都译成 Slate（石板）。国内不少译本从之，也译成石板。

［注2］童话《三个纺纱女》，源自19世纪初始发行的《格林兄弟童话》。讲的是一个贫家女，厌烦自己终日纺纱的命运。一次偶然的机会被阴差阳错地带入王宫纺纱，得到三个纺纱女帮助后最终如愿嫁入王室。童话第一句是这样的："从前有个女孩，非常懒惰，怎么着都不愿意纺纱。"施托姆有意把讲述次序颠倒成"从前有三个纺纱女……"，让掌管命运的三个仙女首先登场。

《狮子坑里的但尼尔》故事源自旧约《圣经》。但尼尔是《旧约》中的四大先知之一。但尼尔受诬陷被投入狮子坑，中文《圣经》里译为"但以理"。《圣经》：次日黎明，王就起来，急忙往狮子坑那里去。临近坑边，哀声呼叫但以理，对但以理说："永生神的仆人但以理啊！你所常侍奉的神能救你脱离狮子吗？"但以理对王说："愿王万岁！我的神差遣使者，封住狮子的口，叫狮子不伤我；因我在神面前无辜，我在王面前也没有行过亏损的事。"王就甚喜乐，吩咐人将但以理从坑里系上来。于是但以理从坑里被系上来，身上毫无伤损，因为信靠他的神。

［注3］原名齐特拉（Zither）琴，扁琴，一种古代乐器，按维基百科定义，它是一种弦不延伸过音箱的弦乐器。中国的古琴是这类琴中最早的。古筝、扬琴也属此类。

［注4］基督教的教义问答是以问答形式阐释其教义概要的手册，从新约时代至今，用于基督教的宗教教育。

［注5］这里是用南部德国地区的问候语"你好"：Gruesse Gott（Gott Gruesse Dich）。

［注6］斯纳达逗乐小曲（Schnaderhuepferl），奥地利蒂罗尔（Tyrol）地区一种用常声假声交替发声唱的即兴逗乐小曲。也有把它解释成 Schnitterhuepferl 这一词的南德发音，意为"刈草人舞曲"。

［注7］《我站在高山上（Ich stand auf hohem Berge）》是一首经久传唱的古老德国民歌，1544 年以来已有上千个版本，头两句基本一样："我站在高山上，望下面的深谷。……"后面歌词就开始有差别了，但都是悲伤结局。著名古典作曲家勃拉姆斯（Johannes. Brahms，1833—1897）等曾把它谱成歌曲。

巴金译文原注是："这是一首古老的民歌，有各种标题，如《女尼》、《年轻伯爵的歌》等，内容是一个美丽的贫家女孩，不能如愿嫁给所爱的年轻伯爵，在修道院里度过一生。"

本书译者这里选用贴近《茵梦湖》小说创作年份的 1841 年 Zuccalmaglio 地区的民谣：

我站在高山上，／望下面的深谷。／看见一只小船飘啊飘，／里面有三个伯爵。

最年轻的伯爵，／坐在小船上。／给我一杯美酒，／要我一次喝下。

他从手指上／脱下一枚金戒指，／"看看，你漂亮伶俐的姑娘，／它应该是你的。"

"我要它何用？／我只是年轻，／而且我是个穷姑娘，／没钱也没财产。

我不知道爱情，／也不知道男人，／我要去修道院，／愿成为修女。"

"你愿去修道院？／你愿意成为修女？／我始终无法平静，／我要来你这儿。"

伯爵唤起仆人／"给我，给你，备好两匹马鞍！／我们要骑马到修道院，／这路程足够长的！"

他来到修道院门前／非常有礼貌地敲门／"交给我那年轻修女，／她刚来到这里的。"

没人迎接，／也没人出来，／"我要把修道院烧了，／把修女的漂亮房子烧了。"

她身穿一袭白衣，／从里面缓缓走出。／头发剪去，／她已是个修女。

她对伯爵说欢迎：／"欢迎您从外地来，／谁惹您生气了？／谁让您来这儿了？"

她带来一杯酒，／递给伯爵喝下。／十几个小时后，／伯爵的心碎裂成两片。

［注8］"隐伏（verdeckt）"这里似应理解成音乐术语。施托姆创办过

136

自己的合唱团，是团里的男高音歌手，与他前后两个妻子都演唱过二重唱。有理由相信他谙熟合唱音乐。

隐伏声部可以类比为第二声部，但不是独立的声部，"……应该把隐伏声部理解为一种从单声部派生的东西，一种由于单声部的活跃旋律发展而产生的结果。"（《复调音乐》第 149 页，吴佩华等译。人民音乐出版社，1957 年。）

英译本译成：clouded（云层密布的），国内不少译本从之，译成"沙哑、模糊、柔和"等。

［注9］标准版把它删除了。《走向汕兹上的斯特拉斯堡（Zu Strassberg auf der Schanz）》是至今仍流传的著名德国民歌。这首民歌源于 1790 年前后，当时法国存在着常备雇佣军，由强迫招募来的士兵组成。歌曲描写了一个想偷越回普鲁士的士兵抓获后被处决的悲惨过程。由弹六弦琴的男歌手边弹边唱。

走向汕兹的斯特拉斯堡，/开始了我的悲痛，/我仿佛听到对面长柄号角声的呼唤，/回到祖国我必须越境游去，/唉，行不通，唉，行不通。

夜里大约一点钟，/我被俘了，/他们把我带到头儿房前，/噢，上帝！他们把我从风浪里捞出来！/会拿我怎么样！

早晨十点，/他们把我带到队伍前，/在那儿我应该请求恕罪，/并将获得我的报应，/这些我知道。

你们，所有弟兄们，/今天你们最后一次见我了，/小牧师只是尽责罢了，/长柄号角声使我心旷神怡，/我都曾想到过！

你们，所有三个弟兄，/我请求，一起齐射！/不要拖延我年轻的生命，/射吧！殷红的鲜血喷涌而出。/我请求你们！

哦，上帝我主！/你拿走我可怜的灵魂吧！/把它带到天上你那里去，/让它永远在你那儿，/不要忘记我！

［注10］在当地人思想中，蛛丝是和上天灵异有联系的。基督教流传后，人们相信圣母玛利亚死后由最纤细蛛丝织成的布包裹，当她升向天堂时，蛛丝会从她的身体脱落，成为所见到的空中游丝。

［注11］德语原文是 priesteren。有英译者认为是施托姆杜撰的字，意思是"像神甫那样祷告"。施托姆不信教，此处挪揄神甫作祷告很长，像麻雀唧啾饶舌。

[注 12] 施托姆从来不在家乡胡苏姆的报纸和小市民杂志《园亭（Gartenlaube）》发表任何作品，原因是他对资产者社会持负面看法，但是他没有达到拒绝这个社会整个秩序的地步。施托姆很多小说植根于家乡胡苏姆，却始终与家乡的小市民市侩、思想狭窄的中产阶级们保持距离，不想与他们有什么关系。他退休后也离开了胡苏姆。

[注 13] 原始版没有对贵族子弟（巴金译为"阔公子"）作过多描述。施托姆描写过自己在基尔的大学生生活：

"我想过大学生应是另外一种样子：骑士的教养、亲和爽朗、倾心自由立场、精神、心灵、感受所有美好事物。但基尔的人们……我相信我能够说德国大学生是这样一种人，泡在小酒馆里狂饮，长鼻子都伸到杯子里，自甘下流；或者是工作狂，孤独、主观片面或头脑简单。"施托姆的这些批评针对普鲁士贵族子弟，1864 年他在给友人伯林克曼信中道："贵族与教会一样是国家血脉里的毒物……投身这场与敌视民主暴君的斗争，推翻贵族和教会特权，是我终生最热切的愿望。"

[注 14] 参见 Dr. Regina Bouillon："Theodor Storm und die Blume（施托姆与花卉）"，2002，www. bouillon – veyhl. de.

[注 15] 默里克模仿歌德的《威廉·迈斯特的学习年代》写了长篇小说《画家诺尔顿》，小说嵌有 24 首独立诗篇和占全书 1/10 篇幅的 14 幕诗剧《奥尔匹利特的最后一个国王》，全书结构松散，人物对白和心理描写冗长（或许是那时代的小说的特色），但人物的真实感很强。出版后，默里克对它不满意，一直进行修改，至死还没完成。小说保留了许多浪漫主义的元素：假面舞会，伯爵和女伯爵，行骗者，神秘吉普赛女子，诡异离奇情节以及人物非正常死亡等。目前市面还没见有中译本，小说梗概介绍如下。

诺尔顿的父母双亡后，他被林区管理员从孤儿院领走抚养。他的养父的最小女儿，淳朴美丽的阿尼斯那时七岁，两人一起长大、相爱并订了婚。诺尔顿在学校学习了五年，再被富有赞助者资助到意大利深造。他的绘画天才后来被邻居男爵发现，一举成名，受聘为查林伯爵的宫廷画师。诺尔顿宫廷任职期间，阿尼斯精神健康出现问题，加上无端的流言蜚语涉及她与她的表亲音乐老师奥托，造成诺尔顿对阿尼斯误解和单方决裂。查林伯爵的妹妹女伯爵康士但兹是一个年轻貌美的将军未亡人，诺尔顿爱上了她，她也动了情。他的好朋友演员拉金斯不愿看到诺尔顿与未婚妻分手，假借诺尔顿的名义一直维持与阿尼斯通信，但由于疏忽也许就是有意，信扎让康士但兹的侍女发现落入她女主人手中。当时诺尔顿和拉金斯正在伯爵官邸演出自己创作的诗剧，诗剧被当局怀疑讥讽时局，负责调查的公爵咨询主人康士但兹的意见，此时深受感情打击的她放弃为他们辩解，诺尔顿和拉金斯因而遭受牢狱之灾。但是痛苦之余的康士但兹心里依然牵挂，后来仍是她暗中助力，使他们两人很快得到国王赦免，重获自由。

拉金斯决定离开当地，临行前他委托诺尔顿，约定过些日子再处置他留下的物件。诺尔顿在处理时发现了拉金斯与阿尼斯的来往信件以及一封告白信，知道了种种详情。诺尔顿与阿尼斯复合并相处如昔，但他没有告知她其中拉金斯扮演过的角色。一段日子后，诺尔顿和阿尼斯旅行结婚，了解真相后的康士但兹送上给阿尼斯的祝福。在旅行途中一个小镇，诺尔顿意外遇见生计潦倒的拉金斯，拉金斯有意躲开他们，逃离现场并于当晚服毒身亡。诺尔顿心里觉得愧疚，向阿尼斯坦白了他自己过去的不忠，说出了拉金斯为维系他们爱情所付出的努力。阿尼斯听罢陷入深度精神恍惚，她再也分辨不清拉金斯和诺尔顿，觉得他们是同一个人，她爱的是眼前的诺尔顿和他的形象，她期盼的和感受到的却是拉金斯的言词文字。阿尼斯自杀了两次，最终投入带有神奇传说的古井死去，死时穿着来自拉金斯的绿外套。几天后一个夜晚诺尔顿也过世了，死因不明。有人影影绰绰看到那个夜里他曾被一个神秘女子紧紧抱住拖着走，眼睛充满悲惨和震慑神色。现在只留下他的养父孤独留在世上。

小说里有一个始终介入诺尔顿感情生活显得神秘的流浪吉普赛女子伊利沙白，在诺尔顿死后她也暴卒。原来她是诺尔顿的叔叔罗斯金和他吉普赛妻子的女儿。她母亲死后，母方亲人领走时年七岁的她，罗斯金难以忍受这一变故远走他乡，多年杳无音信曾被认为已经死亡。他也出现在诺尔顿死去的那个悲惨的夜晚，但作者没有明确交待来由。

仔细阅读这本小说细节，深信伊利沙白与阿尼斯和诺尔顿两人之死有关，伊利沙白与阿尼斯在林中相识交往并为她做过不祥的预言，在假面舞会和其他多个场合伊利沙白与诺尔顿相遇相知。

艾兴多尔夫的小说《诗人和他的伙伴》，文学批评家没有把它归入他的代表性作品之列，它尚无中译本。小说描写了男爵福图纳在德国（小说的第一和第三部）和去意大利（小说的第二部）的旅途中遇到的各种各样人物以及他们的经历和结局。

福图纳拜访他的同学已是公务员的华尔特。华尔特带福图纳去他的未婚妻佛罗伦汀的家庭作客。途中路过维克多伯爵的城堡时，遇到有才华但处事不稳重的诗人大学生奥托，福图纳很赏识他，于是奥托也加入他们的行列。作客期间，福图纳发觉自己爱上朋友的未婚妻佛罗伦汀，于是决意离开。华尔特获得律师资格，和佛罗伦汀德的婚姻很快地排上日程。

福图纳参加了一个流动剧团，剧团里有一个学问渊博的年轻人里萨利奥。里萨利奥轻易赢得了一个半推半就年轻贵族女子的芳心，最终也是他，设法将那女子的马赶入山涧激流救出落水的她，籍此挽救了她的贵族名誉。

情景转到意大利。在这儿，福图纳爱上他的房东侯爵夫人的女儿费米达并与她结婚。一次，无所事事的他在市场闲逛，遇见以前相识的演员科尔德申，惊奇得知科尔德申遭受她原先的剧团的情人抛弃，现在她的情侣是热情的画家基多。奥托考虑不周与一个罗马女子阿尼迪结婚，他们的幸福维持得很短，因为阿尼迪欺骗了他，奥托最后死去。里萨利奥在罗马教堂得到圣秩成为神父，他是匿名的维克多伯爵。

《诗人和他的伙伴》实际上写了三个诗人：流动剧团的成员特里安德，聪明却不太老实；纯粹的浪漫主义者奥托，莽撞的性格直接毁了他；成熟而富有社会经验的维克多，但他最热衷的是宗教其次才是写诗。

作曲家 Herzogenber（1843～1900）根据这本小说创作了歌剧《两个音乐家（Zwei Musikanten）》，描写福图纳和他的朋友华尔特两人旅行，演唱，写诗和恋爱的故事。

［注 16］卢梭（Jean – Jacques Rousseau，1712—1778）《新爱洛伊丝（Julie Ou la Nouvelle Héloïse）》

故事发生在阿尔卑斯山脚下的小城克拉朗，平民圣普乐当了贵族小姐朱丽及其表妹克莱尔的家庭教师。朱丽听从自己的心声与圣普乐相爱，但遭到她父亲坚决反对、恳求，她最终屈服，嫁给了门当户对的俄国贵族中年男子伏尔玛。圣普乐被迫与朱丽分离后周游世界。婚后朱丽成为贤妻良母，她把自己与圣普乐的过往坦诚地告诉了丈夫。沃尔玛表示理解和信任，邀请圣普乐来家中做客。圣普乐六年后与朱丽重逢，这对旧情人朝夕相处，彼此极力抑制内心感情而痛苦万分，但未越雷池一步。后因朱丽跳入湖中救落水儿子染病不起，留下遗书让圣普乐照顾她的一家并希望他与表妹克莱尔结婚。

沃尔玛是革新人物的贵族，倾向理性审视生活，性格睿智、沉着、善解人意和心襟坦荡。

[注17] 歌德"威廉·麦斯特的学习时代"第一章到第十二章标题是：

洛尔贝克的礼物/回忆：第一次看木偶戏/恋人间的分享/第二次看木偶戏/回忆：初学戏剧/回忆：第一次表演/回忆：孩子们的参与/回忆：一首诗/初恋的甜美和阴影/与朋友的争论/威廉父亲作出安排/玛利亚娜为分离而痛苦。

8.2 参考资料

以下资料凡与本书有关内容译者均全篇阅读或浏览过。给出的"译注"属个人之见，读者或许因此能节约时间。

[1] Biernatzki, Karl [Hrsg.]: Volksbuch auf das Jahr 1850 für die Herzogthümer Schleswig, Holstein und Lauenburg, nebst Kalender, 7. Jahrgang. Altona, Verlag der Expedition des Altonaer Mercur's.

Biernatzki,《石勒苏益格 – 荷尔斯泰因及劳恩堡1850年民间话本》，阿尔托那，1849/12。

译注：《民间话本（Volksbuch）》是在18世纪末流行的一种有插图的通俗书籍，正文前十几页是配有插图和诗歌的当年12个月份月历，书末有旅客时刻表。按维基百科定义，它是"廉价的古版书（Niederer Markt des Frühdrucks）"，刊登历史故事、浪漫奇遇、民间传说、童话传奇和趣事轶闻等。施托姆没有名气前，一些小说和诗歌在它上面发表。

它带1850年的年历，所以出版日期是1849年12月。

[2] 梁民基：《〈茵梦湖〉背景及施托姆情感经历》

北京，知识产权出版社 2013年出版 （全书88 + 32页）。

[3] E. Allen McCormick: Theodor Storm's Novellen, Essays on Literary Technique.

Edition of 1966, AMS Press New York, 1969.

《施托姆小说、散文的文学技巧》

美国北卡罗来纳大学出版社版权，纽约，AMS出版社1966年版（全书182页）

本书有五章："《茵梦湖》的两个版本"，"施托姆描写方法简论"，"施托姆悲情小说初论"，"'淹死的人'小说中的三个命题"，"Hinzelmeier：作为问题的艺术童话'思考历史'"，另附"注解"。

译注：第一章专门讨论了《茵梦湖》两个版本异同。

［4］Betz，Frederick：Erläuterungen und Dokumente。Thoedor Storm。Immensee.

Stuttgart：Philipp Reclam，1999.

《施托姆－茵梦湖，注释和资料》

斯图加特，Philipp Reclam 出版社，1984 年初版/1999 年增订版（全书 88 页）。

本书有五章："评论，字词和事实解释"，"版本"，"施托姆谈《茵梦湖》"、"历史资料"、"书籍索引"。本书封底引用了施托姆给他密友信中的一段话："你搞错了，亲爱的朋友，我知道得很清楚，我的抒情诗是我执着的，我的散文也是同一本性的原始流露。虽然评价不是那么高，但毕竟有。像《茵梦湖》、《城堡中》、《大学里》、《迟开的玫瑰》，除了我没有其他人写得出来。"后面还有一段未被引用："如果你在里面发现有什么模糊，那你也错了。相反，它们是真实、完整、清晰的表示，是写作中渴望描写美好和理想所带来的。"

译注：本书虽是 64 开本袖珍书，内容丰富简练。例如，"历史资料"一章包括了 7 段："当代的批评"、"版本资料"、"国外反应：翻译和教材"、"文学影响和后果"、"电影拍摄"、"《茵梦湖》相片连环画"、"舞台上的《茵梦湖》"，涉及范围广，篇幅都不长。

［5］Storm，Theodor. - IMMENSEE. Texte（1. und 2. Fassung），Entstehungsgeschichte，Aufnahme und Kritik，Schauplätze und Illustrationen. Theodor Storm. Hrsg. und kommentiert von Gerd Eversberg，Editionen aus dem Storm - Haus. - Heide.，Boyens，1998. - 143 S. Klappbroschur，NEUWERTIG！- Belletristik，Deutschland.

《施托姆——茵梦湖（第 1，2 版）生成历史、反应和评论，剧本和插画》

由施托姆工作室 Gerd Eversberg 编辑和评论，1998 年（全书 143 页）。

［6］Theodor Storm："Sommer - Geschichten Und Lieder".

USA Nabu Press（April 2012），ISBN - 10：1248603613，ISBN - 13：978 - 1248603611.

施托姆：《夏日故事和诗歌》（1851 年原版影印）

由 2011 年美国的 Nabu 出版社发行，2012 年出版（全书 166 页）

修改后的《茵梦湖》刊在第 45～95 页。

［7］Wiebke Strehl：Theodor Storm's Immensee：A critical Overview

Camden House，2000.

《施托姆的《茵梦湖》：评论观感》

Camden 书屋，2000 年出版，（全书 127 页）。

本书有十章："小说《茵梦湖》"，"1849—1888—当代的声音"，"1888—1914—施托姆死后的作品普及"，"1914—1945—战后年月"，"1945—1957—《茵梦湖》回归"，"1958—1972—作为他当代孩子的施托姆"，"1972—1986—作为我们时代孩子的施托姆"，"1986—1998—读者对施托姆的新反应"，"电影、剧场和报纸中的《茵梦湖》"，"总结和展望"。

译注：此书按施托姆在世直至当前的时间顺序，全面介绍了《茵梦湖》评论和观点的演化，并附详细目录供检索。

［8］Gerd Eversberg：Storms erste grosse Liebe，Theodor Storm und Bertha von Buchen in Dedichten und Dokumenten.

Westholsteinische Verlaganstalt Boyens & Co，Heide 1995.

《施托姆的感人初恋：诗歌和资料中的施托姆和贝尔塔》

Boyens 西部石勒苏益格出版公司，海特，1995 年出版，（全书 193 页）。

本书是袖珍本，分四部分："施托姆的感人初恋"，"诗歌"，"汉斯熊"，"书信和注解"。

译注：这是施托姆和贝尔塔来往原始书信和这段初恋时期的诗歌，收集齐全。

［9］A. Tilo Alt：Theodor Storm.

Duke University，Twayne Publishers，Inc，New York，1973.

《施托姆》

美国杜克大学版权，Twayne Publishers 出版社，纽约，1936 年出版（全书 157 页）。

本书有五章："诗人的生活"，"施托姆的诗歌"，"民谣和童话"，"中篇小说"，"总结：作为作家和诗人的施托姆的重要性"。

译注：只有第一章整章和第四章《茵梦湖》那一段与本书有关，是作

者 A. Tilo Alt 的评述。

［10］Lemcke，Dr. phil. Georg：Die Frauen im Leben des jungen Theodor Storm Berlin，Verlag von Georg Stilke，1936.

《青年施托姆生活中的女子》

Georg Stilke 出版社，柏林，1936 年出版（全书 152 页）。

本书有五章："在胡苏姆的学生生活"，"贝尔塔．冯．布翰"，"学生年代的其他女性"，"订婚期间"，"年轻婚姻和朵丽斯．简森"。

译注：简要介绍了已出版的关于这个主题的各类评论。本书出版时间早，一些日后披露材料未包括在内。但是，它根据施托姆当时写的诗，以相当大的篇幅描述施托姆与康士丹丝的订婚后两年期间的生活情况，是本书的特色。

［11］Vinçon，Hartmut：Theodor Storm mit Selbstzeugnissen und Bilddokumenten.

Hamburg：Reinbek 1972.

《施托姆——见证及图片》

Reibek 出版社，汉堡，1972 年出版（全书 186 页）。

本书有 14 章："施托姆故乡"，"胡苏姆的童年"，"学生年代"，"奠定市民生活的物质基础"，"石勒苏益格 – 荷尔斯泰因运动"，"抒情诗"，"早期散文"，"流亡波茨坦"，"圣城"，"返回胡苏姆"，"施托姆小说里的诗"，"后期抒情诗"，"海得马尔申"，"施托姆传奇"。

译注：本书作者用阶级观点分析问题，被认为是马克思主义者。

［12］深见茂：シュトルムの『インメン湖』について（南大路振一教授退任纪念号）。

《论施托姆的"茵梦湖"》（记念南大路振一教授退休特刊）

大阪市立大学文学部ドイツ語ドイツ文学，

《人文研究》38（1），p. 51 – 65，1986 ISSN：0491 – 3329.

译注：本文作者是大阪市立大学文学系的德语文学资深教授。在此论文中，他旁征博引，论证《茵梦湖》应归类为德国文学史教育小说的传统延伸，乃至与 18 世纪欧洲文学相关联的一部作品。

8.3　译名对照

Brinkmann，Hartmuth	（1820—1910）	伯林克曼	施托姆的密友
Buchan，Bertha von	（1826—1903）	贝尔塔·冯·布翰	施托姆初恋对象
Claudius，Asmus	（1740—1815）	克劳笛乌斯	德国诗人

Eichendorff，Joseph von	（1788—1857）	艾兴多尔夫	德国作家，诗人
Eliot，George	（1819—1880）	艾略特	英国著名作家
Koehr，Emma Kuehl von	（1820— ？）	爱玛·库尔·冯·科尔	施托姆曾经的未婚妻
Esmarsh，Constanze	（1825—1865）	康士丹丝·爱斯玛赫	施托姆第一任妻子
Fontane，Theodor	（1819—1898）	冯塔纳	德国作家，诗人
Heyse，Paul	（1830—1914）	海瑟	德国作家
Jensen，Doris	（1828—1903）	朵丽斯·简森	施托姆第二任妻子
Mann，Thomas	（1875—1955）	托马斯·曼	德国作家，诺贝尔奖得主
Mommsen，Tycho	（1819—1900）	图霍·摩姆生	施托姆大学时代的好友
Moerike，Eduard	（1804—1875）	默里克	德国作家，诗人
Rowohl，Therese	（1782—1879）	德列莎·罗沃尔	贝尔塔的养母
Schmidt，Erich	（1853—1913）	斯密特	德国文学史学家
Schuetze，Paul	（1858—1887）	舒茨	施托姆第一本自传的作者
Stifter，Adalbert	（1805—1868）	施迪夫特尔	德国作家
Storm，Theodor	（1817—1888）	台奥多尔·施托姆	
Gertrud	（1865—1936）	盖尔特鲁德	施托姆和康士丹丝的最小女儿
Helene	（1820—1847）	海列涅	施托姆妹妹，产后死亡
Lucie	（1822—1829）	露西	施托姆妹妹，七岁夭折
Wies Lena	（1797—1868）	列娜·维斯	给少年施托姆讲故事的女子
Uhland，Johann			
Ludwig	（1787—1862）	乌兰特	德国诗人
Pietsch，Ludwig	（1824—1911）	匹茨	为《茵梦湖》配图的德国画家

8.4　1980 年后中国大陆有关《茵梦湖》专题论文一览

关于《茵梦湖》的中文论文和随笔众多，散见各书籍报刊。以下只列出译者检索到的在正规期刊发表的专门评论《茵梦湖》的论文。因收集困难，合集内刊载的没有记入。

（1）1986　杨武能：施笃姆的诗意小说及其在中国的影响

《外国文学研究》1986 年 04 期

（2）1990　谢韵梅：《茵梦湖》与《象牙戒指》

《中国现代文学研究丛刊》1990 年 02 期，第 222 – 228 页。

（3）1992　马伟业：《茵梦湖》与中国现代爱情小说

《学术交流》1992 年 02 期，第 125 – 129 页。

（4）1993　张世君：诗意小说《茵梦湖》

《赣南师范学院学报》1993 年第 01 期，第 98 – 101 页。

（5）1995　周柳波：凄怆的爱情挽歌，完美的人格理想——浅析《茵梦湖》

《柳州师专学报》1995 年第 02 期，第 18 – 21 页。

（6）1999　钱定平：千里追寻《茵梦湖》

《书屋》1999 年第 03 期，第 58 – 61 页。

（7）2002　冯小俐：一幅诗意盎然风情画

《四川外语学院学报》2002 年第 05 期，第 61 – 63 页。

（8）2002　卫茂平：《茵梦湖》在中国的译介和浪漫主义的胜利

《中国比较文学》2002 年第 02 期，第 118 – 126 页。

（9）2004　盛仰文：钱潮郭沫若携手译《茵梦湖》

《世纪》2002 年第 04 期，第 59 – 59 页。

（10）2006　韩益睿：充满诗情画意的自然美《迟桂花》与《茵梦湖》之比较

《社科纵横》2006 年第 03 期，第 105 – 106 页。

（11）2007　马君玉：新译《茵梦湖》有感

《译林》2007 年第 04 期

（12）2007　卢力军：诗意现实主义的经典之作，从《茵梦湖》看诗意现实主义的唯美表现手法

《南都学坛〈人文社会科学学报〉》2007 年第 06 期，第 73 – 75 页。

（13）2008　刘颖：心向往昔——论施笃姆小说回忆叙事的主题与视角

《牡丹江大学学报》2008 年第 01 期，第 28 – 33 页。

（14）2008　李淑霞：《茵梦湖》——水晶般清澈的叙述

《名作欣赏》2008 年第 22 期

（15）2008　王伟：论《茵梦湖》的悲剧因素

《科技文汇》2008 年第 09 期，第 224 – 224 页。

（16）2009　王蓓蓓：施托姆小说《茵梦湖》中的艺术特征

《外语与外语教学》2009 年第 09 期，第 49 – 52 页。

（17）2009　刘颖：记忆与性别论施笃姆小说《茵梦湖》中的性别叙事

《长春工业大学学报〈社会科学版〉》2009 年第 04 期，第 108 – 110 页。

（18）2011　汤磊：改革开放以来中国施笃姆研究综述

《大学英语》2011 年第 02 期，第 307 – 310 页。

（19）2011　张博：浅析外国名著中的隐喻写作手法，以施托姆的小说《茵梦湖》为例

《吉林广播电视大学学报》2011 年第 08 期，第 77 – 78 页。

（20）2011　李雪：《茵梦湖》与《金罐》的比较，德国浪漫主义时期的两朵奇葩

《剑南文学》2011 年第 03 期，第 54 – 55 页。

（21）2012　彭龄，章谊：重读《茵梦湖》

《中华读书报》2012 年 2 月 22 日，第 18 – 21 页。

（22）2012　刘颖，付天海：隐匿的情感——评小说《茵梦湖》的空间化叙事

　　　　　　《长春工业大学学报〈社会科学版〉》2012 年第 07 期，第 70 – 72 页。

（23）2013　付天海，刘颖：作者、译者、读者的创造性互动——以巴金和杨武能
《茵梦湖》汉译为例

　　　　　　《作家杂志》　2013 年第 03 期，第 197 – 198 页。

后　记

　　这一译本及其资料介绍，可以同译者于 2013 年出版的《茵梦湖背景及施托姆的情感经历》视作姐妹篇，至此译者自学生时代的心愿算是了结。此书出版后，拟将收集的各版本原著和参考书送交给学校图书馆。

　　20 世纪 60 年代我在北京大学时学了两年作为第二外语的德语，80 年代在北京语言学院专门学了一年，之后在西德进修两年余，这就是我与德语有关的全部经历。应该感谢我的德语启蒙老师为我日后进修打下的良好基础。第二外语后期选课外泛读材料时，老师有意为我们选择有一定难度的文学方面的文章，再三说明不需要现时都搞懂，日后可再读，累计有厚厚一摞。记得有格林童话、海涅的诗、歌德《威廉·麦斯特的学习时代》的一些章节，尤以《迷娘》中那段诗"你可知道那柠檬花开的地方，茂密的绿叶中，橙子金黄，……"至今印象深刻。我曾对老师说喜欢读《茵梦湖》，她有点诧异，因为 1949 年后国内再没公开发行过该书，后来老师发的课外泛读材料里有《茵梦湖》中的《依我母亲的意愿》这一段。

　　教我们德语的程其英老师（又名程远，1904—1968）20 世纪 20～30 年代两度留学德国，与著名人士爱因斯坦、罗曼·罗兰等曾联名发表时局宣言，一生具有传奇色彩。

　　以下选自《19 世纪至今的德中关系》一书第 315 页的 "1920—1942 年在德中国知识分子生活理念和政治活动"（"Lebenskonzepte und politische Aktivitaeten chinesischer Intellektueller in Deuschland，1920—1942"，aus "Deutsch – Chinesische Beziehungen vom 19. Jahehudert bis zur Gegenwart"，Muenchen，Minerva，1991，s.315）：

　　她来自四川万县，1923—1925 年在哥廷根和柏林学习哲学。根据胡兰畦的描述，她那时是属于朱德的小组，置身于革命运动，但不是共产党员。

1929 年程其英从中国返回后，积极地工作在各种左派组织。她支持中国共产党发起的"旅德中国学生反帝同盟"，同时也与"德国人权同盟"和"红色援助"合作共事，与中国共产党党员的合作仅是外围性质。她是"国际社会主义斗争同盟"成员，其组织机构"火花"举办过很多活动，程其英作为发言人出现。单是在 1932 年的 2 月和 3 月，她就在耶那、汉堡、马格德堡、布尔格、汉诺威、爱森那赫、法兰克福的群众集会上演讲。在她的题为"中国的地位和欧洲无产者的任务"的演讲中，她指出中国人的文明成就以及日本人入侵满洲毁灭了该文明的价值。希特勒掌权不久，由于她明显的"危害国家姿态"的政治立场，以"不受欢迎的外国人"为由被驱逐出境。

1925 年德国哥廷根，程其英老师（右四）与中德友人散发革命传单

　　关于她以后的遭遇，简言之，答复只有 1983 年在北京举行她的追悼会上的"悼词"。这是一个知识分子的生平，她作为一个积极的社会主义者而蒙受到不幸。1957 年，她成为右派分子受到批判，1968 年 1 月成为无产阶级文化大革命的牺牲品。以一种特别措辞来说，她如同中国这一代很多知识分子一样，就是他们有关建设中国的政治立场没有被认可。

　　他们为自身经历付出了沉重的代价，做了极大的牺牲，蒙受众多的苦难。如果能够记录下他们的成绩，他们的欢乐，他们受到的诘难，对于中国革命会是一壮丽篇章。

程老师后来获彻底平反，恢复政治名誉。据 1983 年 10 月 28 日北京大学校刊报道，北京大学西语系为她举行了追悼会，名人冠盖云集，包括昔日"旅德中国学生反帝同盟"成员王炳南、刘思慕等上百人出席，此时离老师不幸罹难已 15 个春秋。

谨以此书作为对程老师的深切怀念，也是半个世纪以后作为学生的我递交给老师的最后作业。

译　者　2014 年 1 月

程其英老师，1924 年在德国柏林

附：忆程其英老师（成文于 2006 年之前，略经修改）

写下此文是对程老师的纪念，虽然晚了些，但倘若她天上有知，她会原谅我说，小朋友总算没有忘了她（这是她对我私下的称呼，当时我刚上大四）。

程老师教过我近两年德语。那是 20 世纪 60 年代初，北大理科四年级起必须选修第二外语。第二外语课每周一次，学时两小时，班上选德语的同学比例不多，多选俄语或英语。理科第二外语德语是新开的课，初期有同学觉得德语新鲜来听课，后来因为主课忙不过来，加上系里明确规定第二外语成绩评定只按平时考查而不作期末考试，结果缺课的同学便逐渐多起来，学习也不像以前那样专心，最后只剩下几个人了。

开课前，西语系派人到教室特别和我们打招呼，说是你们向任课老师只学德语就可以了。我们隐约明白任课老师政治上可能有点事。

时隔半个世纪，我还清楚记得程老师第一次给我们上课的情景。走进教室的是一个穿着十分得体的老太太（后来才知她已是近 60 岁的人了），全黑头发梳成一发髻，皮肤细腻，身材适中，行动利落，给人以极其干练的感觉。她戴着一副简单的黑边眼镜，眼瞳黝黑，目光清澈有神。

她自我介绍以前在外文局工作，后调到北大西语系，此前一直在打字室打字，在北大教学还是初次。

60 年代我们学外语和现在不一样，以阅读专业参考书为目的，重视课文的语法分析，口语几乎没有。程老师坚持口语练习，哪怕每课来十分钟也行，她认为语感有助于词汇记忆和理解。对于语法，当解释多次我们还是弄不明白时，她会无奈地双手摊开莞尔一笑说，待我去请教赵林克娣（北大西语系德国老师，其时流行甚广的《科技德语》课本一书的作者），下次上课再告诉你们。有同学套语法造句提问，她会反复地默念，最后凡她认为不妥的会断然地说，我语法虽不精，但我知道德国人不会说这样的句子的。多年后我才理解，只有持深厚语言功底的老师方敢这样有底气地教学生。

由于课程新开设没有现成的教科书，程老师自编教材，每次上课现发，有时来上课的只有几个人，她以为同学对她教学有意见，很是担心。我是课代表自然每次必到，要向她解释这不是教师的原因。有时教材印发不及时，她让我课下直接找她要。

她告诉我们，她课后在大图书馆旁西语系小楼的打字室，课后找她答疑可以去那里。打字室实在太小，她和另一位老师同时工作时就进不去第三个人，一两次后，她无奈地说也可以到未名湖湖心岛上的工会电视室，她每天吃完晚饭六点准时在那儿看电视。

和程老师接触多了说话也就随便些。她的一些身世片断都是她随口带出来的，我习惯不多问。她有个弟弟搞数学，在上海教书（最近几年在"百度"查了查，应是从事泛函分析专业的程其襄教授吧）。程老师两次留德，第一次是 1923 年，她亲戚和她从四川一起去。说起留德同学，她调侃地笑着说，朱老总那时和我一个小组读德语 ABC 呢。

对于她自身的家庭生活，她极少谈及。她说，过往追求者众多，一个留德同学拼命追求她甚至到要自杀的地步，他们好了一段时间但最终还是分了手。我问他在哪儿，她道，他现在是共产党的高官了。新中国成立后他们见过一次面，她说对他的感觉变得极其陌生，以后再没有联系了，或许他也是为了避嫌吧。又说到其他人如王炳南："那时他还是个热衷于跳舞的公子哥儿。"

她曾担心地提醒我，和她这样有历史问题的人来往不要太公开，如果被系里的人有看到几次，汇报上去会对我不好。那时汇报自己思想被认为是必需的，平均每月一次，积极分子的次数还要多，有些人还汇报他人言行。我说我会当心的。有一次我在去学校邮局发信的路上遇到程老师，和她点点头，同行与我相熟的西语系德语专业同学诧异地问我是怎样认识的，他以为我不知道，好心地特别向我介绍了程老师的政治背景。

程老师说她被判是历史反革命缓刑执行（多少年我忘了），以后又被划成右派分子。判刑是法院两个人直接在北大的一个小教室里单独对她宣布的，原因是她历史上曾卷入一宗政治案件。也许是对我说清此案件是太复杂的一件事，她没有提细节。

上六年级后就没有第二外语课了。相识已两年，我和她熟到可以偶尔到员工宿舍找她。记得她给我看过几个偌大的被塞得鼓鼓的信封，上有毛笔字写着"呈董必武主席"，"呈人大×××收"几个大字，字迹洒脱，该是她本人的笔迹。她抽出里面一些剪报的复印件给我看，如抗战时期对她的社会活动的许多报道。

她说她花了不少钱去搞申诉材料的大张复印件，但申诉一直没有结果。她还说，她找过当时北大新来的领导（名字我忘了）。那领导听完她的话后只淡淡地留下一句话："你现在不是也不错了吗？就算了吧！"意思是别再申诉了，即使申诉也不会有什么结果的。但她说，她根本没有问题，她要坚持申诉下去。

轻松的时候，她给我看过一些她早年留德时和德人的合影照片，照片已发黄褪色，对比眼前和照片上的她，除了眼睛依旧明亮外，其他已相差甚远了。

她告诉我，她的很多熟人都成了右派，被发配到北大荒，死了很多，多半是饿死的，活下来的精神也几近崩溃了，不时要她接济。她工资不高，仍算是尽力帮忙。听到这些我大为吃惊！20世纪60年代饥荒时期，我们一直生活在大学校园，虽吃得不饱脸腿也略有浮肿，但对大学生的生活供应仍有保证，体会不到当时农村和劳改农场的惨状。只是过了好些年，大批右派获得平反和真相陆续揭露后，我才领悟她的话。看来那位校领导不让她申诉是好心，说她境况不错，也是对的。

一次，她指着她房间门前过道上堆着的一些旧家具，笑着对我说，是前些日子她家里分家分给她的，没地方放，只能堆在宿舍的走廊。她又说，她最大的开销是一年一度的探亲假花费。从不高的工资里攒下点钱，每年回去一次看看家人是最高兴的日子了。

程老师住的宿舍均斋靠近未名湖，是一层的一个小房间，方向朝北，窗前密密的灌木丛挡住窗户，终年不见阳光，冬天尤其阴冷，学校暖气烧得不热，室内要穿厚棉衣才行。同她住一个房间的另一个老师并不常来，她说她们之间没有交流。好在程老师为人乐观开朗，不然在这种环境下，周围的人如躲瘟疫一样躲着她，精神上人不摧之而自摧之了。

她说话幽默，说到精彩处自己不禁会哈哈大笑起来。她说过，我这小朋友不忌讳和她交往令她很高兴，唯一就是怕累及我。

毕竟到湖心亭电视室找她或在宿舍聊天都是不方便的。程老师说有个好去处，那是与北大西门对着的朗润园，园内有个小土山，说是山，只有两三米高，长满灌木，不远是个水塘，员工住的小院错落散布在园内树林间，晚间除了稀落归家的员工路过外，到处冷清一片，唯有点点昏黄灯火点缀其间，她说她喜欢那地方，安静，没有人打扰，她经常晚饭后在那儿散步。

那里确实是幽静，就是在那个地方，她和我聊了不少民国时的名人侠事，一些经典文艺作品，我也从中知道了不少过去的中外老电影，听她娓娓道来里面的电影情节。她多次提到《翠堤春晓》片中船缓缓离开码头时船上女演员道别所唱的《当我们年轻的时候》，连声赞叹！一次，她高兴地告诉我，她替自己过六十岁生日，是在宿舍吃了碗自己做的寿面。

1965年夏天我读完大学六年课程，毕业离校前夕我向她道别，她嘱咐我到了工作单位务必给她留下联系地址。我被分配到北京一个地方单位，不久我回了次学校，看望完老同学后已是傍晚，灯下我拜访了程老师，给她留了我的地址。她说她会给我写信的，但嘱咐不要给她回信。没说上几句话，我因要赶回东郊的住处怕错过末班车就匆匆告辞了，心想以后还是有很多机会见面的。

不久果然收到她的来信，毛笔小楷字迹娟秀，信上没有称呼也没有署名，只有一句让我注意自己健康的嘱咐，或许是因为我告诉过她，我们大学毕业生第一年要到工厂车间劳动，是做重体力的活。

最后的见面竟然是在1966年文化大革命发生的日子。时值盛夏，单位里组织群众参观北大校园大字报，北大的"牛鬼蛇神"都被勒令赶到校园露天劳动。有被剃阴阳头的，有被挂黑帮大牌子的。天气奇热，站着不动都要汗流浃背，更何况撑着单薄身子干重体力的一些老教师，场面惨不忍睹。

记得很清楚，过西校门到校医院的路上，那时路旁到学校西外墙仍是一大片草地和树木，忽闻有人大喊："去看女特务玛丽小姐啊（当时流行甚广的小说"红岩"里的人物）！"我随众前往，远远看到一大堆群众围观着什么人，我认出了，是一个熟悉的身影，是程老师。我不敢走得太前，不是怕别人知道我认识她，而是怕她认出我，她会在学生面前尴尬的（其后想想，应该让她看见的）。她的眼神冰冷逼人，那是憎恨嘲弄她的人的眼光，她毫不理会别人挑衅的无聊问话，旁若无人地继续拔草，天知道连续这样屈辱的日子她是怎样熬过来的。

一些时日后，北大同学传来程老师自杀身亡的消息，我怅然若失良久。

20 世纪 80 年代，一次我读《文史资料》丛书，无意中见到她的名字赫然出现在一篇文章中，她曾卷入 1935 年上海那著名的第三国际中国情报支部"怪西人案"。就是因为这件事无辜牵连，赔上了她的整个后半生。

我问自己，即使程老师"终获平反"又如何，也只是给她活着的亲友些许安慰而已，对死者而言，一切无法挽回，传奇的一生消逝无痕。

找了好长时间，幸而找到程老师两张相片作为纪念，那是 1924 年在德国留学以及 1925 年在哥廷根与中德友人散发革命传单时的留影。

老师倘能活到今天也是逾百岁老人了。斯人已逝多年，音容笑貌依旧宛若眼前，久久未能遗忘。

（完）

155

图　　片

1. 1857 年版《茵梦湖》封面和 1978 年重印本《茵梦湖》封面

1857 年版《茵梦湖》11 幅插图本封面，1978 年的重印本没被继续采用

1978 年的重印本封面

2. 1857 年版《茵梦湖》11 幅插图

第 1 幅

第 2 幅

第 3 幅

第 4 幅

第 5 幅

第 6 幅

第 7 幅

第 8 幅

第 9 幅

第 10 幅

第 11 幅

3. 1886—1986 年 11 种《茵梦湖》插图本插图选刊

（1）1886 年

插图共 23 幅，由 W. Hasemann & Prof. Edmond. Ranoldt 绘，p. 24 – 25，
p. 30 – 31

（2）1910 年

插图共 10 幅，由 Walter Thamm（1885—1938）绘，p. 37，p. 57

（3）1919 年

插图共 6 幅，由 Josef. Weiss（？）绘，p. 20 - 21，p. 36 - 37

（4）1919 年

插图共 10 幅，由 Julius Kaufmann（1895—1968）绘，p. 24 - 25，p. 34 - 35

（5）1920 年

插图共 5 幅，由 Robert Budzinski（1874—1955）绘，p. 24 – 25，p. 48 – 49

（6）1923 年

插图共 6 幅，由 Johanna Beckmann（1868—1941）绘，p. 21，p. 71

（7） 1924 年

插图共 6 幅，由 Fritz Buchholz（1890—1955）绘，p. 43，p. 61

（8） 1930 年

插图共 23 幅，由 Hans. Meid（1883—1957）绘，p. 42，p. 79

（9）1935 年

插图共 8 幅，由 Luigi Malipiero（1901—1975）绘，p. 15，p. 29

（10）1958 年

插图共 9 幅，由 Gerhard Ulrich（1903—1988）绘，p. 47，p. 71

（11）1986 年

插图共 14 幅，由 Peter Becker（？）绘，p. 10，p. 53

4. 施托姆及有关人物照片

青年斯托姆　　　　　　　　　　　　中年斯托姆

童年贝尔塔

中年贝尔塔

斯托姆第一任妻子 康士丹丝·斯托姆

斯托姆第二任妻子 朵丽斯·斯托姆

5. 五部与《茵梦湖》有关的电影视频剧照

1943 年德国电影《茵梦湖，一首德国民歌》剧照

1956 年西德电影《燕语喃呢》剧照

1989 年东德电影《茵梦湖》剧照

170

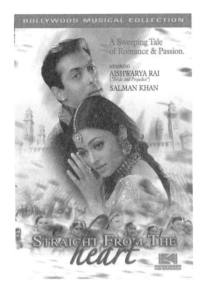

1999 年印度电影《出自我心》剧照

2007 年日本视频《Towako 永远湖》剧照

6. 1916 年中译本《隐媚湖》原版全文（扫描）

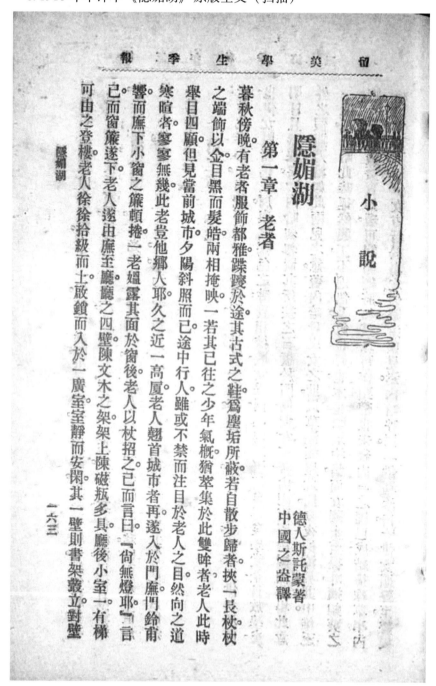

1916 年留美学生季报 3 卷 3 期，163 页

則懸名人畫像山水多幅○中立一案鋪以綠氊書卷未掩狼籍其上案旁安椅一絨籃緒色老

人既置其巾枚於案隅叉手安坐於椅若欲舒其遊行之困焉者時則暮色漸深已而月影窺

窗直射壁間畫圖之上月光徐移於畫圖之間而老人之目亦不禁隨之而移既而月光直照

於一小像老人低聲自語曰瞻「伊利沙白耶」言未已老人似已恍惚忘其當前面目儼然

一當時之少年矣

第二章　少年

老耆此時心中自覺不過十齡兒童所見乃一女孩年繞五六面目可愛其名則伊利沙白

也伊女服赭色披肩與其褐色之眸實相掩映女呼曰「內哈吾儕自得矣學堂全日放學矣

明日且無課矣」內哈匆匆置其所挾之石板於門側偕女而奔由門而園由園而草場此意

外之假期乃洽如此兩兒之意蓋內哈之意曾以女之助以草泥築屋此間夏夜納涼於其中惟乏

一椽耳內哈此時徑然興工不遑他及釘也木也頃刻均集而女獨步至堤畔擷錦葵之

實置諸裙蓋葵實如環可穿諸繩將如貫珠可作頸帶也未幾內哈之橇已成結攜殊草率內

哈出立日下而伊女方行於場之他隅遠望見焉內哈呼曰「伊利沙白」伊女聞聲至鬖髮

一六四

1916 年留美学生季报 3 卷 3 期，164 页

留美學生季報

隨風而舞內哈曰「來屋今成矣汝不熟耶趣入室偕吾坐於新榻之上吾其爲爾譚一故事。

一此兩可兒既入於室同坐於橙伊女出其葵實於裙褶貫之以長緪內哈乃言曰「昔有婦

人三方績⋯」伊利沙白急止之曰「吁吾聞之熟矣汝何常譚此一故事耶」內哈不得已

乃轉譚貧夫投獅穴事繼而言曰「夜深矣天色如墨獅正眠顧有時欠伸且吐其舌於外此

時貧夫寒慄思必將曉俄而異光照其身仰首一望則仙子當前立矣仙子招之以手俄而

有仙子者」伊利沙白方傾耳靜聽問曰「仙子耶曾貧囊乎」內哈答曰「此故事耳實則烏

設於石」伊女曰「內哈惡是何言」且言且注目視內哈內哈弗爲動女且復疑問曰「

果無仙子者何世人常常道之耶吾母言之吾姑言之吾且聞之於塾」內哈答曰「吾不敢

知」伊女曰「若然則獅亦未嘗有耶」內哈曰「獅耶爾疑獅之有無耶印度地方野蠻僧

徒繫之於車御之以行於沙漠吾成人後嘗親往焉彼間與此間殆不啻天淵之別彼間無嚴

冬之寒爾必與我偕往爾其有意乎」伊女曰「諸顧吾母必偕爾母亦往」內哈曰「否兩

老爾時將逾齡何能與吾輩偕行」伊女曰「吾或不能遣母獨往矣」內哈曰「彼時爾

其能爾將爲吾妻外人有無間言」伊女曰「吾母將飲泣吞聲吾何安」內哈曰「吾且與

茵夢湖

一六五

1916 年留美学生季报 3 卷 3 期，165 页

爾再歸」已而憤然曰「爾願與我偕行否徑言之否則吾將獨往往且永不歸」伊女不禁

欲泣且言曰「望勿惡作劇吾願與爾去印度」內哈欣慰不勝以兩手迎伊女而導諸草塲

歌曰「之印度兮之印度兮」且歌且作圍圈之戲女之披肩隨風飄揚於頸際自若也內哈

忽而釋伊女之手正色而言曰「爾無勇後將無福」已而聲來自園門呼內哈與伊利沙白

兩小聞聲相應曰「來矣來矣」遂攜手向宅而奔

第二章　林翳

兩小相得如此雖男常覺女之過於溫柔女常覺男之過於勇邁然彼此之間亦未嘗因此而

疎闊有暇輒聚冬則於兩母之室夏則於草茵林翳間一日塾師方督責伊利沙白內哈怒而

故擲其石版於几蓋欲移塾師之怒於己也師置不理內哈遂無意治課而作長歌一首以離

鷹喻己以烏鴉喻其師以白鳩喻伊利沙白鶵鷹誓待其羽毛豐滿時當爲白鳩復仇此少年

詩人兩眶含淚而意興仍豪比歸購得一小册子皮裝頁白內哈端書其詩於首未幾內哈已

入他校矣同年新交酬酢往來然與伊利沙白欵語音候未嘗間也昔時兩人所譚神話故事

內哈取其最洽伊意者筆之于書有時意興所至欲參已見於其間往往不諱哈亦不自審其

一六六

1916年留美学生季报3卷3期，166页

留美學生季報

何故也率就其所聞徑筆直書而貽諸伊利沙白伊則什襲藏諸裝臺之扉有時伊利沙白取

而讀之於其母內哈燈畔傾聽自謂此樂不易南面王也忽焉為七載矣內哈將赴城更進其學

伊利沙白不禁自思此際將少內哈之伴矣內哈則謂當仍續舊業常作小說相贈伊女聞之

頓喜哈又謂小說當於其家報中寄回伊女讀後必以其所見告之哈云已而別期漸近顧其

未至之先而詩歌詞諧已先入皮冊此皮冊固因伊女而生而其中詩歌亦大都為伊女而作

雖然伊女乃局外人也將別之前一日彼此欲更同游郊外作紀念於是同輩多人赴一附近

之叢林驅車至林下約一小時許遂取其餱糧緩步而前時值仲夏首穿松林氣涼而凄黯遍

地為松葉所蓋行約牛小時乃出自松間凄黯之境而入一鮮林遍地明朗翠色可餐日光時

穿林葉而下松鼠則雀躍枝頭往還若無人者再至一處則老樹參差綠葉蔽天行者俱止於

此伊利沙白之母啟一籃伊父老者則自任分柑之事且言曰「悉來前靜聽予言每人將受

餅乾二爲晨餐牛油既未攜至薑芥之屬亦各自求之林間薔薇繁生足供爾輩之食但善自

尋之耳否則自食其餅乾而已此亦人生常事也爾輩其知之乎」羣應之曰「唯唯」老者

復曰「止猶未已也吾儕老人慣行此間法當留此大樹之下剝芋取火且將設席傍午雞卵

一六七

1916 年留美学生季报 3 卷 3 期，167 页

第三年秋季第三號

湖媚睡

當烹熟矣吾儕為此爾輩當以所得薦梅之半來酬庶吾儕亦得共享異味爾輩前去善相待。

一輩戲出惡面相覷老人復止之曰「有不得薦梅者勿庸與此固無待余言者也然爾輩須

記之無所與於吾儕者亦所得於吾儕也爾輩既得佳訓若能再得薦梅者則今日不虛度矣

一輩欣然各雙雙飛去內哈呼伊利沙白曰來吾固知薦梅生處爾無須以獨食餅乾為慮也

伊利沙白取其草帽繫其纓於臂曰「籃已備矣吾儕其行矣乎」此兩人者行林際彌進彌

深越幽濕之谷萬籟俱寂但聞離鷹飛鳴仰覷而無覩更行穿灌木若非內哈前導折枝於此

而斷簌於彼則將無路可行內哈忽聞伊利沙白呼己之聲舉首四顧則聞曰「內哈內哈曷

少待乎」顧兩不相見未幾內哈覘伊利沙白方苦行荊棘中姣好之首隱約於草莽間內哈

轉身乃導伊利沙白出荊辣草蔓而至一曠野開花怒發羣蝶飛翔其間伊利沙白面熱內哈

為之屏其垂額之髮又欲為之加幅請乃許伊利沙白靜立少息乃問內哈曰「爾之

薦梅何在耶」曰「固在斯也惟蟲獸已先吾輩而至不然則山魅耳」伊利沙白曰「誠然。

薦梅之葉固宛然在也惟君前來吾殊不覺困頓且更前行覓薦梅乎」時小

溪當前內哈以臂舉伊利沙白而過入一林少間更至一處豁然開朗伊利沙白曰呼曰「薦梅

一六八

1916 年留美学生季报 3 卷 3 期，168 页

留美學生季報

其在斯乎何伺香之甚也」兩人行日中前冕卒不得內哈曰「是特此灌木之氣味耳」遍地

所見乃若「覆盆子」若「鳥衣宿」縱橫蔓延短草茵地而灌木點綴之芳菲之氣彌漫於

空際伊利沙白曰「餘子何之此間殊寂寞也」內哈初未嘗思及歸途忽曰「少待此風自

何來耶」舉手當之則又無風伊利沙白曰「少安勿躁吾似聞人聲速向彼處呼之」內哈

合掌於口呼曰「其來此」應之者曰「來此」伊利沙白拊掌曰「是非彼輩應聲耶」內

哈曰「否是特山間之回響耳」伊利沙白握內哈之手曰「吾恐甚」內哈應之曰「否爾

不應如是獨不見此間風物之美耶姑坐樹陰下少休行將覓得彼輩矣」伊利沙白乃憇於

濃陰中舉耳四聽不數武有樹已伐而露其根內哈坐於其上雙目直注伊利沙白寂如也時

赤日中天其熱如焚瑩瑩青蠅振羽乎空際籔籔之聲不絕於耳時或山鳥剝啄來自遠林與

夫嚶嚶者相應已耳伊利沙白忽曰「噯呀鐘方鳴矣」內哈曰「自何來耶」伊利沙白曰

「自後方來爾不聞乎日之方中矣」內哈曰「果自後方來則吾輩實背城而馳苟返向必

遇彼輩矣」兩人轉身而行不復彝薦梅伊利沙白亦應甚未幾衆人歡笑之聲起於林際雪

白之布可望見之是卽席也席上廣陳薦梅老者方懸巾於胸手方割肉而口中仍不停其教

隱湄湖

一六九

1916 年留美学生季报 3 卷 3 期，169 页

絰蝸湖

訓之言羣見內哈與伊利沙白來自林間遂大呼曰「是乃逃伴者也」老者乃曰「其來此

解爾之巾傾爾之帽示爾之所得」內哈曰「所得無他饑耳渴耳」老者舉盤曰「果爾則

不得食爾知當時之約開玩者不應獲食乎老者卒宥之而與之食燕雀噪於灌木若助彼輩

之餔餟者日之夕矣內哈歸來自有所得雖非薦梅然出自林中是其夜間書於皮冊之詩也

其詩曰

在彼山側兮。

風伯所不及

垂枝之下兮。

妙女坐而息

坐於清芬之清兮。

息於叢芳之叢

彼鶯營之青蠅兮。

時突如而掠空

一七〇

1916 年留美学生季报 3 卷 3 期，170 页

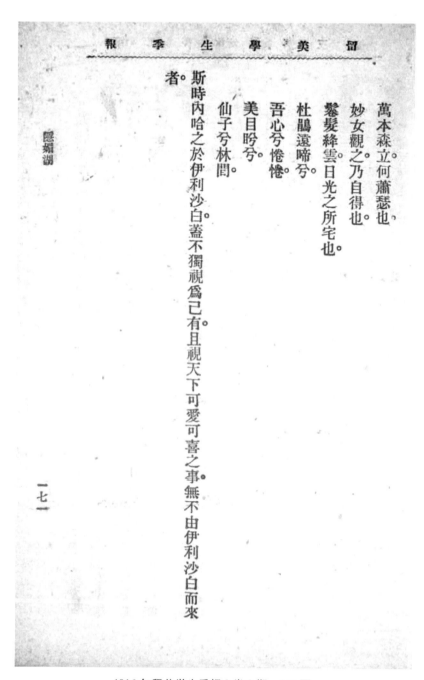

隱媚湖

萬本森立何蕭瑟也。

妙女觀之乃自得也。

鬓髮絳雲日光之所宅也。

杜鵑遠啼兮

吾心兮惓惓

美目盼兮

仙子兮林間。

斯時內哈之於伊利沙白蓋不獨視爲己有且視天下可愛可喜之事無不由伊利沙白而來者。

一七一

1916 年留美学生季报 3 卷 3 期，171 页

1916 年留美学生季报 3 卷 3 期，172 页

7. 1851 年《夏日故事和诗歌》扉页和正文（扫描）

1851 年《夏日故事和诗歌》扉页

45

Immensee.

Der Alte.

An einem Spätherbstnachmittage ging ein alter wohlgekleideter Mann langsam die Straße hinab. Er schien von einem Spaziergange nach Hause zurückzukehren; denn seine Schnallenschuhe, die einer vorübergegangenen Mode angehörten, waren bestäubt. Den langen Rohrstock mit goldenem Knopf trug er unter dem Arm; mit seinen dunkeln Augen, in welche sich die ganze verlorene Jugend gerettet zu haben schien, und welche eigenthümlich abstachen von den schneeweißen Haaren, sah er ruhig umher oder in die Stadt hinab, welche im Abendsonnendufte vor ihm lag. — Er schien fast ein Fremder; denn von den Vorübergehenden grüßten ihn nur wenige, obgleich mancher unwillkürlich in diese ernsten Augen zu sehen gezwungen wurde. Endlich stand er vor einem hohen Giebelhause still, sah noch einmal in die Stadt hinaus, und trat dann in die

46

Hausdiele. Bei dem Schall der Thürglocke wurde drinnen in der Stube von einem Guckfenster, welches nach dieser Diele hinausging, der grüne Vorhang weggeschoben und das Gesicht einer alten Frau dahinter sichtbar. Der Mann winkte ihr mit seinem Rohrstock. Noch kein Licht! sagte er in einem etwas südlichen Accent; und die Haushälterin ließ den Vorhang wieder fallen. Der Alte ging nun über die weite Hausdiele, durch einen Pesel, wo zwei große Glasschränke mit Porzellanvasen an den Wänden standen; durch die gegenüberstehende Thür trat er in einen kleinen Flur, von wo aus eine enge Treppe zu den oberen Zimmern des Hinterhauses führte. Er stieg sie langsam hinauf, schloß oben eine Thür auf, und trat dann in ein mäßig großes Zimmer. Hier war es heimlich und still; die eine Wand war fast mit Repositorien und Bücherschränken bedeckt; an der andern hingen Bilder von Menschen und Gegenden; vor einem Tisch mit grüner Decke, auf dem einzelne aufgeschlagene Bücher umherlagen, stand ein schwerfälliger Lehnstuhl mit rothem Sammetkissen. — Nachdem der Alte Hut und Stock in die Ecke gestellt hatte, setzte er sich in den Lehnstuhl und schien mit gefalteten Händen von seinem Spaziergange auszuruhen. — Wie er so saß, wurde es allmählig dunkler; endlich fiel ein Mondstrahl durch die Fensterscheiben auf die Gemälde

1851 年《夏日故事和诗歌》第 45—46 页。《茵梦湖》第一段的 "老人" 标题已加上

8. 1849 年《石勒苏益格 – 荷尔斯泰因及劳恩堡 1850 年民间话本》原版封面和内文

1849 年 12 月原版 Biernatzki's Volksbuch 的封面

1849 年 12 月原版 Biernatzki's Volksbuch 的扉页

Volksbuch

auf das Jahr

1850

für

Schleswig, Holstein und Lauenburg.

Mit Beiträgen

von

H. Biernatzki, C. Er. Carstens, Sophie Dethleffs, A. Fehrs, C. P. Hansen,
Dr. Jensen in Boren, J. M., G. C. W. Pasche, G. H. v. Schubert,
D. St., Theodor Storm u. A.,

herausgegeben

von

Karl Biernatzki.

Siebenter Jahrgang.

Altona,

Verlag der Expedition des Altonaer Mercur's.

In Commission bei Adolf Lehmkuhl.

1849 年 12 月原版 Biernatzki's Volksbuch 的里页

Inhalt.

1849 年 12 月原版 Biernatzki's Volksbuch 在书末的目录（第 155 页）

9. 1849 年《茵梦湖》（原始版）德文原版（扫描）

以下为第 56 – 86 页

— 56 —

Kornmühlen und der Oelmühle zu Neumühlen treibt die Schwentine mit dem oberen Wassergefälle 8 Mühlen, unter denen eine Oelmühle und eine Papiermühle, letztere die hier abgebildete, mit welcher aber die Zwangskornmühle des adlichen Gutes Rasdorf verbunden ist. Ehemals war die Zahl der Mühlen ungleich größer.

Die Ufer des ganzen Wassergebiets, das noch durch zahllose Seitenströmungen verstärkt wird, enthalten bekanntlich die schönsten Gegenden des Landes. Berühmt sind vor allen der Ukleisee, Dieksee und Kellersee, und an der eigentlichen Schwentine das nebenstehende Bild. In der Vorzeit gab das wendische Volk dem Flusse den Namen des heiligen Flusses, den er noch führt, denn swienty heißt im Polnischen heilig. So hieß auch das alte hünengräberreiche Bornhöved halb slavisch, halb deutsch Suentifeld (nicht, wie noch Dahlmann sagt, Schwentinefeld) das heilige Feld, das schon im Jahre 798 der Wahlplatz war, auf dem deutsche und slavische Nationalität, wie später deutsche und dänische, einander trafen. Seit jener Zeit ist, mit Ausnahme einiger kürzeren Zeiträume, wo das wendische Element überschwoll, bekanntlich auch die Schwentine im Wesentlichen die Scheide zwischen Deutschen und Wenden, bis zur Unterdrückung der letzteren, geblieben.

H. Biernatzki.

Immensee.

An einem Spätherbstnachmittage ging ein alter wohlgekleideter Mann langsam die Straße hinab. Er schien von einem Spaziergange nach Hause zurückzukehren; denn seine Schnallenschuhe, die einer vorübergegangenen Mode angehörten, waren bestäubt. Den langen Rohrstock mit goldenem Knopf trug er unter dem Arm; mit seinen dunkeln Augen, in welche sich die ganze verlorene Jugend gerettet zu haben schien, und welche eigenthümlich von den schneeweißen Haaren abstachen, sah er ruhig umher oder in die Stadt hinab, welche im Abendsonnendufte vor ihm lag. — Er schien fast ein Fremder; denn von den Vorübergehenden grüßten ihn nur wenige, obgleich Mancher unwillkürlich in diese ernsten Augen zu sehen gezwungen wurde. Endlich stand er vor einem hohen Giebelhause still, sah noch einmal in die Stadt hinaus, und trat dann in die Hausdiele. Bei dem Schall der Thürglocke wurde drinnen in der Stube von einem Guckfenster, welches nach der

188

第 56 – 57 页之间的插图

Diele hinausging, der grüne Vorhang weggeschoben und das Gesicht einer alten Frau dahinter sichtbar. Der Mann winkte ihr mit seinem Rohrstock. „Noch kein Licht!" sagte er in einem etwas südlichen Accent; und die Haushälterin ließ den Vorhang wieder fallen. Der Alte ging nun über die weite Hausdiele, durch einen Pesel, wo große Eichschränke mit Porzellainvasen an den Wänden standen; durch die gegenüberstehende Thür trat er in einen kleinen Flur, von wo aus eine enge Treppe zu den obern Zimmern des Hinterhauses führte. Er stieg sie langsam hinauf, schloß oben eine Thür auf und trat dann in ein mäßig großes Zimmer. Hier war es heimlich und still; die eine Wand war fast mit Repositorien und Bücherschränken bedeckt; an der andern hingen Bilder von Menschen und Gegenden; vor einem Tisch mit grüner Decke, auf dem einzelne aufgeschlagene Bücher umherlagen, stand ein schwerfälliger Lehnstuhl mit rothem Sammetkissen. Nachdem der Alte Hut und Stock in die Ecke gestellt hatte, setzte er sich in den Lehnstuhl und schien mit gefalteten Händen von seinem Spaziergange auszuruhen. — Wie er so saß, wurde es allmählig dunkler; endlich fiel ein Mondstrahl durch die Fensterscheiben auf die Gemälde an der Wand, und wie der helle Streif langsam weiter rückte, folgten die Augen des Mannes unwillkührlich. Nun trat er über ein kleines Bild in schlichtem schwarzem Rahmen. „Elisabeth", sagte der Alte leise, und wie er das Wort gesprochen, war die Zeit verwandelt; er war in seiner Jugend.

Hier war er nicht allein; denn bald trat die anmuthige Gestalt eines kleinen Mädchens zu ihm. Sie hieß Elisabeth und mochte fünf Jahre zählen; er selbst war doppelt so alt. Um den Hals trug sie ein rothseidenes Tüchelchen; das ließ ihr hübsch zu den braunen Augen.

„Reinhardt!" rief sie, „wir haben frei, frei! den ganzen Tag keine Schule, und morgen auch nicht."

Reinhardt stellte die Rechentafel, die er schon unter'm Arm hatte, flink hinter die Hausthür, und dann liefen beide Kinder durchs Haus in den Garten, und durch die Gartenpforte hinaus auf die Wiese. Die unverhofften Ferien kamen ihnen herrlich zu Statten. Reinhardt hatte hier mit Elisabeths Hülfe ein Haus aus Rasenstücken aufgeführt; darin wollten sie die Sommerabende wohnen; aber es fehlte noch die Bank. Nun ging er gleich an die Arbeit; Nägel, Hammer und die nöthigen Bretter lagen schon bereit. Während dessen ging Elisabeth an dem Wall entlang und sammelte den ringförmigen Saamen der

wilden Malve in ihre Schürze; davon wollte sie sich Ketten und Hals-
bänder machen; und als Reinhardt endlich troß manches krumm ge-
schlagenen Nagels seine Bank dennoch zu Stande gebracht hatte und
nun wieder in die Sonne hinaustrat, ging sie schon weit davon am
andern Ende der Wiese.

„Elisabeth!" rief er, „Elisabeth!" und da kam sie, und ihre Locken
flogen. „Komm," sagte er, „nun ist unser Haus fertig. Du bist ja
ganz heiß geworden; komm herein, wir wollen uns auf die neue Bank
setzen. Ich erzähl' Dir etwas."

Dann gingen sie beide hinein und setzten sich auf die neue Bank.
Elisabeth nahm ihre Ringelchen aus der Schürze und zog sie auf
lange Bindfäden; Reinhardt fing an zu erzählen: „Es waren einmal
drei Spinnfrauen" — —

„Ach," sagte Elisabeth, „das weiß ich ja auswendig; Du mußt
auch nicht immer dasselbe erzählen."

Da mußte Reinhardt die Geschichte von den drei Spinnfrauen
stecken lassen, und statt dessen erzählte er nun die Geschichte von dem
armen Mann, der in die Löwengrube geworfen war. Es war Nacht
und die Löwen schliefen; mitunter aber gähnten sie im Schlaf und
reckten die rothen Zungen aus. Dann schauderte der Mann und
meinte, daß der Morgen komme. Da warf es um ihn her auf einmal
einen hellen Schein, und als er auffah, stand ein Engel vor ihm. Der
winkte ihm mit der Hand und ging gerade in die Felsen hinein; da
stand der Mann auf und folgte ihm, und sie gingen ungehindert weiter
mitten durchs Gestein, und bei jedem Schritt, den sie vorwärts thaten,
wurden vor ihnen die Felsen donnernd aufgerissen.

So erzählte Reinhardt; Elisabeth hatte aufmerksam zugehört.
„Ein Engel?" sagte sie. „Hatte er denn Flügel?"

„Es ist nur so eine Geschichte," antwortete Reinhardt; „es giebt
ja gar keine Engel".

„O pfui, Reinhardt!" sagte sie und sah ihm starr in's Gesicht.
Als er sie aber finster anblickte, fragte sie ihn zweifelnd: „Warum
sagen sie es denn immer? Mutter und Tante und auch in der Schule?"

„Das weiß ich nicht," antwortete er; „aber es giebt doch keine".

„Aber Du," sagte Elisabeth, „giebt es denn auch keine Löwen?"

„Löwen? Ob es Löwen giebt! In Indien; da spannen die
Gößenpriester sie vor den Wagen und fahren mit ihnen durch die
Wüste. Wenn ich groß bin, will ich einmal selber hin. Da ist es

viel tausendmal schöner, als hier bei uns; da giebt es gar keinen Winter. Du mußt auch mit mir. Willst Du?"

„Ja," sagte Elisabeth; „aber Mutter muß dann auch mit, und Deine Mutter auch."

„Nein," sagte Reinhardt; „die sind dann zu alt, die können nicht mit."

„Ich darf aber nicht allein."

„Du sollst schon dürfen; Du wirst dann wirklich meine Frau, und dann haben die Andern Dir nichts zu befehlen."

„Aber meine Mutter wird weinen."

„Wir kommen ja wieder," sagte Reinhardt heftig; „sag' es nur gerade heraus, willst Du mit mir reisen? Sonst geh ich allein; und dann komme ich nimmer wieder."

Der Kleinen kam das Weinen nahe. „Mach nur nicht so böse Augen," sagte sie; „ich will ja mit nach Indien."

Reinhardt faßte sie mit ausgelassener Freude bei beiden Händen, und zog sie hinaus auf die Wiese. „Nach Indien, nach Indien!" sang er und schwenkte sich mit ihr im Kreise, daß ihr das rothe Tüchelchen vom Halse flog. Dann aber ließ er sie plötzlich los und sagte ernst: „Es wird doch nichts daraus werden; Du hast keine Courage."

— — Elisabeth! Reinhardt! rief es jetzt von der Gartenpforte. „Hier! Hier!" antworteten die Kinder, und sprangen Hand in Hand nach Hause.

So lebten die Kinder zusammen; sie war ihm oft zu still, er war ihr oft zu heftig, aber sie ließen deshalb nicht von einander; fast alle Freistunden theilten sie, Winters in den beschränkten Zimmern ihrer Mütter, Sommers in Busch und Feld. — Als Elisabeth einmal in Reinhardts Gegenwart von dem Schullehrer gescholten wurde, stieß er seine Tafel zornig auf den Tisch, um den Eifer des Mannes auf sich zu lenken. Es wurde nicht bemerkt. Aber Reinhardt verlor alle Aufmerksamkeit an den geographischen Vorträgen; statt dessen verfaßte er ein langes Gedicht; darin verglich er sich selbst mit einem jungen Adler, den Schulmeister mit einer grauen Krähe, Elisabeth war die weiße Taube; der junge Adler gelobte, an der grauen Krähe Rache zu nehmen, sobald ihm die Flügel gewachsen sein würden. Dem jungen Dichter standen die Thränen in den Augen; er kam sich sehr erhaben vor. Als er nach Hause gekommen war, wußte er sich einen kleinen

— 60 —

Pergamentband mit vielen weißen Blättern zu verschaffen; auf die ersten Seiten schrieb er mit sorgsamer Hand sein erstes Gedicht. — Bald darauf kam er in eine andere Schule; hier schloß er manche neue Kameradschaft mit Knaben seines Alters; aber sein Verkehr mit Elisabeth wurde dadurch nicht gestört. Von den Märchen, welche er ihr sonst erzählt und wiedererzählt hatte, fing er jetzt an, die, welche ihr am besten gefallen hatten, aufzuschreiben; dabei wandelte ihn oft die Lust an, etwas von seinen eigenen Gedanken hineinzudichten; aber immer überkam ihn das Gefühl, als dürfe er diese uralten Geschichten nicht antasten. So schrieb er sie genau auf, wie er sie selber gehört hatte. Dann gab er die Blätter an Elisabeth, die sie in einem Schub-fach ihrer Schatulle sorgfältig aufbewahrte; und es gewährte ihm eine anmuthige Befriedigung, wenn er sie mitunter Abends diese Geschichten in seiner Gegenwart aus den von ihm geschriebenen Heften ihrer Mutter vorlesen hörte.

Sieben Jahre waren vorüber. Reinhardt sollte zu seiner weiteren Ausbildung die Stadt verlassen. Elisabeth konnte sich nicht in den Gedanken finden, daß es nun eine Zeit ganz ohne Reinhardt geben werde. Es freute sie, als er ihr eines Tages sagte, er werde, wie sonst, Märchen für sie aufschreiben; er wolle sie ihr mit den Briefen an seine Mutter schicken; sie müsse ihm dann wieder schreiben, wie sie ihr gefallen hätten. Die Abreise rückte heran; vorher aber kam noch mancher Reim in den Pergamentband. Das allein war für Elisabeth ein Geheimniß, obgleich sie die Veranlassung zu dem ganzen Buche und zu den meisten Liedern war, welche nach und nach fast die Hälfte der weißen Blätter gefüllt hatten.

Es war im Juni; Reinhardt sollte am andern Tage reisen. Nun wollte man noch einmal sich und die Natur zusammen in Heiterkeit empfinden. Dazu wurde eine Landpartie nach dem nahbelegenen Wald-gebirge in größerer Gesellschaft veranstaltet. Der stundenlange Weg bis an den Saum des Waldes wurde zu Wagen zurückgelegt; dann nahm man die Proviantkörbe herunter und marschirte weiter. Ein Tannengehölz mußte zuerst durchwandert werden; die dunkeln Kronen bildeten ein undurchdringliches Dach gegen die heiße Vormittagssonne; es war kühl und dämmerig und der Boden überall mit seinen Nadeln bestreut. Nach halbstündigem Wandern und Steigen kam man aus dem Tannendunkel in eine frische Buchenwaldung; hier war alles licht und grün, mitunter brach ein Sonnenstrahl durch die blätterreichen Zweige; ein Eichkätzchen sprang über ihren Köpfen von Ast zu Ast.

Auf einem Platze, über welchem uralte Buchen mit ihren Kronen zu einem durchsichtigen Laubgewöbe emporstrebten, machte die Gesellschaft Halt. Elisabeths Mutter öffnete einen der Körbe; ein alter Herr warf sich zum Proviantmeister auf. „Alle um mich herum, Ihr jungen Vögel!" rief er, „und merket genau, was ich Euch zu sagen habe. Zum Frühstück erhält jetzt ein Jeder von Euch zwei trockene Wecken; die Butter ist zu Hause geblieben, die Zukost muß sich ein Jeder selber suchen. Es stehen genug Erdbeeren im Walde, das heißt, für den, der sie zu finden weiß. Wer ungeschickt ist, muß sein Brod trocken essen; so geht es überall im Leben. Habt Ihr meine Rede begriffen?"

„Ja wohl!" riefen die Jungen.

„Ja seht," sagte der Alte, „sie ist aber noch nicht zu Ende. Wir Alten haben uns im Leben schon genug umhergetrieben; darum bleiben wir jetzt zu Haus, das heißt, hier unter diesen breiten Bäumen, und schälen die Kartoffeln, und machen Feuer und rüsten die Tafel, und wenn die Uhr zwölf ist, sollen auch die Eier gekocht werden. Dafür seid Ihr uns von Euren Erdbeeren die Hälfte schuldig, damit wir auch einen Nachtisch serviren können. Und nun geht nach Ost und West und seid ehrlich!"

Die Jungen machten allerlei schelmische Gesichter. „Halt!" rief der alte Herr noch einmal. „Das brauche ich Euch wohl nicht zu sagen, wer keine findet, braucht auch keine abzuliefern; aber das schreibt Euch wohl hinter Eure feinen Ohren, von uns Alten bekommt er auch nichts. Und nun habt Ihr für diesen Tag gute Lehren genug; wenn Ihr nun noch Erdbeeren dazu habt, so werdet Ihr für heute schon durch's Leben kommen."

Die Jungen waren derselben Meinung, und begannen sich Paarweise auf die Fahrt zu machen.

„Komm, Elisabeth," sagte Reinhardt, „ich weiß einen Erdbeerenschlag; Du sollst kein trocknes Brod essen."

So gingen sie in den Wald hinein; als sie eine Strecke gegangen waren, sprang ein Hase über den Weg. „Böse Zeichen!" sagte Reinhardt. Die Wanderung wurde immer mühsamer; bald mußten sie über weite sonnige Halden, bald waren Felsstücke zu überklettern.

„Wo bleiben Deine Erdbeeren?" fragte Elisabeth, indem sie stehen blieb und einen tiefen Athemzug that.

Sie waren bei diesen Worten um eine schroffe Felsenkante herumgegangen. Reinhardt machte ein erstauntes Gesicht. „Hier haben sie gestanden, sagte er; aber die Kröten sind uns zuvorgekommen, oder die Marder, oder vielleicht die Elfen."

"Ja," sagte Elisabeth, "die Blätter stehen noch da; aber sprich hier nicht von Elfen. Komm nur, ich bin noch gar nicht müde; wir wollen weiter suchen."

Vor ihnen war ein kleiner Bach, jenseits wieder der Wald. Reinhardt hob Elisabeth auf seine Arme und trug sie hinüber. Nach einer Weile traten sie aus dem schattigen Laube wieder in eine weite Lichtung hinaus. "Hier müssen Erdbeeren sein," sagte das Mädchen, "es duftet so süß."

Sie gingen suchend durch den sonnigen Raum; aber sie fanden keine. "Nein," sagte Reinhardt, "es ist nur der Duft des Haidekrauts."

Himbeerbüsche und Hülsendorn standen überall durch einander, ein starker Geruch von Haidekräutern, welche abwechselnd mit kurzem Grase die freien Stellen des Bodens bedeckten, erfüllte die Luft. "Hier ist es einsam," sagte Elisabeth; "wo mögen die andern sein?"

An den Rückweg hatte Reinhardt nicht gedacht. "Warte nur, woher kommt der Wind?" sagte er, und hob seine Hand in die Höhe. Aber es kam kein Wind.

"Still," sagte Elisabeth, "mich dünkt, ich hörte sie sprechen. Rufe einmal dahinunter."

Reinhardt rief durch die hohle Hand: "Kommt hieher!" — "Hieher!" rief es zurück.

"Sie antworten," sagte Elisabeth und klatschte in die Hände.

"Nein, es war nichts, es war nur der Wiederhall."

Elisabeth faßte Reinhardts Hand. "Mir graut!" sagte sie.

"Nein," sagte Reinhardt, "das muß es nicht. Hier ist es prächtig. Setz Dich dort in den Schatten zwischen die Kräuter. Laß uns eine Weile ausruhen; wir finden die Andern schon."

Elisabeth setzte sich unter eine überhängende Buche und lauschte aufmerksam nach allen Seiten; Reinhardt saß einige Schritte davon auf einem Baumstumpf und sah schweigend nach ihr hinüber. Die Sonne stand gerade über ihnen, es war glühende Mittagshitze; kleine goldglänzende Fliegen standen flügelschwingend in der Luft; rings um sie her ein feines Schwirren und Summen, und manchmal hörte man tief im Walde das Hämmern der Spechte und das Kreischen der andern Waldvögel.

"Horch," sagte Elisabeth, "es läutet."

"Wo?" fragte Reinhardt.

„Hinter uns. Hörst Du? Es ist Mittag."

„Dann liegt hinter uns die Stadt; und wenn wir in dieser Richtung gerade durchgehen, so müssen wir die Andern treffen."

So traten sie ihren Rückweg an; das Erdbeerensuchen hatten sie aufgegeben, denn Elisabeth war müde geworden. Endlich klang zwischen den Bäumen hindurch das Lachen der Gesellschaft; dann sahen sie auch ein weißes Tuch am Boden schimmern, das war die Tafel und darauf standen Erdbeeren in Hülle und Fülle. Der alte Herr hatte eine weiße Serviette im Knopfloch und hielt den Jungen die Fortsetzung seiner moralischen Reden, während er eifrig an einem Braten herumtranchirte.

„Da sind die Nachzügler!" riefen die Jungen, als sie Reinhardt und Elisabeth durch die Bäume kommen sahen.

„Hierher!" rief der alte Herr, „Tücher ausgeleert, Hüte umgekehrt! Nun zeiget her, was Ihr gefunden habt."

„Hunger und Durst!" sagte Reinhardt.

„Wenn das Alles ist," erwiederte der Alte und hob ihnen die volle Schüssel entgegen, „so müßt Ihr ihn auch behalten. Ihr kennt die Abrede; hier werden keine Müssiggänger gefüttert."

Endlich ließ er sich aber doch erbitten, und nun wurde Tafel gehalten; dazu schlug die Drossel aus den Wachholderbüschen.

So ging der Tag hin. — Reinhardt hatte aber doch etwas gefunden; waren es keine Erdbeeren, so war es doch auch im Walde gewachsen. Als er nach Hause gekommen war, schrieb er in seinen alten Pergamentband:

„Als wir uns im Walde verirrt hatten.

Hier an der Bergeshalde
Verstummet ganz der Wind;
Die Zweige hängen nieder,
Darunter sitzt das Kind.

Sie sitzt in Thymiane,
Sie sitzt in lauter Duft;
Die blauen Fliegen blitzen
Und summen durch die Luft.

Es steht der Wald so schweigend,
Sie schaut so klug darein;
Um ihre braunen Locken
Hinfließt der Sonnenschein.

Der Kuckuck lacht von ferne,
Es geht mir durch den Sinn:
Sie hat die goldnen Augen
Der Waldeskönigin."

So war sie nicht allein sein Schützling; sie war ihm auch der Ausdruck für alles Liebliche und Wunderbare seines aufgehenden Lebens.

Reinhardt hatte in einer entfernten Stadt die Universität bezogen. Der phantastische Aufputz und die freien Verhältnisse des Studentenlebens entwickelten den ganzen Ungestüm seiner Natur. Das Stillleben seiner Vergangenheit und die Personen, welche dahinein gehörten, traten immer mehr zurück; die Briefe an seine Mutter wurden immer sparsamer, auch enthielten sie keine Märchen für Elisabeth. So schrieb denn auch sie nicht an ihn, und er bemerkte es kaum. Irrthum und Leidenschaft begannen ihr Theil von seiner Jugend zu fordern. So verging ein Monat nach dem andern.

Endlich war der Weihnachtabend herangekommen. — Es war noch früh am Nachmittage, als eine Gesellschaft von Studenten an dem alten Eichtische im Rathsweinkeller vor vollen Rheinweinflaschen zusammensaß. Die Lampen an den Wänden waren angezündet, denn hier unten dämmerte es schon. Die Studenten sangen ein lateinisches Trinklied, und die Präsides, welche zu beiden Enden des Tisches saßen, schlugen bei jedem Endrefrain mit den blanken Schlägern aneinander, die sie beständig in den Händen hielten. Die Meisten aus der Gesellschaft trugen rothe oder blaue silbergestickte Käppchen, und außer Reinhardt, welcher mit in der Zahl war, rauchten alle aus langen mit schweren Quästen behangenen Pfeifen, welche sie auch während des Singens und Trinkens unaufhältlich in Brand zu halten wußten. — Nicht weit davon in einem Winkel des Gewölbes saßen ein Geigenspieler und zwei Zittermädchen; sie hatten ihre Instrumente auf dem Schooß liegen und sahen gleichgültig dem Gelage zu.

Am Studententische wurde ein Rundgesang beliebt; Reinhardts Nachbar hatte eben gesungen. „Vivat sequens!" rief er und stürzte sein Glas herunter. Reinhardt sang sogleich:

„Wein her! Es brennt mir im Gehirne;
Wein her! Nur einen ganzen Schlauch!
Wohl ist sie schön, die braune Dirne,
Doch eine Hexe ist sie auch!"

Dann hob er sein Glas auf und that, wie sein Vorgänger.

„Brandfuchs!" rief der eine Präses und füllte Reinhardt's leeres Glas, „Deine Lieder sind noch durstiger, als Deine Kehle."

„Vivat sequens!" rief Reinhardt.

„Holla! Musik!" schrie der dritte; „Musik, wenn wir singen, verfluchter Geigenpeter!"

„Gnädiger Herr," sagte der Geigenspieler, „die Herren Barone belieben gar zu lustig durcheinander zu singen. Wir können's nicht gar so geschwind."

„Flausen, vermaledeite braune Lügen! Die schwarze Lore ist eigensinnig; und Du bist ihr gehorsamer Diener!"

Der Geigenpeter flüsterte dem Mädchen etwas in's Ohr; aber sie warf den Kopf zurück und stützte das Kinn auf ihre Zitter. „Für den spiel' ich nicht." sagte sie.

„Gnädiger Herr," rief der Geigenpeter, „die Zitter ist in Unordnung, Mamsell Lore hat eine Schraube verloren; die Käthe und ich werden uns bemühen, Euer Gnaden zu begleiten."

„Herr Bruder," sagte der Angeredete und schlug Reinhardt auf die Schulter, „Du hast uns das Mädel totalement verdorben! Geh, und bring' ihr die Schrauben wieder in Ordnung, so werde ich Dir zum Recompens Dein neuestes Liedel singen."

„Bravo!" riefen die Uebrigen, „die Käthe ist zu alt, die Lore muß spielen."

Reinhardt sprang mit dem Glase in der Hand auf, und stellte sich vor sie. „Was willst Du?" fragte sie trotzig.

„Deine Augen sehn."

„Was gehn Dich meine Augen an?"

Reinhardt sah funkelnd auf sie nieder. „Ich weiß wohl, sie sind falsch; aber sie haben mein Blut in Brand gesteckt." Er hob sein Glas an den Mund. „Auf Deine schönen, sündhaften Augen!" sagte er und trank.

Sie lachte, und warf den Kopf herum. „Gieb!" sagte sie; und indem sie ihre verzehrenden Augen in die seinen heftete, trank sie langsam den Rest. Dann griff sie einen Dreiklang, und indem der Geigenpeter und das andere Mädchen einfielen, secondirte sie Reinhardt's Lied mit ihrer tiefen Altstimme.

„Ad loca!" riefen die Präsides und klirrten mit den Schlägerklingen. Nun ging der Rundgesang die Reihe durch, dazu klangen die Gläser und die Schläger klirrten beim Endrefrain, und die Geige und die Zittern rauschten dazwischen. Als das zu Ende war, warfen die

Präſides die Schläger auf den Tiſch und riefen: „colloquium!" Nun ſchlug ein alter dickwanſtiger Burſche mit der Fauſt auf den Tiſch: „Jetzt werde ich den Füchſen einigen Unterricht angedeihen laſſen!" rief er, „das wird ihnen über die Maaßen wohlthun. Aufgemerkt alſo! Wer nicht antworten kann, trinkt drei pro poena." Die Füchſe und die Brandfüchſe ſtanden ſämmtlich auf und faßten jeder ihr Glas. Nun fragte das bemooſte Haupt: „Was für ein Abend iſt heute Abend?"

„Weihnachtabend!" riefen die Füchſe wie aus einer Kehle.

Der Alte nickte langſam mit dem Kopfe. „Ei, ei!" ſagte er, „die Füchſe werden immer klüger. Aber nun kommt's: „Wie viel der heiligen Könige erſchienen an der Krippe zu Bethlehem?"

„Drei!" antworteten die Füchſe.

„Ja," ſagte der Alte, „ich dachte nicht daran; Ihr ſeid ja eben erſt hinter'm Katechismus weggelaufen. Aber nun geht's an die Hauptfrage! Woher, wenn's zu Bethlehem der heiligen Könige nur drei waren, woher kommt es, daß heute Abend ihrer dennoch vier erſcheinen werden?"

„Aus Deiner Taſche kommt es!" ſagte Reinhardt. „Heraus mit dem Buch der vier Könige, Du eingefleiſchter Spielteufel!"

„Du knackſt alle Nüſſe, mein Junge!" ſagte der Alte und reichte Reinhardten über den Tiſch weg die Hand. „Komm, ich geb' Dir Revange für Deine ſilbernen Treſſen, die Du Dir geſtern vom Sonntagscamiſol herunterſchneiden mußteſt. Aber heute geht's um baar Geld!" Dabei ſchlug er an ſeine Weſtentaſchen und breitete ein vergriffenes Spiel Karten auf dem Tiſch aus. — Reinhardt griff in ſeine Taſchen; es war kein Heller darin. Eine haſtige Röthe ſtieg ihm in's Geſicht; er wußte, zu Haus in einer Schieblade ſeines Pultes lagen noch drei Gulden; er hatte ſie zurückgelegt, um ein Weihnachtsgeſchenk für Eliſabeth dafür zu kaufen, und dann wieder darum vergeſſen. „Baar Geld?" ſagte er, „ich habe nichts bei mir; aber wart' nur, ich bin gleich wieder da." Dann ſtand er auf und ſtieg eilig die Kellertreppe hinauf.

Draußen auf der Straße war es tiefe Dämmerung; er fühlte die friſche Winterluft an ſeiner heißen Stirn. Hie und da fiel der helle Schein eines brennenden Tannenbaums aus den Fenſtern, dann und wann hörte man von drinnen das Geräuſch von kleinen Pfeifen und Blechtrompeten und dazwiſchen jubelnde Kinderſtimmen. Schaaren von Bettelkindern gingen von Haus zu Haus, oder ſtiegen auf die Treppengeländer und ſuchten durch die Fenſter einen Blick in die verſagte Herrlichkeit zu gewinnen. Mitunter wurde auch eine Thür plötzlich aufgerissen und scheltende Stimmen trieben einen ganzen Schwarm solcher kleinen Gäste aus dem hellen Hause auf die dunkle Gasse hinaus; anderswo wurde auf dem Hausflur ein altes Weihnachtslied gesungen; es waren klare Mädchenstimmen darunter. Reinhardt hörte sie nicht, er ging rasch an Allem vorüber, aus einer Straße in die andere. Als er an seine Wohnung gekommen, war es fast völlig dunkel geworden; er stolperte die Treppe hinauf und trat in seine Stube. Er wollte sofort im Dunkeln das Pult aufschließen und das Geld herausnehmen; aber ein süßer Duft schlug ihm entgegen; das heimelte ihn an, das roch wie zu Haus der Mutter Weihnachtsstube. Mit zitternder Hand zündete er sein Licht an; da lag ein mächtiges Packet auf dem Tisch, und als er es öffnete, fielen die wohlbekannten braunen Festkuchen heraus; auf einigen waren die Anfangsbuchstaben seines Namens in Zucker ausgestreut; das konnte Niemand anders als Elisabeth gethan haben. Dann kam ein Päckchen mit feiner gestickter Wäsche zum Vorschein, Tücher und Manschetten, zuletzt Briefe von der Mutter und von Elisabeth. Reinhardt öffnete zuerst den letzteren; Elisabeth schrieb:

„Die schönen Zuckerbuchstaben können Dir wohl erzählen, wer bei den Kuchen mitgeholfen hat; dieselbe Person hat die Manschetten für Dich gestickt. Bei uns wird es nun Weihnachtabend sehr still werden; meine Mutter stellt immer schon um halb zehn ihr Spinnrad in die Ecke; es ist gar so einsam diesen Winter, wo Du nicht hier bist. Nun ist auch vorigen Sonntag der Hänfling gestorben, den Du mir geschenkt hattest; ich habe sehr geweint, aber ich hab' ihn doch immer gut gewartet. Der sang sonst immer Nachmittags, wenn die Sonne auf sein Bauer schien; Du weißt, die Mutter hing oft ein Tuch über, um ihn zu geschweigen, wenn er so recht aus Kräften sang. Da ist es nun noch stiller in der Kammer, nur daß Dein alter Freund Erich uns jetzt mitunter besucht. Du sagtest einmal, er sähe seinem braunen Ueberrock ähnlich. Daran muß ich nun immer denken, wenn er zur Thür hereinkommt, und es ist gar zu komisch; sag' es aber nicht zur Mutter, sie wird dann leicht verdrießlich. — Rath', was ich Deiner Mutter zu Weihnachten schenke! Du räthst es nicht? Mich selber! Der Erich zeichnet mich in schwarzer Kreide; ich habe ihm schon drei Mal sitzen müssen, jedes Mal eine ganze Stunde. Es war mir recht zuwider, daß der fremde

Menſch mein Geſicht ſo auswendig lernte. Ich wollte auch nicht, aber die Mutter redete mir zu; ſie ſagte, es würde der guten Frau Werner eine gar große Freude machen.

„Aber Du hältſt nicht Wort, Reinhardt. Du haſt keine Märchen geſchickt. Ich habe Dich oft bei Deiner Mutter verklagt; ſie ſagt dann immer, Du habeſt jetzt mehr zu thun, als ſolche Kindereien. Ich glaub' es aber nicht; es iſt wohl anders."

Nun las Reinhardt auch den Brief ſeiner Mutter, und als er beide Briefe geleſen und langſam wieder zuſammengefaltet und weggelegt hatte, überfiel ihn unerbittliches Heimweh. Er ging eine Zeitlang in ſeinem Zimmer auf und nieder; er ſprach leiſe und dann halbverſtänd= lich zu ſich ſelbſt:

> „Er wäre faſt verirret
> Und wußte nicht hinaus;
> Da ſtand das Kind am Wege
> Und winkte ihm nach Haus!"

Dann trat er plötzlich an ſein Pult, nahm das Geld heraus und ging wieder auf die Straße hinab. Hier war es mittlerweile ſtiller gewor= den, die Umzüge der Kinder hatten aufgehört, der Wind fegte durch die einſamen Straßen, Alte und Junge ſaßen in ihren Häuſern familien= weiſe zuſammen. Auch die Weihnachtsbäume hatten ausgebrannt; nur aus einem Fenſter brach noch ein heller Kerzenſchein in das Dunkel hinaus. Reinhardt ſtand ſtill und ſuchte auf den Fußſpitzen einen Blick in das Zimmer zu gewinnen; aber es waren hohe Läden vor den Fenſtern, er ſah nur die Spitze des Tannenbaumes mit der Knitter= goldfahne und die oberſten Kerzen. Er fühlte etwas wie Reue oder Schmerz, es war ihm, als gehöre er zum erſten Male nicht mehr dazu. Die Kinder da drinnen aber wußten nichts von ihm, ſie ahnten es nicht, daß draußen Jemand, wie er es zuvor von hungrigen Bettelkindern geſehen hatte, auf das Treppengeländer geklettert war und ſehnſüchtig in ihre Freude wie in ein verlorenes Paradies hinein= ſah. Zwar hatte ihm in den letzten Jahren ſeine Mutter keinen Baum mehr aufgeputzt; aber ſie waren dann immer zu Eliſabeths Mutter hinübergegangen. Eliſabeth hatte noch jedes Jahr einen Weihnachts= baum erhalten und Reinhardt hatte immer das Beſte dabei gethan. Am Vorabende hatte man immer den großen Menſchen auf's eifrigſte damit beſchäftigt finden können, Papiernetze und Flittergold auszuſchnei= den, Kerzen anzubrennen, Eier und Mandeln zu vergolden und was ſonſt noch zu den goldnen Geheimniſſen des Weihnachtsbaums gehörte.

Wenn dann am folgenden Abend der Baum angezündet war, so lag auch immer ein kleines Geschenk von Reinhardt darunter, gewöhnlich ein farbig gebundenes Buch, das letzte Mal das sauber geschriebene Heft seiner eigenen Märchen. Dann pflegten die beiden Familien zusammen zu bleiben, und Reinhardt las ihnen aus Elisabeths neuen Weihnachtsbüchern vor. So trat allmählig ein Bild des eignen Lebens an die Stelle des fremden, das vor seinen Augen stand; erst als in der Stube die Kerzen ausgeputzt wurden, verschwanden beide. Drinnen wurden Zimmerthüren auf- und zugeschlagen, Tische und Stühle zusammengerückt; der zweite Abschnitt des Weihnachtsabends begann. — Reinhardt verließ seinen kalten Sitz und setzte seinen Weg fort. Als er in die Nähe des Rathskellers kam, hörte er aus der Tiefe die rostige Stimme des Dicken die Karten beim Landsknecht aufrufen, dazu Geigenstrich und den Gesang der Zittermädchen; nun klingelte unten die Kellerthür, und eine dunkle, taumelnde Gestalt schwankte die breite, matt erleuchtete Treppe herauf. Reinhardt ging rasch vorüber; dann trat er in den erleuchteten Laden eines Juweliers; und nachdem er ein kleines Kreuz von rothen Korallen eingehandelt hatte ging er auf demselben Wege, den er gekommen war, wieder zurück. — Nicht weit von seiner Wohnung bemerkte er ein kleines, in klägliche Lumpen gehülltes Mädchen an einer hohen Hausthür stehen, in vergeblicher Bemühung sie zu öffnen. „Soll ich Dir helfen?" sagte Reinhardt. Das Kind erwiederte nichts, ließ aber die schwere Thürklinke fahren. Reinhardt hatte schon die Thür geöffnet. „Nein," sagte er, „sie könnten Dich hinausjagen; komm mit mir! Ich will Dir Weihnachtskuchen geben." Dann machte er die Thüre wieder zu und faßte das kleine Mädchen an der Hand, das stillschweigend mit ihm in seine Wohnung ging. Er hatte das Licht beim Weggehen brennen lassen. „Hier hast Du Kuchen," sagte er, und gab ihr die Hälfte seines ganzen Schatzes in ihre Schürze, nur keine mit den Zuckerbuchstaben. „Nun geh' nach Haus und gieb Deiner Mutter auch davon." Das Kind sah mit einem scheuen Blick zu ihm hinauf; es schien solcher Freundlichkeit ungewohnt und nichts darauf erwiedern zu können. Reinhardt machte die Thür auf und leuchtete ihr, und nun flog die Kleine wie ein Vogel mit ihren Kuchen die Treppe hinab und zum Hause hinaus.

Reinhardt schürte das Feuer in seinem Ofen an und stellte das bestaubte Dintenfaß auf seinen Tisch; dann setzte er sich hin und schrieb, und schrieb die ganze Nacht Briefe an seine Mutter, an Elisabeth. Der Rest der Weihnachtskuchen lag unberührt neben ihm; aber die

Manschetten von Elisabeth hatte er angeknüpft, was sich gar wunderlich zu seinem weißen Flaußrock ausnahm. So saß er noch, als die Wintersonne auf die gefrorenen Fensterscheiben fiel und ihm gegenüber im Spiegel ein blasses, ernstes Antlitz zeigte.

————

Als es Ostern geworden war, reiste Reinhardt in die Heimath. Am Morgen nach seiner Ankunft ging er zu Elisabeth. „Wie groß Du geworden bist!" sagte er, als das schöne schmächtige Mädchen ihm lächelnd entgegenkam. Sie erröthete, aber sie erwiederte nichts; ihre Hand, die er beim Willkommen in die seine genommen, suchte sie ihm sanft zu entziehen. Er sah sie zweifelnd an, das hatte sie früher nicht gethan; nun war es, als trete etwas Fremdes zwischen sie. — Das blieb auch, als er schon länger da gewesen, und als er Tag für Tag immer wiedergekommen war. Wenn sie allein zusammen saßen, entstanden Pausen, die ihm peinlich waren und denen er dann ängstlich zuvorzukommen suchte. Um eine bestimmte Unterhaltung zu haben, brachte er in Vorschlag, Elisabeth während der Ferienzeit in der Botanik zu unterrichten, womit er sich in den ersten Monaten seines Universitätslebens angelegentlich beschäftigt hatte. Elisabeth, die ihm in Allem zu folgen gewohnt und überdies lehrhaft war, ging bereitwillig darauf ein. Nun wurden mehrere Male in der Woche Excursionen in's Feld oder in die Haiden gemacht, und hatten sie dann Mittags die grüne Botanisirkapsel voll Kraut und Blumen nach Hause gebracht, so kam Reinhardt einige Stunden später wieder, um mit Elisabeth den gemeinschaftlichen Fund zu ordnen und zu theilen.

In solcher Absicht trat er eines Nachmittags in's Zimmer, als Elisabeth am Fenster stand und ein vergoldetes Vogelbauer, das er sonst nicht dort gesehen, mit frischem Hühnerschwarm besteckte. Im Bauer saß ein Kanarienvogel, der mit den Flügeln schlug und kreischend nach Elisabeths Fingern pickte. Sonst hatte Reinhardts Vogel an dieser Stelle gehangen. „Hat mein armer Hänfling sich nach seinem Tode in einen Goldfinken verwandelt?" fragte Reinhardt heiter.

„Das pflegen die Hänflinge nicht," sagte die Mutter, welche spinnend im Lehnstuhl saß. „Ihr Freund Erich hat ihn heut' Mittag für Elisabeth von seinem Hofe hereingeschickt."

„Von welchem Hofe?"

„Das wissen Sie nicht?"

„Was denn?"

„Daß Erich seit einem Monat den zweiten Hof seines Vaters am Immensee angetreten hat?"

„Aber Sie haben mir kein Wort davon gesagt."

„Ei," sagte die Mutter, „Sie haben sich auch noch mit keinem Worte nach Ihrem Freunde erkundigt. Er ist ein gar lieber, verständiger junger Mann."

Die Mutter ging hinaus, um den Kaffee zu besorgen; Elisabeth hatte Reinhardten den Rücken zugewandt und war noch mit dem Bau ihrer kleinen Laube beschäftigt. „Bitte, nur ein kleines Weilchen," sagte sie, „gleich bin ich fertig." Da Reinhardt wider seine Gewohnheit nicht antwortete, so wandte sie sich um. In seinen Augen lag ein plötzlicher Ausdruck von Kummer, den sie nie darin gewahrt hatte. „Was fehlt Dir, Reinhardt?" fragte sie, indem sie nahe zu ihm trat.

„Mir?" sagte er gedankenlos und ließ seine Augen träumerisch in den ihren ruhen.

„Du siehst so traurig aus."

„Elisabeth," sagte er zitternd, „ich kann den gelben Vogel nicht leiden."

Sie sah ihn staunend an, sie verstand ihn nicht. „Du bist so sonderbar." sagte sie.

Er nahm ihre beiden Hände, die sie ruhig in den seinen ließ. Bald trat die Mutter wieder herein.

Nach dem Kaffee setzte diese sich an ihr Spinnrad; Reinhardt und Elisabeth gingen in's Nebenzimmer, um ihre Pflanzen zu ordnen. Nun wurden Staubfäden gezählt, Blätter und Blüthen sorgfältig ausgebreitet und von jeder Art zwei Exemplare zum Trocknen zwischen die Blätter eines großen Folianten gelegt. Es war sonnige Nachmittagsstille, nur nebenan schnurrte der Mutter Spinnrad und von Zeit zu Zeit wurde Reinhardts gedämpfte Stimme gehört, wenn er die Ordnungen und Klassen der Pflanzen nannte oder Elisabeths ungeschickte Aussprache der lateinischen Namen corrigirte.

„Mir fehlt noch von neulich die Maiblume." sagte sie jetzt, als der ganze Fund bestimmt und geordnet war.

Reinhard, zog einen kleinen weißen Pergamentband aus der Tasche. „Hier ist ein Maiblumenstengel für Dich." sagte er, indem er die halbgetrocknete Pflanze herausnahm.

Als Elisabeth die beschriebenen Blätter sah, fragte sie: „Hast Du wieder Märchen gedichtet?"

„Es sind keine Märchen." antwortete er und reichte ihr das Buch.

Es waren lauter Verse, die meisten füllten höchstens eine Seite. Elisabeth wandte ein Blatt nach dem andern um; sie schien nur die Ueberschriften zu lesen. „Als sie vom Schulmeister gescholten war"; „Als sie sich im Walde verirrt hatten"; „Mit den Ostermärchen"; „Als sie mir zum ersten Mal geschrieben hatte"; in der Weise lauteten fast alle. Reinhardt blickte forschend zu ihr hin, und indem sie immer weiter blätterte, sah er, wie zuletzt auf ihrem klaren Antlitz ein zartes Roth hervorbrach und es allmählig ganz überzog. Er wollte ihre Augen sehen; aber Elisabeth sah nicht auf und legte das Buch am Ende schweigend vor ihm hin.

„Gieb es mir nicht so zurück!" sagte er.

Sie nahm ein braunes Reis aus der Blechkapsel. „Ich will Dein Lieblingskraut hineinlegen." sagte sie, und gab ihm das Buch in seine Hände. ——

Endlich kam der letzte Tag der Ferienzeit und der Morgen der Abreise. Auf ihre Bitte erhielt Elisabeth von der Mutter die Erlaubniß, ihren Freund an den Postwagen zu begleiten, der einige Straßen von ihrer Wohnung seine Station hatte. Als sie vor die Hausthür traten, gab Reinhardt ihr den Arm; so ging er schweigend neben dem schlanken Mädchen her. Je näher sie ihrem Ziele kamen, desto mehr war es ihm, er habe ihr, ehe er auf so lange Abschied nehme, etwas Nothwendiges mitzutheilen, etwas, wovon aller Werth und alle Lieblichkeit seines künftigen Lebens abhänge, und doch konnte er sich des erlösenden Wortes nicht bewußt werden. Das ängstigte ihn; er ging immer langsamer.

„Du kommst zu spät," sagte sie, „es hat schon zehn geschlagen auf St. Marien."

Er ging aber darum nicht schneller. Endlich sagte er stammelnd: „Elisabeth, Du wirst mich nun in zwei Jahren gar nicht sehen —— wirst Du mich wohl noch eben so lieb haben, wie jetzt, wenn ich wieder da bin?"

Sie nickte und sah ihm freundlich in's Gesicht. — „Ich habe Dich auch vertheidigt." sagte sie nach einer Pause.

„Mich? Gegen wen hattest Du das nöthig?"

„Gegen meine Mutter. Wir sprachen gestern Abend, als Du weggegangen warst, noch lange über Dich. Sie meinte, Du sei'st nicht mehr so gut, wie Du gewesen."

Reinhardt schwieg einen Augenblick betroffen; dann aber nahm er ihre Hand in die seine, und indem er ihr ernst in ihre Kinderaugen blickte, sagte er: „Ich bin noch eben so gut, wie ich gewesen bin; glaube Du das nur fest. Glaubst Du es Elisabeth?"

„Ja." sagte sie. Er ließ ihre Hand los und ging rasch mit ihr durch die letzte Straße. Je näher ihm der Abschied kam, desto freudiger ward sein Gesicht; er ging ihr fast zu schnell.

„Was hast Du, Reinhardt?" fragte sie.

„Ich habe ein Geheimniß, ein schönes!" sagte er und sah sie mit leuchtenden Augen an. „Wenn ich nach zwei Jahren wieder da bin, dann sollst Du es erfahren."

Mittlerweile hatten sie den Postwagen erreicht; es war noch eben Zeit genug. Noch einmal nahm Reinhardt ihre Hand. „Leb' wohl!" sagte er, „leb' wohl, Elisabeth. Vergiß es nicht!"

Sie schüttelte mit dem Kopf. „Leb' wohl!" sagte sie. Reinhardt stieg hinein und die Pferde zogen an. Als der Wagen um die Straßenecke rollte, sah er noch einmal ihre liebe Gestalt, wie sie langsam den Weg zurückging.

———————

Fast zwei Jahre nachher saß Reinhardt vor seiner Lampe zwischen Büchern und Papieren in Erwartung eines Freundes, mit welchem er gemeinschaftliche Studien übte. Man kam die Treppe herauf. „Herein!" — Es war die Wirthin. „Ein Brief für Sie, Herr Werner!" Dann entfernte sie sich wieder.

Reinhardt hatte seit seinem Besuche in der Heimath nicht an Elisabeth geschrieben und von ihr keinen Brief mehr erhalten. Auch dieser war nicht von ihr; es war die Hand seiner Mutter. Reinhardt brach und las, und bald las er Folgendes:

„In Deinem Alter, mein liebes Kind, hat noch fast jedes Jahr sein eigenes Gesicht; denn die Jugend läßt sich nicht ärmer machen. Hier ist auch Manches anders geworden, was Dir wohl erstan weh' thun wird, wenn ich Dich anders recht verstanden habe. Erich hat sich gestern endlich das Jawort von Elisabeth geholt, nachdem er in dem letzten Vierteljahr zweimal vergebens angefragt hatte. Sie hat sich immer nicht dazu entschließen können; nun hat sie es endlich doch gethan; sie ist auch noch gar so jung. Die Hochzeit soll bald sein, und die Mutter wird dann mit ihnen fortgehen."

══════════

Wiederum waren Jahre vorüber. — Auf einem abwärts führenden schattigen Waldwege wanderte an einem warmen Frühlingsnachmittage

ein junger Mann mit kräftigem, gebräuntem Antlitz. Mit seinen
ernsten grauen Augen sah er gespannt in die Ferne, als erwarte er
endlich eine Veränderung des einförmigen Weges, die jedoch immer
nicht eintreten wollte. Endlich kam ein Karrenfuhrwerk langsam von
unten herauf. „Holla! guter Freund," rief der Wanderer dem neben-
gehenden Bauer zu, „geht's hier recht nach Immensee?"

„Immer gerad' aus." antwortete der Mann, und rückte an seinem
Rundhute.

„Hat's denn noch weit bis dahin?"

„Der Herr ist dichte vor. Keine halbe Pfeif' Toback, so haben's
den See; das Herrenhaus liegt hart daran."

Der Bauer fuhr vorüber; der Andere ging eiliger unter den Bäu-
men entlang. Nach einer Viertelstunde hörte ihm zur Linken plötzlich
der Schatten auf; der Weg führte an einen Abhang, aus dem die
Gipfel hundertjähriger Eichen nur kaum hervorragten. Ueber sie hin-
weg öffnete sich eine weite, sonnige Landschaft. Tief unten lag der
See, ruhig, dunkelblau, fast ringsum von grünen, sonnbeschienenen
Wäldern umgeben, nur an einer Stelle traten sie auseinander und
gewährten eine tiefe Fernsicht, bis auch diese durch blaue Berge ge-
schlossen wurde. Queer gegenüber, mitten in dem grünen Laub der
Wälder, lag es wie Schnee darüber her; das waren blühende Obst-
bäume, und daraus hervor auf dem hohen Ufer erhob sich das Herren-
haus, weiß mit rothen Ziegeln. Ein Storch flog vom Schornstein
auf und kreis'te langsam über dem Wasser. — „Immensee!" rief der
Wanderer. Es war fast, als hätte er jetzt das Ziel seiner Reise er-
reicht; denn er stand unbeweglich und sah über die Gipfel der Bäume
zu seinen Füßen hinüber an's andre Ufer, wo das Spiegelbild des
Herrenhauses leise schaukelnd auf dem Wasser schwamm. Dann setzte
er plötzlich seinen Weg fort.

Es ging jetzt fast steil den Berg hinab, so daß die untenstehenden
Bäume wieder Schatten gewährten, zugleich aber die Aussicht auf den
See verdeckten, der nur zuweilen zwischen den Lücken der Zweige hin-
durchblitzte. Bald ging es wieder sanft empor, und nun verschwand
rechts und links die Hölzung; statt dessen streckten sich dichtbelaubte
Weinhügel am Wege entlang; zu beiden Seiten desselben standen
blühende Obstbäume voll summender, wühlender Bienen. Ein statt-
licher Mann in braunem Ueberrock kam dem Wanderer entgegen. Als
er ihn fast erreicht hatte, schwenkte er seine Mütze und rief mit heller

Stimme: „Willkommen, willkommen, Bruder Reinhardt! Willkommen auf Gut Immensee!"

„Gott grüß Dich, Erich, und Dank für Dein Willkommen!" rief ihm der Andre entgegen.

Dann waren sie zu einander gekommen und reichten sich die Hände. „Bist Du es denn aber auch?" sagte Erich, als er so nahe in das ernste Gesicht seines alten Schulkameraden sah.

„Freilich bin ich's, Erich, und Du bist es auch; „nur siehst Du noch fast heiterer aus, als Du schon sonst immer gethan hast."

Ein frohes Lächeln machte Erichs einfache Züge bei diesen Worten noch um Vieles heiterer. „Ja, Bruder Reinhardt," sagte er, diesem noch einmal seine Hand reichend, „ich habe aber auch seitdem das große Loos gezogen; Du weißt es ja." Dann rieb er sich die Hände und rief vergnügt: „Das wird eine Ueberraschung! Den erwartet sie nicht, in alle Ewigkeit nicht!"

„Eine Ueberraschung?" fragte Reinhardt. „Für wen denn?"

„Für Elisabeth."

„Elisabeth! Du hast ihr nicht von meinem Besuch gesagt?"

„Kein Wort, Bruder Reinhardt; sie denkt nicht an Dich, die Mutter auch nicht. Ich hab' Dich ganz im Geheim verschrieben, damit die Freude desto größer sei. Du weißt, ich hatte immer so meine stillen Plänchen."

Reinhardt wurde nachdenklich; der Athem schien ihm schwer zu werden, je näher sie dem Hofe kamen. An der linken Seite des Weges hörten nun auch die Weingärten auf und machten einem weitläuftigen Küchengarten Platz, der sich bis fast an das Ufer des See's hinabzog. Der Storch hatte sich mittlerweile niedergelassen und spazierte gravitätisch zwischen den Gemüsebeeten umher. „Holla!" rief Erich, in die Hände klatschend, „stiehlt mir der hochbeinige Aegypter wieder meine kurzen Erbsenstangen!" Der Vogel erhob sich langsam und flog auf das Dach eines neuen Gebäudes, das am Ende des Küchengartens lag und dessen Mauern mit aufgebundenen Pfirsich- und Aprikosenbäumen überzweigt waren. „Das ist die Spritfabrik," sagte Erich; „ich habe sie erst vor zwei Jahren angelegt. Die Wirthschaftsgebäude hat mein Vater selig neu aufsetzen lassen; das Wohnhaus ist schon von meinem Großvater gebaut worden. So kommt man immer ein bischen weiter."

Sie waren bei diesen Worten auf einen geräumigen Platz gekommen, der an den Seiten durch die ländlichen Wirthschaftsgebäude, im

Hintergrunde durch das Herrenhaus begränzt wurde, an dessen beide Flügel sich eine hohe Gartenmauer anschloß; hinter dieser sah man die Züge dunkler Taruswände, und hin und wieder ließen Syringenbäume ihre blühenden Zweige in den Hofraum hinunterhängen. Männer mit sonnen- und arbeitsheißen Gesichtern gingen über den Platz und grüßten die Freunde, während Erich dem einen und dem andern einen Auftrag oder eine Frage über ihr Tagewerk entgegenrief. — Dann hatten sie das Haus erreicht. Eine hohe, kühle Hausflur nahm sie auf, an deren Ende sie links in einen etwas dunkleren Seitengang einbogen. Hier öffnete Erich eine Thür, und sie traten in einen geräumigen Gartensaal, der durch das Laubgedränge, welches die gegenüberliegenden Fenster bedeckte, zu beiden Seiten mit grüner Dämmerung erfüllt war; zwischen diesen aber ließen zwei hohe, weitgeöffnete Flügelthüren den vollen Glanz der Frühlingssonne hereinfallen und gewährten die Aussicht in einen Garten mit gezirkelten Blumenbeeten und hohen steilen Laubwänden, getheilt durch einen geraden breiten Gang, durch welchen man auf den See und weiter auf die gegenüberliegenden Wälder hinaussah. Als die Freunde hineintraten, trug die Zugluft ihnen einen Strom von Duft entgegen.

Auf einer Terrasse vor der Gartenthür saß eine weiße, mädchenhafte Frauengestalt. Sie stand auf und ging den Eintretenden entgegen; aber auf halbem Wege blieb sie eingewurzelt stehen und starrte den Fremden unbeweglich an. Er streckte ihr lächelnd die Hand entgegen. "Reinhardt!" rief sie, "Reinhardt! Mein Gott, Du bist es! — Wir haben uns lange nicht gesehen."

"Lange nicht." sagte er und konnte nichts weiter sagen; denn als er ihre Stimme hörte, fühlte er einen feinen körperlichen Schmerz am Herzen, und wie er zu ihr aufblickte, stand sie vor ihm, dieselbe leichte zärtliche Gestalt, der er vor Jahren in seiner Vaterstadt Lebewohl gesagt hatte.

Erich war mit freudestrahlendem Antlitz an der Thür zurückgeblieben. "Nun, Elisabeth," sagte er, "hab' ich Dir den rechten Gast für unser neues Gastzimmer verschrieben? Gelt! den hättest Du nicht erwartet, den in alle Ewigkeit nicht!"

Elisabeth sah ihn mit schwesterlichen Augen an. "Du bist so gut, Erich!" sagte sie.

Er nahm ihre schmale Hand liebkosend in die seinen. "Und nun wir ihn haben, sagte er, nun lassen wir ihn sobald nicht wieder los. Er ist so lange da draußen gewesen; wir wollen ihn wieder heimisch machen. Schau' nur, wie fremd und vornehm er aussehen worden ist."

Ein scheuer Blick Elisabeths streifte Reinhardts Antlitz. „Es ist nur die Zeit, die wir nicht beisammen waren." sagte er.

In diesem Augenblicke kam die Mutter, mit einem Schlüsselkörbchen am Arm, zur Thüre herein. „Herr Werner!" sagte sie, als sie Reinhardt erblickte; „ei, ein eben so lieber, als unerwarteter Gast." — Und nun ging die Unterhaltung in Frægen und Antworten ihren ebenen Tritt. Die Frauen setzten sich zu ihrer Arbeit, und während Reinhardt die für ihn bereiteten Erfrischungen genoß, hatte Erich seinen soliden Meerschaumkopf angebrannt und saß dampfend und biscurrirend an seiner Seite.

Am andern Tage mußte Reinhardt mit ihm hinaus; auf die Aecker, in die Weinberge, in den Hopfengarten, in die Spritfabrik. Es war Alles wohl bestellt; die Leute, welche auf dem Felde und bei den Kesseln arbeiteten, hatten alle ein gesundes und zufriedenes Aussehen. Zu Mittag kam die Familie im Gartensaal zusammen, und der Tag wurde dann, je nach der Muße der Wirthe, mehr oder minder gemeinschaftlich verlebt. Nur die Stunden vor dem Abendessen, wie die ersten des Vormittags, blieb Reinhardt arbeitend auf seinem Zimmer. — Elisabeth war zu allen Zeiten sanft und freundlich; Erichs immer gleich= bleibende Aufmerksamkeit nahm sie mit einer fast demüthigen Dankbar= keit auf, und Reinhardt dachte mitunter, das heitere Kind von ehedem habe wohl eine weniger stille Frau versprochen.

Seit dem zweiten Tage seines Hierseins pflegte er spät Abends einen Spaziergang an dem Ufer des See's zu machen. Der Weg führte hart unter dem Garten vorbei. Am Ende desselben, auf einer vorspringenden Bastei, stand eine Bank unter hohen Birken; die Mutter hatte sie „die Abendbank" getauft, weil der Platz gegen Abend lag und des Sonnenuntergangs halber um diese Zeit am meisten benutzt wurde. — Von einem Spaziergange auf diesem Wege kehrte Reinhardt eines Abends zurück, als er vom Regen überrascht wurde. Er suchte Schutz unter einer am Wasser stehenden Linde; aber die schweren Tropfen schlugen bald durch die Blätter. Durchnäßt, wie er war, er= gab er sich darein und setzte langsam seinen Rückweg fort. Es war fast dunkel; der Regen fiel immer dichter. Als er sich der Abendbank näherte, glaubte er, zwischen den schimmernden Birkenstämmen eine weiße Frauengestalt zu unterscheiden. Sie stand unbeweglich und, wie er beim Näherkommen zu erkennen meinte, zu ihm hingewandt, als wenn sie ihn erwarte. Er glaubte, es sei Elisabeth. Als er aber rascher zuschritt, um sie zu erreichen und dann mit ihr zusammen durch den Garten in's Haus zurückzukehren, wandte sie sich langsam ab und verschwand in die dunkeln Seitengänge. Er konnte das nicht reimen, er war fast zornig auf Elisabeth und dennoch zweifelte er, ob sie es gewesen sei; aber er scheute sich, sie danach zu fragen, ja, er ging bei seiner Rückkehr nicht in den Gartensaal, nur um Elisabeth nicht etwa durch die Gartenthür hereintreten zu sehen.

Einige Tage nachher, es ging schon gegen Abend, saß die Familie, wie gewöhnlich um diese Zeit, im Gartensaal zusammen. Reinhardt erzählte von seinen Reisen: „Sie leben noch immer träumerisch in dem Glanz der alten Zeiten," sagte er. „Der Tag ging zu Ende, da wir uns durch einen nackten, schwarzäugigen Buben nach Venedig übersetzen ließen. Als nun im letzten Sonnenglanz die leuchtende Stadt aus dem Wasser aufstieg, da mußte ich, von ihrer Schönheit bewältigt, sie laut in ihrer eigenen Sprache begrüßen: „„O bella Venezia!"" rief ich, die Arme ausstreckend. Der Knabe sah mich trotzig an und hielt im Rudern inne. „„E dominante!"" sagte er stolz und tauchte die Ruder wieder ein. Dann stimmte er eins von jenen Liedern an, die dort ewig neu entstehen und, bis wieder neuere sie ablösen, von allen Kehlen gesungen werden. Das Ritornell am Ende jeder Strophe ließ er langsam, wie rufend, über den Wasserspiegel hinausschallen. Der Inhalt dieser Lieder ist meist ein sehr anmuthiger."

„Dann," sagte die Mutter, „müssen sie anders sein, als die deutschen. Was hier die Leute bei der Arbeit singen, ist eben nicht für verwöhnte Ohren."

„Sie haben zufällig eins der schlechtern gehört." sagte Reinhardt. „Das darf uns nicht irre machen. Das Volkslied ist wie das Volk, es theilt seine Schönheit, wie seine Gebrechen, bald grob, bald zierlich, lustig und traurig, närrisch und von seltsamer Tiefe. Ich habe manche davon aufgezeichnet, noch auf dieser letzten Wanderung."

Nun wurde Reinhardt um Mittheilung des Manuscripts gebeten; er ging auf sein Zimmer und kam gleich darauf mit einer Papierrolle zurück, welche aus einzelnen flüchtig zusammengeschriebenen Blättern bestand. Man setzte sich an den Tisch, Elisabeth an Reinhardts Seite, und dieser las nun zuerst einige Tyroler Schnaderhüpferl, indem er beim Lesen je zuweilen die lustigen Melodien mit halber Stimme anklingen ließ. Eine allgemeine Heiterkeit bemächtigte sich der kleinen Gesellschaft. „Wer hat denn aber die schönen Lieder gemacht?" fragte Elisabeth.

„Ei," sagte Erich, der bisher in behaglichem Zuhören seinen Meerschaumkopf geraucht hatte, „das hört man den Dingern schon an, Schneidergesellen und Friseure! und derlei luftiges Gesindel."

Reinhardt las hierauf das tiefsinnige „Ich stand auf hohen Bergen". Elisabeth kannte die Melodie, die so räthselhaft ist, daß man nicht glauben kann, sie sei von Menschen erdacht worden. Beide sangen nun das Lied gemeinschaftlich, Elisabeth mit ihrer etwas verdeckten Altstimme dem Tenor secondirend. „Das sind Urtöne, sagte Reinhardt; sie schlafen in Waldesgründen. Gott weiß, wer sie gefunden hat." Dann las er das Lied des Heimwehs „Zu Straßburg auf der Schanz".

„Nein," sagte Erich, „das kann doch wohl kein Schneidergesell gemacht haben."

Reinhardt sagte: „Sie werden gar nicht gemacht; sie wachsen, sie fallen aus der Luft, sie fliegen über Land wie Mariéngarn, hierhin und dorthin, und werden an tausend Stellen zugleich gesungen. Unser eigenstes Thun und Leiden finden wir in diesen Liedern, es ist, als ob wir alle an ihnen mitgeholfen hätten." Er nahm ein anderes Blatt. „Dies Lied," sagte er, „habe ich im vorigen Herbste in der Gegend unsrer Heimath gehört. Die Mädchen sangen es beim Flachsbrechen; die Melodie habe ich nicht behalten können, sie war mir völlig unbekannt."

Es war schon dunkler geworden; ein rother Abendschein lag wie Schaum auf den Wäldern jenseits des See's. Reinhardt rollte das Blatt auf, Elisabeth legte an der einen Seite ihre Hand darauf und sah mit hinein. Dann las Reinhardt:

> „Meine Mutter hat's gewollt,
> Den Andern ich nehmen sollt';
> Was ich zuvor besessen,
> Mein Herz sollt' es vergessen;
> Das hat es nicht gewollt.
>
> Meine Mutter klag' ich an,
> Sie hat nicht wohlgethan;
> Was sonst in Ehren stünde,
> Nun ist es worden Sünde.
> Was fang' ich an!

Für all' mein Stolz und Freud'
Gewonnen hab' ich Leid.
Ach, wär' das nicht geschehen,
Ach, könnt' ich betteln gehen
Ueber die braune Haid'!"

Während des Lesens hatte Reinhardt ein unmerkliches Zittern des Papiers empfunden; als er zu Ende war, schob Elisabeth leise ihren Stuhl zurück und ging schweigend in den Garten hinab. Ein strenger Blick der Mutter folgte ihr. Erich wollte nachgehen; doch die Mutter sagte: „Elisabeth hat draußen zu thun." So unterblieb es.

Draußen aber legte sich der Abend mehr und mehr über Garten und See, die Nachtschmetterlinge schossen surrend an den offenen Thüren vorüber, durch welche der Duft der Blumen und Gesträuche immer stärker hereindrang; vom Wasser herauf kam das Geschrei der Frösche, unter den Fenstern schlug eine Nachtigal, tiefer im Garten eine andere; der Mond sah über die Bäume. Reinhardt blickte noch eine Weile auf die Stelle, wo Elisabeths feine Gestalt zwischen den Laubgängen verschwunden war; dann rollte er sein Manuscript zusammen und ging mit der Bemerkung, daß er seinen Abendspaziergang machen wolle, durch's Haus an das Wasser hinab.

Die Wälder standen schweigend und warfen ihr Dunkel weit auf den See hinaus, während die Mitte desselben in schwüler Mondesdämmerung lag. Mitunter schauerte ein leises Säuseln durch die Bäume; aber es war kein Wind, es war nur das Athmen der Sommernacht. Reinhardt ging immer am Ufer entlang. Einen Steinwurf vom Lande konnte er eine weiße Wasserlilie erkennen. Auf einmal wandelte ihn die Lust an, sie in der Nähe zu sehen; er warf seine Kleider ab, und stieg in's Wasser. Es war flach, scharfe Pflanzen und Steine schnitten ihn an den Füßen und er kam immer nicht in die zum Schwimmen nöthige Tiefe. Dann war es plötzlich unter ihm weg, die Wasser quirlten über ihm zusammen und es dauerte eine Zeitlang, ehe er wieder auf die Oberfläche kam. Nun regte er Hand und Fuß und schwamm im Kreise umher, bis er sich bewußt geworden, von wo er hineingegangen war. Bald sah er auch die Lilie wieder; sie lag einsam zwischen den großen blanken Blättern. — Er schwamm langsam hinaus und hob mitunter die Arme aus dem Wasser, daß die herabrieselnden Tropfen im Mondlicht blitzten; aber es war, als ob die Entfernung zwischen ihm und der Blume dieselbe bliebe; nur das Ufer lag, wenn er sich umblickte, in immer ungewisserem Dufte hinter ihm. Er gab indeß sein Unternehmen deßhalb nicht auf, sondern schwamm rüstig in derselben Richtung fort. Endlich war er der Blume so nahe gekommen, daß er die silbernen Blätter deutlich im Mondlicht unterscheiden konnte; zugleich aber fühlte er sich in einem Gewirr von Wasserpflanzen wie in einem Netze verstrickt, die glatten Stengel langten vom Grunde herauf und rankten sich an seine nackten Glieder. Das unbekannte Wasser lag so schwarz um ihn her, hinter sich hörte er das Springen eines Fisches; es wurde ihm plötzlich so unheimlich in dem fremden Elemente, daß er mit Gewalt das Gestrick der Pflanzen zerriß und in athemloser Hast dem Lande zuschwamm. Als er von hier auf den See zurückblickte, lag die Lilie wie zuvor fern und einsam über der dunklen Tiefe. — Er kleidete sich an, und ging langsam nach Hause zurück. Bei seinem Eintritt in den Gartensaal fand er Erich und die Mutter in den Vorbereitungen einer kleinen Geschäftsreise, welche am andern Tage vor sich gehen sollte.

„Wen haben Sie denn so spät in der Nacht besucht?" rief ihm die Mutter entgegen.

„Ich?" erwiderte er, „ich wollte die Wasserlilie besuchen; es ist aber nichts daraus geworden."

„Das versteht wieder einmal kein Mensch!" sagte Erich. „Was Tausend hattest Du denn mit der Wasserlilie zu thun?"

„Ich habe sie früher einmal gekannt," sagte Reinhardt; „es ist aber schon lange her."

———————

Am folgenden Nachmittag wanderten Reinhardt und Elisabeth jenseits des See's bald durch die Hölzung, bald auf dem hohen vorspringenden Uferrande. Elisabeth hatte von Erich den Auftrag erhalten, während seiner und der Mutter Abwesenheit Reinhardt mit den schönsten Aussichten der nächsten Umgegend, namentlich von der andern Uferseite auf den Hof selber, bekannt zu machen. Nun gingen sie von einem Punct zum andern. Endlich wurde Elisabeth müde und setzte sich in den Schatten überhängender Zweige, Reinhardt stand ihr gegenüber an einen Baumstamm gelehnt; da hörte er tiefer im Walde den Kuckuck rufen, und es kam ihm plötzlich, dies Alles sei schon einmal eben so gewesen. Er sah sie seltsam lächelnd an. „Wollen wir Erdbeeren suchen?" fragte er.

„Es ist keine Erdbeerenzeit," sagte sie.

„Sie wird aber bald kommen."

Elisabeth schüttelte schweigend den Kopf; dann stand sie auf und beide setzten ihre Wanderung fort; und wie sie so an seiner Seite ging, wandte sein Blick sich immer wieder nach ihr hin; denn sie ging schön, als wenn sie von ihren Kleidern getragen würde. Er blieb oft unwillkührlich einen Schritt zurück, um sie ganz und voll in's Auge fassen zu können. So kamen sie an einen freien, haidebewachsenen Platz mit einer weit in's Land reichenden Aussicht. Reinhardt bückte sich und pflückte etwas von den am Boden wachsenden Kräutern. Als er wieder aufsah, trug sein Gesicht den Ausdruck leidenschaftlichen Schmerzes. „Kennst Du diese Blume?" sagte er.

Sie sah ihn fragend an. „Es ist eine Erica. Ich habe sie oft hier im Walde gepflückt."

„Ich habe zu Hause ein altes Buch," sagte er; „ich pflegte sonst allerlei Lieder und Reime hineinzuschreiben, es ist aber lange nicht mehr geschehen. Zwischen den Blättern liegt auch eine Erica; aber es ist nur eine verwelkte. Weißt Du, wer sie mir gegeben hat?"

Sie nickte stumm; aber sie schlug die Augen nieder und sah nur auf das Kraut, das er in der Hand hielt. So standen sie lange. Als sie die Augen gegen ihn aufschlug, sah er, daß sie voll Thränen waren.

„Elisabeth," sagte er, — „hinter jenen blauen Bergen liegt unsere Jugend. Wo ist sie geblieben?"

Sie sprachen nichts mehr; sie gingen stumm neben einander zum See hinab. Die Luft war schwül, im Westen stieg schwarzes Gewölk auf. „Es wird Gewitter". sagte Elisabeth indem sie ihren Schritt beeilte. Reinhardt nickte schweigend, und beide gingen rasch am Ufer entlang, bis sie ihren Kahn erreicht hatten.

Während der Ueberfahrt ließ Elisabeth ihre Hand auf dem Rande des Kahnes ruhen. Er blickte beim Rudern zu ihr hinüber; sie aber sah an ihm vorbei in die Ferne. So glitt sein Blick herunter und blieb auf ihrer Hand; und diese blasse Hand verrieth ihm, was ihr Antlitz ihm verschwiegen hatte. Er sah auf ihr jenen feinen Zug geheimen Schmerzes, der sich so gerne schöner Frauenhände bemächtigt, die Nachts auf kranken Herzen liegen. — Als Elisabeth sein Auge auf ihrer Hand ruhen fühlte, ließ sie sie langsam über Bord in's Wasser gleiten.

Auf dem Hofe angekommen, trafen sie einen Scheerenschleiferkarren vor dem Herrenhause; ein Mann mit schwarzen, niederhängenden Locken trat emsig das Rad und summte eine Zigeunermelodie zwischen den Zähnen, während ein eingeschirrter Hund schnaufend daneben lag.

Auf dem Hausflur stand in Lumpen gehüllt ein Mädchen mit ver-
störten schönen Zügen und streckte mit flehender Bettlermiene die Hand
gegen Elisabeth aus. Reinhardt griff in seine Tasche; aber Elisabeth
kam ihm zuvor und schüttete hastig den ganzen Inhalt ihrer Börse in
die offene Hand der Bettlerin. Dann wandte sie sich eilig ab, und
Reinhardt hörte, wie sie schluchzend die Treppe hinaufging.

Reinhardt ging auf sein Zimmer; er setzte sich hin, um zu arbei-
ten, aber er hatte keine Gedanken. Nachdem er es eine Stunde lang
vergebens versucht hatte, ging er in's Familienzimmer hinab. Es war
Niemand da, nur kühle, grüne Dämmerung; auf Elisabeth's Nähtisch
lag ein rothes Band, das sie am Nachmittag um den Hals getragen
hatte. Er nahm es in die Hand, aber es that ihm weh, und er legte
es wieder hin. Er hatte keine Ruh', er ging an den See hinab und
band den Kahn los; er ruderte hinüber, und ging noch einmal alle
Wege, die er kurz vorher mit Elisabeth zusammen gegangen war. Als
er wieder nach Hause kam, war es dunkel; auf dem Hofe begegnete
ihm der Kutscher, der die Wagenpferde in's Gras bringen wollte; die
Reisenden waren eben zurückgekehrt. Bei seinem Eintritt in den Haus-
flur hörte er Erich im Gartensaal auf- und abschreiten. Er ging
nicht zu ihm hinein; er stand einen Augenblick still, und stieg dann leise
die Treppe hinauf nach seinem Zimmer. Hier setzte er sich in den
Lehnstuhl an's Fenster; er that vor sich selbst, als wolle er die Nachtigall
hören, die unten in den Taxuswänden schlug; aber er hörte nur den
Schlag seines eigenen Herzens. Unter ihm im Hause ging Alles zur
Ruh'; die Nacht verrann; er fühlte es nicht. — So saß er stunden-
lang. Endlich stand er auf und legte sich in's offene Fenster. Der
Nachtthau rieselte zwischen den Blättern, die Nachtigall hatte aufgehört
zu schlagen. Allmählig wurde auch das tiefe Blau des Nachthimmels
von Osten her durch einen blaßgelben Schimmer verdrängt; ein frischer
Wind erhob sich und streifte Reinhardts heiße Stirn; die erste Lerche
stieg jauchzend in die Luft. — Reinhardt kehrte sich plötzlich um und
trat an den Tisch; er tappte nach einem Bleistift, und als er diesen
gefunden, setzte er sich und schrieb damit einige Zeilen auf einen weißen
Bogen Papier. Nachdem er hiemit fertig war, nahm er Hut und
Stock, und das Papier zurücklassend, öffnete er behutsam die Thür und
stieg in den Flur hinab. — Die Morgendämmerung ruhte noch in allen
Winkeln; die große Hauskatze dehnte sich auf der Strohmatte und
sträubte den Rücken gegen seine Hand, die er ihr gedankenlos entgegen-
hielt. Draußen im Garten aber priesterten schon die Sperlinge von

den Zweigen und sagten es allen, daß die Nacht vorbei sei. Da hörte
er oben im Hause eine Thür gehen; es kam die Treppe herunter, und
als er aufsah, stand Elisabeth vor ihm. Sie legte die Hand auf seinen
Arm, sie bewegte die Lippen, aber er hörte keine Worte. „Du kommst
nicht wieder." sagte sie endlich. „Ich weiß es, lüge nicht; Du kommst
nie wieder."

„Nie." sagte er. Sie ließ ihre Hand sinken und sagte nichts
mehr. Er ging über den Flur der Thüre zu; dann wandte er sich
noch einmal. Sie stand bewegungslos an derselben Stelle und sah ihn
mit todten Augen an. Er that einen Schritt vorwärts und streckte
die Arme nach ihr aus. Dann kehrte er sich gewaltsam ab, und ging
zur Thür hinaus. — Draußen lag die Welt im frischen Morgenlichte,
die Thauperlen, die in den Spinngeweben hingen, blitzten in den ersten
Sonnenstrahlen. Er sah nicht rückwärts, er wanderte rasch hinaus;
und mehr und mehr versank hinter ihm das stille Gehöft, und vor ihm
auf stieg die große weite Welt.

Nach einigen Jahren finden wir Reinhardt an der nördlichsten
Grenze des Landes in weiter Entfernung von den eben beschriebenen
Scenen wieder. Nach dem bald erfolgten Tode seiner Mutter hatte er
hier ein Amt gesucht und gefunden, und sich so in den Gang des täg-
lichen Lebens eingereiht. Seine amtliche Stellung noch mehr als das
natürliche Bedürfniß des Umganges hatte ihn mit den verschiedensten
Menschen beiderlei Geschlechts zusammengeführt, und was er erfahren
und geliebt hatte, trat vor den Anregungen der Gegenwart, obwohl sie
mit den früheren an Stärke nicht verglichen werden konnten, mehr
und mehr in den Hintergrund. So gingen mehrere Jahre hin. All-
mählig kam die Gewöhnlichkeit und nutzte die frische Herbigkeit seines
Gefühls ab oder schläferte sie wenigstens ein, und es wurde in den
Dingen des äußerlichen Lebens mit ihm, wie mit den meisten Men-
schen. Endlich nahm er auch eine Frau. Sie war wirthschaftlich
und freundlich, und so ging Alles seinen wohlgeordneten Gang. Den-
noch mitunter, wenn auch selten, machte sich der Zwiespalt zwischen
Gegenwart und Erinnerung bei ihm geltend. Dann konnte er stunden-
lang am Fenster stehen und, scheinbar in die Schönheit der unten aus-
gedehnten Gegend verloren, unverwandten Blickes hinaussehen; aber
sein äußeres Auge war dann geblendet, während das innere in die
Perspective der Vergangenheit blickte, wo eine Aussicht tiefer als die

andere sich abwechselnd eröffnete. Dies war meistens der Fall, wenn Briefe von Erich eingelaufen waren; mit den Jahren aber kamen sie immer seltener, bis sie endlich ganz aufhörten, und Reinhardt erfuhr nur noch zuweilen von durchreisenden Freunden, daß Erich und Elisabeth nach wie vor in ruhiger Thätigkeit, aber kinderlos, auf ihrem stillen Gehöfte lebten. Reinhardten selber wurde im zweiten Jahre seiner Ehe ein Sohn geboren. Er gerieth dadurch in die aufgeregteste Freude, er lief in die Nacht hinaus und schrie es in die Winde: „Mir ist ein Sohn geboren!“ Er hob ihn an seine Brust und flüsterte mit weinenden Augen die zärtlichsten Worte in das kleine Ohr des Kindes, wie er sie nie im Leben einer Geliebten gesagt hatte. Aber das Kind starb, ehe es jährig geworden, und von nun an blieb die Ehe kinderlos. Nach dreißig Jahren starb auch die Frau, sanft und still, wie sie gelebt hatte, und Reinhardt gab sein Amt auf und zog nördlich über die Grenze in das nördlichste deutsche Land. Hier kaufte er sich das älteste Haus in einer kleinen Stadt, und lebte in sparsamem Umgange. Von Elisabeth hörte er seitdem nichts wieder; aber je weniger ihn jetzt das gegenwärtige Leben in Anspruch nahm, desto heller trat wieder die entfernteste Vergangenheit aus ihrem Dunkel hervor, und die Geliebte seiner Jugend war seinem Herzen vielleicht niemals näher gewesen, als jetzt in seinem hohen Alter. Sein braunes Haar war weiß geworden, sein Schritt langsam und seine schlanke Gestalt gebeugt, aber in seinen Augen war noch ein Strahl von unvergänglicher Jugend.

So haben wir ihn zu Anfang dieser Erzählung gesehen; wir haben ihn selbst auf sein abgelegenes Zimmer und dann seine Gedanken auf ihrer Wanderung in die alte Zeit begleitet. — Der Mond schien nicht mehr in die Fensterscheiben, es war dunkel geworden; der Alte aber saß noch immer mit gefalteten Händen in seinem Lehnstuhl und blickte unbeweglich vor sich hin in den Raum des Zimmers. Allmählig verzog sich vor seinen Augen die schwarze Dämmerung um ihn her zu einem breiten dunklen See; ein schwarzes Gewässer legte sich hinter das andere, immer tiefer und ferner, und auf dem letzten, so fern, daß die Augen des Alten sie kaum erreichten, schwamm einsam zwischen breiten Blättern eine weiße Wasserlilie.

Die Stubenthür ging auf und ein heller Lichtschimmer fiel in's Zimmer. „Es ist gut, daß Sie kommen, Brigitte“. sagte der Alte. „Stellen Sie das Licht nur auf den Tisch.“

— 86 —

Dann rückte er den Stuhl auch zum Tische, nahm eins der auf-
geschlagenen Bücher und vertiefte sich in Studien, an denen er einst
die Kraft seiner Jugend geübt hatte.   **Th. St.**

Das alte Tönning.

Ein Bild vormaliger Größe ist es, was wir hier unseren Lesern
vorführen. Fast spurlos ist das stattliche Schloß verschwunden, an
welches sich viele große, auch viele trübe Erinnerungen knüpfen. Denn
in einem ungewöhnlich hohen Grade hat Tönning — im Gerichts-
protocoll von 1582 heißt es Tonningk — bis auf die neueste Zeit
herab, abwechselnd die Gunst und Ungunst des Geschicks erfahren. Ur-
sprünglich war es nur ein Dorf, aber auch das angesehenste in diesem
Theile der friesischen Außenlande, so daß noch zu Anfang des 13. Jahr-
hunderts in Waldemar's Erdbuch die Landschaft Eiderstedt die Tun-
ningharde genannt wird. Wiederholt wurde es durch verheerende
Seuchen und Ueberschwemmungen, durch Brandschatzungen der feind-
lichen Ditmarscher heimgesucht, erweiterte sich jedoch allmählig zu
einem Flecken, in welchem, noch ehe derselbe Stadtgerechtigkeit erhielt,
ein großartiges Schloß erbaut wurde. Kaum 60 Jahre später legte
man mit sehr bedeutendem Kostenaufwande die Befestigungen an, wo-
durch es zu einer der ersten Landesfestungen erhoben ward. Nachmals
geschleift, dann wieder befestigt, hatte es alles Ungemach einer engen
Belagerung und alle Schrecken eines schonungslosen Bombardements,
sogar Besatzung durch fremde Kriegsvölker auszuhalten. Zum zweiten
Male wurden darauf die Festungswerke zerstört, das theils verfallene,
theils zerstörte Schloß wurde abgebrochen, und Tönning sank zur
zweiten Stadt Eiderstedts herab. Noch einmal, als es bei der
durch die Engländer ausgeführten Elbsperre 1803 gleichsam ein
Freihafen der alten Hansestadt Hamburg wurde, entstand in Tönning
eine ganz unerhörte Lebhaftigkeit des Handels, doch nur für kurze Zeit.
Gegenwärtig erfreut es sich besonders durch seinen Hafen und den durch
diesen veranlaßten Verkehr eines nicht unerheblichen Wohlstandes.
Unsere Abbildung zeigt die noch unbefestigte Stadt, eben nach
Vollendung des Schloßbaues, etwa um das Jahr 1583. In den
Grundzügen der ganzen Anlage der Stadt ist bis auf den heutigen